KB099415

사랑 이야기

KOI MONOGATARI

FAUST BOX는 (주)학산문화사가 일본 KODANSHA BOX와 제휴하여 발행하는 소설 브랜드입니다.

니시오 이신
西 尾 維 新

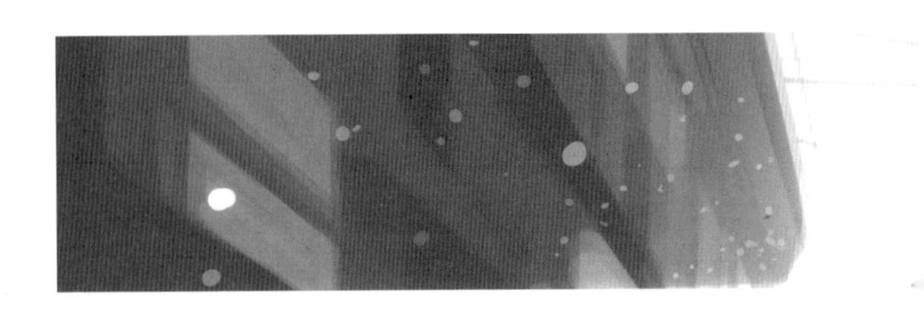

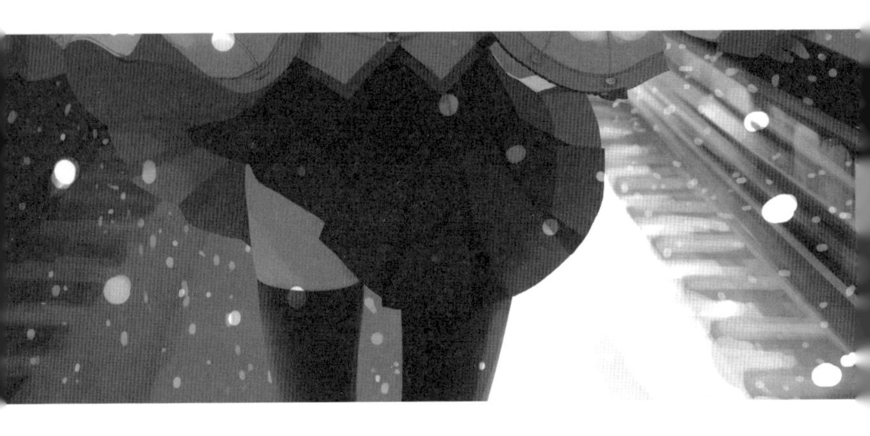

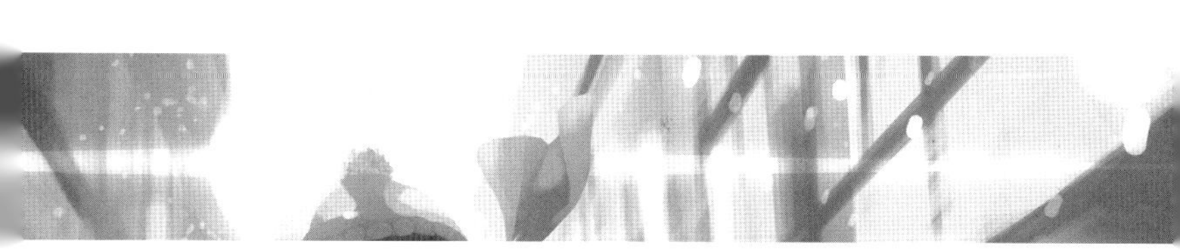

제연(戀)화 히타기 엔드

SENJYOGAHARA HITAGI

001

센조가하라 히타기의 독백으로 이야기의 막이 열릴 거라고 생각하고 이 책을 펼친 독자 제군, 너희들은 한 명도 남김없이 속았다. 이 일에서 너희들이 얻어야 할 교훈은, 책에 적혀 있는 문장 따윈 전부 사기라는 점이다.

비단 소설에 국한된 이야기는 아니다.

종이에 적힌 글자는 전부 거짓말이다.

논픽션이라고 띠지로 주장하더라도, 다큐멘터리라느니 리포트라느니 르포라느니 하는 이름을 붙이더라도 전부 거짓말이다.

거짓말 이외의 무엇이겠는가.

선전 문구를 그대로 받아들이지 마라.

내 의견을 말하라면 책 같은 건, 문장 같은 건, 말 같은 건 믿는 쪽이 제정신이 아니다. 여기서 말하는 나란 요컨대 나, 사기꾼 카이키 데이슈를 말하는데, 그것도 진실이라고만은 할 수 없다.

그렇지만 의심해야 할 것을 믿으려고 한다는 인간의 인간다운 마음을 내가 전혀, 털끝만치도 이해하지 못하는 것은 아니다. 나는 그 '마음'을 이용하는 것을 생업으로 삼고 있으니까.

인간은 진실을 알고 싶어 한다.

혹은 자신이 아는 것을 진실이라고 생각하고 싶어 한다. 즉 진실이 무엇인가 하는 점은 다음 문제인 것이다. 최근의 이야기인데,

아인슈타인 박사의 상대성이론에 의해 보증되던 '질량을 가진 물질은 광속을 넘을 수 없다' 라는 압도적인 '진실' 이 붕괴했다.

뉴트리노라고 하는, 아마도 선량한 시민의 대부분은 몰랐을 이 물질이 광속보다도 아주 조금, 10억분의 1초인가 100억분의 1초인가 빠르다는 '사실' 이 공표되었던 것이다. 그 놀라운 '사실' 에, 그 가공할 만한 '사실' 에 많은 이들이 패닉에 빠졌다고 한다.

그러나 내가 보기에는 어째서 아인슈타인 박사가 제창한 상대성이론을 지금까지, 그리고 그렇게까지 믿을 수 있었는지가 수수께끼이자 아주 흥미로운 점이다. 물론 나도, 천학비재淺學菲才한 몸인 나도 상대성이론은 한 줄도 모르지만 선량한 시민의 대부분은 뉴트리노와 마찬가지로 상대성이론을 모를 것이다.

그런데도 어째서 '질량을 가진 물체는 광속을 넘을 수 없다' 라는 법칙을 마치 '진실' 인 양 철석같이 믿고 있었는가…. 그것은 아마도 의심하는 일이 귀찮았기 때문이다.

의심하는 일이.

스트레스이기 때문이다.

'빛보다 빠른 물질이 있을지도 모른다' 라는 사소한 것을 의심하면서 하루하루를 보내는 일은 스트레스가 된다. 인간은 스트레스에 약하다.

요컨대 의심하지 않는다. 믿는다기보다 인간은 '의심하고 싶지 않다' 는 것이다. 자신이 살고 있는 세계가, 주위가 신용할 만하고 안심할 만한 것이라고 믿고 싶다.

안심하고 싶다.

그래서 의심에 빠지지 않고, 믿는다.

어리석게도, 그리고 신기하게도 많은 사람들은 의심할 바에야 속는 편이 낫다고 생각하고 있다.

나 같은 사람에게는 이보다 더할 수 없이 살기 편한 사회다. 아니, 사회나 시스템의 문제가 아니라 어디까지나 인간일까.

인간의 이야기일까.

인간을 믿는 것도 이론을 믿는 것도, 그리고 요괴… 괴이를 믿는 것도 역시 인간의 본성이니까.

세계가, 사회가 어떻게 변하더라도 사람은 변하지 않는다.

사람은 사람.

인간은 인간.

변하지 않고, 변하지 못한다.

그렇기에 안이하게 만약 이 이야기가 센조가하라의 독백으로 시작될 거라고 생각하고 있었다면, 나는 그 점에 있어 제군의 반성을 촉구한다.

뻔뻔스럽게 촉구한다.

손해 보고 싶지 않으면 의심해라. 한때 손해 보더라도 나중에 이득을 얻으라는 말을 의심해라.

진실을 알고 싶다면 먼저 거짓을 알아라.

그것으로 마음의 병을 얻더라도 그게 뭐가 대수인가.

당연히 빛보다도 빠른 뉴트리노의 존재도 철저히 의심해야 하고, 내가 정말로 사기꾼 카이키 데이슈인지 어떤지도 역시 의심해야 한다.

의외로 나는 카이키 데이슈인 척을 한 센조가하라 히타기일지도 모른다고. 남자가 쓴다고 하는 일기라는 것을 여자인 나도*… 라고 이야기하며 시작하는 일기문학을 쓴 남자가 천 년 정도 전에 있었을 것이다.

이거고 저거고 다 거짓말일지도 모른다.

그러니까 만약 속은 것에 화를 내며 책을 덮지 않은 끈기 있는 독자가 있다면, 그 근성에 경의를 표하며 서두에서 늘 하는 자기소개 대신 나는 충고를 하겠다.

엄숙하게 충고한다.

각오해라, 라고.

단단히 각오해라, 라고.

같은 거짓말쟁이, 같은 사기꾼이라고 해도 나는 심약하고 음침한 헛소리꾼이나 여장취미가 있는 음험한 중학생*과 달리, 이야기를 하는 데에 최소한의 페어플레이라는 것조차 지킬 생각이 조금도 없다.

비겁하기 짝이 없는 라이어맨 정신에 따라, 언페어하게 이야기할 것을 맹세한다.

마음대로 거짓말을 하고, 자기 입맛에 맞게 이야기를 날조하고, 의미도 없이 진실을 감추고, 진상을 얼버무리기도 한다.

녀석들이 숨 쉬듯이 거짓말을 한다면 나는 피부 호흡을 하듯이

※남자가 쓴다고 하는 일기라는 것을 여자인 나도 : 일본 최초의 일기문학인 '토사닛키(土佐日記)' 의 첫 구절. 헤이안 시대의 가인인 키노 츠라유키가 자신을 여성으로 가장해서 쓴 작품이다.

※니시오 이신의 〈헛소리 시리즈〉의 주인공 이짱과 〈세계 시리즈〉 2권의 주인공 쿠시나카 쵸시.

거짓말을 한다.

무엇이 진실이고 무엇이 거짓인지 신경 쓰면서, 요컨대 항상 의심하면서, 마음에 의심을 깃들이면서 읽기를 권한다. 다만 그 시점에서 나의 함정에 빠져 있을지도 모른다고, 그렇게 덧붙여 두기를 잊을 내가 아니지만.

자, 그러면.

허실이 어우러진 묘사에 있는 소리 없는 소리를 섞어가며 센조가하라 히타기와 아라라기 코요미의 사랑 이야기를 이야기하도록 하겠다.

고교생의 연애놀이 같은 건 고교시절부터 흥미가 없었지만, 그러나 내 장사를 방해했던 그 녀석들이 곤란에 빠져 있을 때의 이야기를 하는 것은 험담 같아서 즐겁다.

도시전설.

가담항설.

도청도설.

그리고 비방중상誹謗中傷. 전부 내 특기 분야다.

나의 피와 살.

내가 나인 증명이다.

진실이 어떤지는 보증할 수 없지만 퀄리티는 보증한다. 마지막에 독자 전원이 '꼴좋다' 라고 생각할 수 있는 결말이 그 두 사람에게 찾아오면 좋겠다고, 나는 마음속으로 생각한다.

나에게 마음이 있을 경우의 이야기지만.

나란 녀석이 있을 경우의 이야기지만.

그러면 유쾌하고 즐거운.

마지막 이야기를 시작하자…. 뭐, 이렇게 말하지만 물론 이것도 거짓말일지도 모른다고.

002

그날 나는 일본의 교토 부 교토 시에 있는 어느 유명한 신사에 와 있었다. 내가 방문했다는 것이 알려지면 평판이 떨어질지도 모르므로 일부러 신사의 이름은 감추겠는데, 그날이란 내가 녀석들의 연애놀이에 휘말린 기념해야 할 날이라는 의미다. 그러나 적당히 되는 대로 살고 있는 내가 그 날짜를 정확히 기억하고 있는 것은 그 두 사람이 나에게 인상 깊은 인간이었기 때문은 결코 아니다.

기억하고 있는 것은 단순히 그날이 1년 365일 중에 가장 기억하기 쉬운 날이었기 때문이다. 즉 그날은 1월 1일이었다.

신정新正이다.

신사에 온 것은 새해 첫날이어서 참배하러 온 것이다.

…이건 거짓말이다. 나는 신앙심 깊은 인간이 아니다. 그렇다기보다 내가 인간인지 어떤지도 수상하고, 그렇기에 이 세상에는 신도 부처도 없다고 생각하고 있고, 무엇보다 목숨보다도 소중한 돈을 마치 쓰레기처럼 거칠게 내던지는 인간과 똑같이 취급받고 싶지 않다.

그것이 인간이라면 나는 인간이 아니어도 좋다.

애초에 나는 그 옛날, 나름대로 규모 있는 종교단체에 사기를 쳐서 망하게 만든 적이 있는 인간이다. 신도 부처도 없는 세상에 사는, 피도 눈물도 없는 인간이다.

그런 인간이 하츠모데*를 할 리가 없을 것이고, 가령 했다고 해도 그런 인간의 시주를 신이 받아들여 줄 리도 없다. 문전축객, 수취거부를 당해 시주한 돈이 새전함에서 도로 튀어나올 것이다. 물론 장난삼아서라도 시도할 생각은 전혀 없지만.

그러면 뭐 하러 일부러 수많은 참배객으로 미어터지는 신사 경내에 이렇게 새해 첫날부터 찾아와 있는가 하면, 당연하지만 칸누시* 아르바이트를 하기 위해서다. …그럴 리 없지 않나. 무녀 아르바이트가 모집되는 사회 정서는 알고 있지만, 아무리 그래도 아르바이트가 칸누시를 맡을 수는 없을 것이다. 아니, 원래는 무녀도 아르바이트가 맡아서는 안 될 것이다.

내가 보기에는 번듯한 사기다.

다만 사기라고 해서 그것을 나무랄 생각은 전혀 없다. 나도 한자리 끼워 달라고 말하고 싶을 정도다. 어차피 참배객 대부분은 하츠모데라는 분위기를 즐기고 있을 뿐이니까.

그 근방에 사는 여대생이 무녀복을 입고 있는 것뿐이라도, 그것을 무녀라고 별다른 의심도 하지 않고 믿을 만한 인간은 속아도 싸

※하츠모데(初詣) : 새해에 처음으로 신사에 참배하는 행사. 주로 12월 31일 밤이나 1월 1일 아침에 한다.

※칸누시(神主) : 신사의 우두머리 신관.

다.

'믿는다' 라는 것은 '속고 싶어 한다' 라는 뜻이라고 나는 생각하고 있다.

그리고 그것이야말로 내가 새해 첫날부터 신사를 방문해서 아무것도 하지 않고 녀석들을 바라보고 있는 이유였다. 재미삼아 신사를 찾아와서는 목숨보다도 소중한 돈을 쓰레기처럼 던지는 인간을 관찰하기 위해서, 그런 인간의 생태를 연구하기 위해서 나는 신사에 와 있는 것이다.

선량한 일반 시민.

의심하는 것에 겁이 많은, 일반 시민.

이렇게는 되지 않겠다고, 이렇게 되면 끝장이라고 생각하기 위해서 나는 매년 1월 1일에 신사를 찾는다. 딱히 새해 첫날이 아니어도, 한여름이어도 마음이 답답할 때나 일이 실패해서 낙심했을 때에 나는 어딘가의 신사를 방문해서 정신을 리셋한다.

뭐, 이날 정도로 혼잡하지는 않더라도, 쓰레기처럼 던지지는 않더라도, 언제나 참배객 한두 명은 있는 법이다.

언제나 어리석은 자는 있는 법이다.

인간은 있는 법이다.

그런 인간을 바라보며 이렇게는 되지 않겠다고, 이렇게 되면 끝장이라고 나는 생각하는 것이다.

경계다.

자계自戒다.

이렇게 이야기하면 그럴싸해 보일지도 모르겠지만, 실제로는 전혀 다른 이유인지도 모른다. 사실은 올해 1년의 건강을, 혹은 좋은 인연이 있기를 기도하러 갔는지도 모른다.

이런 식으로 나에 관해서 '~일지도 모른다'를 추궁하면 끝이 없다고 해야 할지도 모른다.

그렇다고 해도 내가 신사에 있던 이유는 이제부터 할 이야기와는 전혀 관계 없으므로 무엇이 진실인가는 어떻게 되든 상관없다. 중요한 것은 내가 당시 교토의 신사에 있었다는 사실이다.

당연하지만 교토가 내 고향인 것은 아니다. 집 근처의 신사에 들른 것이 아니다. 그렇다기보다 내가 '고향'이라고 의식하는 지역은 없다. 호적에 있는 지자체 정도는 있을 거라는 말을 들을지도 모르겠지만, 호적 따윈 10대 시절에 팔아 버렸다.

뭐, 10대라는 말은 거짓말이지만, 팔아 버렸다는 것도 절반은 거짓말이지만 현재의 내가 호적이 없는 인간이라는 점은 사실이다. 카이키 데이슈라는 인간은 몇 년인가 전에 교통사고로 죽은 것으로 되어 있다. 그때에 지불된 보험금의 몇 퍼센트인가를, 당연한 권리로서 내가 취득했다.

이런 이야기는 지어낸 이야기로서도 거짓말 같을까.

그래도 내가 지금 현재 일정한 거주지가 없는 방랑자인 것은 천지신명에게 맹세코 틀림없다. 신사에서 할 만한 이야기는 아니지만, 천지신명에게 맹세코.

그런 면에서 나는 친구 중의 친구인 오시노 메메와 별 차이 없는 생활을 보내고 있는 것이다. 차이가 있다면 녀석은 폐가에서 자는 것을 좋아하고 나는 화려한 호텔에서 자는 것을 좋아한다는 점뿐이다.

양쪽 다 개인의 호불호, 말하자면 각자의 취향이며 그곳에 귀천은 없다. 내가 노숙 같은 건 죽어도 싫다는 것과 마찬가지로 오시노 녀석은 어차피 화려한 호텔이나 휴대전화, 부정하게 얻은 돈을 싫어할 테니까.

다만 녀석의 방랑 생활이 직업상의 필드워크라는 측면도 있는 것에 비해 내 방랑 생활은 도망 생활이라는 측면을 가진 점을 고려해 볼 때, 굳이 귀천을 따진다면 역시 녀석이 귀貴하고 내 쪽이 천賤하다고 할 수 있을 것이다.

어쨌든 그때 내가 교토에 있던 것은 내가 교토 사람이기 때문이 아니다. 나는 카게누이처럼 수상하기 짝이 없는 교토 사투리를 유창하게 구사할 수 있는 것도 아니고 이 도시의 음양도에 정통하지도 않다.

정말 심플하게, 하츠모데라고 하면 역시 교토가 아니겠느냐는 이유로 나는 새해 첫날이 되면 항상 교토에 있는 것이다… 라는 말도 슬플 정도로 거짓말 같을까?

뭐, 지역 명은 사실 어디라도 상관없다. 도쿄의 유명한 신사든 후쿠오카의 유명한 신사든 어디라도 괜찮다.

편의상 교토라고 하면 알기 쉬울 테니 교토라고 했을 뿐이다, 라고 생각하더라도 사실 전혀 상관 없다. 사실은 해외의, 하와이쯤에서 우아하게 보내고 있다고 생각하더라도 전혀 문제 없고, 뭣하다면 어딘가의 전쟁터에 있었다고 생각해도 좋다. 확실한 것은 내가 출입금지당한, 평화롭고 목가적인 그 마을 안에 있는 것은 절대 아니라는 점이지만, 그러나 그것도 불확실하다고 생각해도 좋다.

요컨대 어떻게 되더라도 좋다.

뭐가 어떻게 되더라도 상관없다.

내가 어떤 장소에서 어떤 기분으로 어떤 행동을 취하고 있었는가는 이 이야기의 시작 지점을 나타내는 데에 아무런 의미도 없다.

시작 지점이 어디에 있더라도 어차피 나는 외부인이고, 마지막의 마지막에 곧 테이프를 끊을 때까지 역시 외부인일 수밖에 없으니까.

그러니까 중요한 것은 시간.

시간.

일시, 1월 1일이라는 타임 테이블이다. 단지 그것만이 중요하다. 1년 중에서 가장 인상 깊고 기억에 남기 쉬운 하루가 1월 1일인 이유는 당연히 그것이 특별한 날이기 때문이며, 그것은 나 같은 인간에게조차 예외가 아니다. 여름방학도 겨울방학도 봄방학도 전부 의미를 잃은 아저씨인 나에게조차 그랬으니 하물며 고교생에게는 뭐랄까, 세뱃돈이나 연하장 같은 것을 받을 수 있는 중요한 날일 것이다.

그런 중요한 날에 나는 전화를 받았다.

고교생으로부터 전화를 받았다.

[여보세요, 카이키? 나야, 센조가하라 히타기.]

칼로 베는 듯한 자기 소개였다.

목소리만 들으면 절대 고교생으로는 생각되지 않는다.

[당신이 속여 줬으면 하는 인간이 있어.]

003

게으른 놈 명절에 일한다는 말이 있는데, 나는 스스로를 게으른 놈이라고 생각하지는 않고 오히려 근면하다고 자임하고 있지만 1월 1일부터 일하는 것에 거부감은 없다. 애초에 사기꾼이란 기본적으로 부지런하다는 것이 내 지론이다.

법치국가에서는 핑계 댈 방법이 없는 순수한 범죄인 만큼 대개는 코스트 퍼포먼스가 나쁘다. 쫓기질 않나 미움받질 않나, 최악이라 할 수 있다. 가끔씩 성실하게 일하는 편이 돈을 더 벌 수 있는 게 아닐까 하는 의심에 사로잡힐 때도 있지만, 그러나 성실하게 일하는 거라면 나는 이렇게까지 성실하게 일하지는 않을 것이다.

조직에 의해 보호받는 입장에서 어떻게 성실해질 수 있단 말인가. 그렇다고 해도 새해 첫날부터 갑자기 발신자 비표시 모드 전화로 날아든, 마치 돌발사고 같은 업무 의뢰를 순순히 받아들일 정도로 나는 일감이 부족하지는 않았다.

내일 굶어 죽을 일은 없는 것이다.

실제로 이때도 나는 한창 대여섯 개의 사기를 병행해서 진행하던 중이었다. 대여섯 개라는 숫자에 조금 허세가 들어가 있기는 하지만, 이를 두고 거짓말이라고 할 수는 없을 것이다. 업무상의 숫자에 허풍을 섞는 것 정도야 누구나 하는 일이다.

그래서 나는,

"네?"

라고 되물었다.

네?

즉 상대가 꺼낸 업무 의뢰를… 아니, 그 전의 신원 확인부터 못 들은 척했던 것이다.

[시치미 떼지 마. 카이키잖아.]

나는 추궁해 오는 고교생에게 끈기 있게 계속 발뺌을 했다.

"저는 스즈키라고 합니다. 방울 령鈴자에 나무 목木자를 쓰는 스즈키입니다. 실례입니다만 어디에 거셨는지요? 센조가하라? 전혀 기억에 없는 이름입니다만."

그러자 상대는 어이없다는 투로,

[그래. 그러면 스즈키라도 괜찮아.]

라고 선뜻 말했다.

아주 간단히 타협해 버렸다.

[나도 센조가하라가 아니라 센쇼가하라라고 불러.]

센쇼가하라先沼ケ原.

누구냐. 아니, 어디냐.

확실히 도호쿠 지방 쪽의 지명*이다. 관광사업 쪽으로 사기를 쳤을 때에 들른 적이 있다. 좋은 곳이었다. 아니, 방문하지는 않았을지도 모르지만. 사기를 치지 않았는지도 모른다.

어쨌든 나는 그 대답이 마음에 들어 버렸다.

※도호쿠 지방 쪽의 지명 : 이와테 현의 고지대에 있는 습원 센쇼가하라(千沼ケ原)를 말한다.

어리석었다, 이야기를 듣고 말았다.

아니, 정말로 이런 날부터 일하는 것이 싫다면 휴대전화 전원을 끈 뒤에 두 동강을 내고 SIM 카드를 박살 내 인파 속에 버리면 그걸로 끝날 일이니, 애초에 전화를 받지 않으면 될 일이니 나는 처음부터 의뢰를 수락할 생각으로 전화를 받았는지도 모른다.

의뢰인이 누구인가는 관계없이.

예감 같은 것을 따라서…. 마치 그렇게 예감하고 있었던 것처럼 그녀로부터의 전화를 기다리고 있었다는 듯한 말을 해 보며 말이지.

[스즈키.]

그렇게 말했다.

센쇼가하라라는 낯선 여자는 말했다. 누구인지는 모르겠지만 나이로 볼 때 분명히 여자라기보다는 여자애일 것이다.

[당신이 속여 줬으면 하는 인간이 있어. 직접 만나서 이야기하고 싶은데, 어디로 가면 돼? 애초에 당신은 지금 어디에 있어?]

"오키나와."

나는 곧바로 대답했다.

어째서인지 곧바로 대답했다.

[오키나와의 나하 시에 있는 찻집이다. 찻집에서 모닝 세트를 먹고 있어.]

조금 전에 지구상의 어디에 있다고 생각해도 상관없다는 말을 했는데, 그것은 거짓말이었다고 생각해 주기 바란다. 나는 실은 오키나와에 있었다.

일본이 자랑하는 관광지, 오키나와다.

…라고 말했지만 그럴 리가 없고, 적어도 내가 그 당시 있었던 곳은 오키나와만은 아니었다.

곧바로 거짓말을 하고 말았다.

말하지 않았는지도 모르겠는데, 나는 상당히 잦은 빈도로 거짓말을 한다.

직업병이라기보다는 직업상의 나쁜 버릇이라고 해야 할지도 모른다. 질문에 대해서는 50퍼센트 이상의 확률로 거짓말로 답하는 것이다.

야구선수로서는 좋은 타율이지만 사기꾼으로서는 너무 많이 친다고 할까.

그러나 이때는 그 병이나 버릇의 결과가 아니라 책략으로서 한 거짓말이었다는 것으로 해 두자.

그러면 센쇼가하라인지 뭔지 하는 녀석에 대해서도 체면이 선다.

오키나와라고 말하면 전화 너머에 있는, 연인이 생겨서 개심했을 무서운 여자도 어쩌면 포기할지도 모르지 않는가.

의외로 사람의 마음을 가장 잘 꺾는 것은 '귀찮다'라는 마음이다.

꺾여라, 꺾여.

그러나 유감스럽게도 내 계산은 빗나가서 센조가하라는… 아니, 센쇼가하라는,

[알았어. 오키나와란 말이지? 지금 바로 갈게. 이미 신발도 신었

어. 그쪽 공항에 가면 전화할게.]

라고 주저 없이 잘라 말했다.

근처 공원에 놀러 가는 것처럼 가볍게, 그 여자는 오키나와까지 올 심산인 듯했다. 혹시나 새해 여행으로 나하 시 근처에 와 있는지도 모른다고 의심했지만, 현재 그 여자의 가정환경은 그럴 수 있을 정도로 유복하지는 않을 것이다. 그런데도.

그런데도 오키나와에 간다는 결단에 전혀 망설임이 없었던 것은, 역설적으로 그 여자가 지금 위험한 상황에 처해 있음을 나타내고 있는 것처럼 생각되었다.

나는 그 여자애가 어디의 누구인지 모른다고 되어 있지만.

옛날에 내가 속였던 그 일가의 딸은 확실히 돈이 없지만… 그렇다, 센쇼가하라 씨는 오키나와에 사는 부자인지도 모르지 않은가.

[휴대전화 전원은 항상 켜 둬. 만약 원인이 단순한 통화권 이탈이라고 해도, 즉시 연결되지 않으면 때려죽일 거니까.]

험악한 말을 내뱉고 센쇼가하라는 전화를 끊었다.

새해 첫날 신사의 경내, 수만 명의 인간이 우글거리는 장소에서 휴대전화 전파가 연결된 기적에 나는 감사해야 하는 모양이다.

이 세상은 기적으로 이루어져 있다.

대개, 어떻게 되든 상관없는 기적으로.

아니. 정확히 말하자면 그 말을 하기 전에, 전화를 끊기 전에 센쇼가하라는 뭔가 더 말한 것 같은 기분이 든다.

뭔가를.

내가 잘못 듣지 않았다면 작은 목소리로 덧붙이듯이 한 그 말은,

[잘 부탁할게.]

였는지도 모른다.

잘 부탁한다.

잘.

부탁한다.

그 여자애가, 원한이 뼈에 사무쳤을 나에게 그런 말을 하다니 좀처럼 믿기지 않는다. 아니, 그러니까 그 여자애가 어떤 여자애인지는 제쳐 두고, 그 녀석이 궁지에 몰려 있음은 확실한 것 같다.

어쨌든.

나는 그날, 자신이 한 시답잖은 거짓말 때문에 오키나와에 가야만 하게 되었던 것이다.

004

그렇지만 여비는 공항까지의 버스비 정도밖에 들지 않았다. 버스비라고 해도 무시할 수는 없지만, 어쨌든 나는 전일본공수全日本空輸가 판매하고 있는 '프리미엄 패스'라는 카드를 가지고 있기 때문이다.

프리미엄 패스. 정확히 말하면 '프리미엄 패스 300'이라는 카드는 300만 엔을 선불함으로써 1년간, 10월 초부터 다음 해 9월 말까지의 1년간 국내라면 어느 노선의 어떤 좌석이라도 300번까지 자유롭게 탈 수 있는, 알기 쉽게 말하자면 아주 강화된 회수권 같은 물건이다.

홋카이도에서 오키나와로 날아가더라도 비율로 따지면 1만 엔밖에 들지 않으므로 상당히 이득인 카드라고 할 수 있다. 다만 홋카이도에서 오키나와로 직접 날아가는 비행기 편은 없으니 그 경우에는 분명히 환승으로 카드를 두 번 사용하게 되겠지만.

애초에 1년이 365일밖에 없는데 어떻게 300번이나 비행기를 탈 수 있을까 하는 의문도 든다. 거의 매일 비행기를 타야 하는 생활이 있기는 할까? 방랑자인 나조차도 분명히 이 카드를 전부 다 쓸 수는 없을 것이다.

그러니까 계산대로 한 번의 비행에 1만 엔이라고 할 수는 없을 것이다. 다만 그래도 100번만 사용하면 충분하고도 남을 정도로 본전을 뽑을 수 있으므로 나는 아무런 불만도 없이, 오히려 기뻐하며 신바람이 나서 구입했다.

나는 쇼핑을 좋아하는 인간이고, 비싸고 재미있고 멋들어지면서 부피가 크지 않은 물건 구입을 좋아하는 인간이다. 그래서 그 전부를 충족하는 이 프리미엄 패스는 아주 좋은 쇼핑이었다고 생각하고 있다.

참고로 이 카드는 300장 한정으로 발매했다.

나와 같은 취미를 가진 사람이 어쩌면 299명 더 있다고 생각하면 가슴이 뛰지 않는 것도 아니지만, 그러나 그 299명의 대부분은 나 같은 사기꾼을 진심으로 경멸하는 엘리트 샐러리맨들일 것이므로 깊이 생각해 보면 별로 재미있지 않다. 뒤가 켕기기까지 한다.

어쨌든 나는 신용카드를 만들 수 있는 신분이 아니고 당장 현금도 별로 가지고 있지 않지만(연말에 돈을 낭비해 버렸고, 명절엔 ATM도 대부분 정지되어 있다) 이 카드 덕분에 예약만 하면 오키나와에 가는 것은 그리 어렵지 않았다.

다행히 예약 가능한 자리는 남아 있었다.

간사이 신공항 출발 나하 공항 도착.

…인지 어떤지는 둘째 치고, 어쨌든 가장 가까운 공항 출발 나하 공항 도착.

겨울방학 기간이라고는 해도 1월 1일에 오키나와에 가려는 괴짜는 그리 많지 않았던 듯하다. 문제는 센조가하라보다… 아니, 센쇼가하라보다 먼저 오키나와에 갈 수 있을까 어떨까 하는 점이었는데 그 부분은 이제 하늘에 맡기는 수밖에 없다.

지금 그 하늘을 날고 있는 상황이지만….

휴대전화 전원을 켜 두라고 했는데, 역시나 비행기 안에서는 전원을 끌 수밖에 없다. 그 정도의 룰은 나도 지킨다.

다만 이 룰은 최근에 개정된 듯하다.

옛날에는 기내에서는 휴대전화를 포함해서 전파를 발하는 기기(워크맨이나 컴퓨터나 게임기 같은)의 전원을 무조건 꺼야 했지만 지금은 비행기의 문이 닫힐 때까지는 전원을 끄지 않아도 괜찮으며(즉 문이 닫힐 때까지는 비행기 안에서 전화를 해도 괜찮다는 것이다), 착륙한 뒤에 비행기 문이 열리면 이미 그 시점에서, 즉 기내에서 내리기 전이라도 전원을 켜도 괜찮다고 한다.

서 있는 비행기 안에서 계기가 고장 나더라도 특별히 문제는 없다는 이야기일까. 자세한 이유는 모르지만, 듣고 보면 그게 당연하게 느껴지는 이야기이기도 하다.

애초에 휴대전화의 전파가 비행기의 계기에 영향을, 비행기에 문제가 발생할 정도의 영향을 정말로 줄 수 있는지 어떤지도 의심스럽다고 하는데… 뭐, 그것은 어떻게 되든 상관없다.

여기서 내가 말하고 싶은 것은, 룰 같은 것은 의외로 모르는 사이에 바뀌어 있는 경우가 많다는 사실이다.

일본의 도로교통법이 개정되어서 자전거가 보도를 달려도 사실상 법규위반이 아니게 되고, 그런가 싶더니 최근에 재검토가 있었던 것을 자전거 애호가라는 아라라기 코요미는 분명히 모를 것이다.

모르고 자전거를 타고 있다.

뭐, 상대성이론도 부정당하는 시대다. 법률 정도야 변할 것이다. 그것에 휘둘리는 것은 못 견딜 노릇이지만.

아, 무슨 일에도 룰의 이면이 있다는 이야기를 하자면, 전원을 써야만 하는 수많은 전자기기 가운데서도 어째서인지 카세트테이프나 CD플레이어는 기내에서 이착륙 중에 들어도 괜찮다고 한다.

그건 전자기기로 보지 않는구나.

뭐, 나도 요즘에 카세트테이프가 들어가는 워크맨을 사용하는 것은 아니므로 어떻게 되든 상관없지만, 그런 '규칙의 예외'를 찌르는 것이 내 직업이기도 하다.

그러니까 의식은 해 두자.

생각하는 것을.

그리고 의심하는 것을 잊어서는 안 된다.

룰을 지키는 것은 룰을 믿는 것이 아니다.

생각한다, 생각한다, 생각한다.

그런 의미에서 비행기의 기내는 생각에 잠기기에 최적이라고 할 수도 있다. 안전벨트로 구속되어 버리면 생각하는 것 정도밖에 할 수 있는 일이 없다.

그리고 당연히 지금 생각해야 할 것은 항공기 안에서의 전자기기 사용법이 아니라 이제부터 내가 맡게 될 일에 대해서였다.

아니, 맡을 거라고 단정할 수는 없다.

거절할지도 모른다.

이야기를 들어 보겠다고 한 것뿐이다. 게다가 나는 그런 결의조차 간단히 뒤집는다. 결정하고 약속하고 뒤엎는다. 나하 공항에서 그대로 다른 공항으로 날아갈지도 모른다.

그렇다고는 하지만 나도 목숨은 아깝다. 돈 다음이기는 하지만 목숨이 소중하지 않은 것은 아니므로, 약속을 깨면 정말로 나를 '때려죽일' 지도 모를 센조가하라… 아니, 센쇼가하라의 서슬 퍼런 기세를 앞에 두고 약속을 깨지는 않겠지만…. 뭐랄까, 이것은 내가 자신의 결의에 대해서도 의심을 품고 살고 있다는 이야기다.

어쨌든 센쇼가하라로부터의 의뢰.

모르는 여자로부터의 모르는 의뢰.

돈이 되기는 할까?

센조가하라든 센쇼가하라든, 여기서 확실한 것은 녀석이 고등학교 3학년 여자라는 점이다. 고3 여자애가 큰돈을 자유롭게 변통할 수 있다고는 생각되지 않는다.

시대가 바뀌어서 1년에 수억을 굴리는 고교생 사장도 없는 것은 아니겠지만, 그런 인간이라면 나처럼 수상한 인간에게 일 의뢰를 하지는 않을 것이다. 하물며 사기 의뢰 따위야.

속임수 따위야.

[당신이 속여 줬으면 하는 인간이 있어.]

무슨 의미일까?

아니, 의미 따윈 없는지도 모른다. 내 흥미를 끌고 싶어서 그럴싸한 말을 한 것뿐인지도 모른다. 무의미하기는커녕, 말 그대로 전부 속임수여서 오키나와에 도착한 나를 기다리는 것은 그녀가 배치한 경찰이나 불량배들일 가능성도 없지는 않다.

흠.

그렇다기보다, 생각해 보니 그럴 가능성이 상당히 높지 않을까.

다만 나도 프로이므로 그런 포위망을 두렵다고는 전혀 생각하지 않는다. 그 정도는 나에게 수라장이라 할 수도 없다. 기껏해야 좋은 운동이 된다고 생각할 뿐이다.

생활에는 가끔씩 자극이 필요하다.

게다가 그 녀석이 그렇게까지 재미없는 인간이 되었다면 나도 앞으로의 인생에 불안을 품지 않아도 된다. 그 여자가 언젠가 나를 칼로 찌르러 오지는 않을까 하는 망상에서 드디어 벗어날 수 있는 것이다.

그러니까 의미가 있는 경우 쪽이, '당신이 속여 줬으면 하는 인간이 있어' 라는 말에 의미가 있는 경우 쪽이, 요컨대 그 여자가 정식으로 나에게 의뢰를 할 생각이었던 쪽이 나에게는 더욱 성가시다.

그렇다면 수라장이라고 할 수 있다.

공포라고 할 수 있다.

적어도 좋은 운동이 된다는 둥 하는 여유는 도저히 부릴 수 없다.

나는 훈련을 받았으므로 감정이 곧바로 표정으로 나오지 않지만, 그러나 그것은 감정을 완전히 컨트롤할 수 있다는 의미는 아니다.

공포 정도는 평범하게 느낀다.

겁먹기도 하고 두려워하기도 한다.

또한 그것을 느끼지 못하게 되면 인간으로서 끝장일 것이다. 사기꾼 짓을 하고 있는 단계에서 이미 끝장났다는 의견도 들리지만 못 들은 척을 하기로 하자.

다만 공포를 느끼는 것과 마찬가지로 흥미도 느끼고 있으므로, 호기심에 부추김당하는 형태로 나는 생각을 계속한다.

진행시킨다.

공포에 멈춰 서지 않고, 전진한다.

그 녀석이 누구인지 알 수 없지만, 그 여자애가 속이고 싶다고 생각할 만한 인간이 있을까…. 사기로 인해 참혹한 꼴을 당했던 인간이, 자기가 당했던 것처럼 남을 속이자는 생각을 하는 법일까.

아주 흥미롭다.

호기심 어린 시선으로 보지 않을 수 없다.

나는 사기를 당한 적이 없어서 알 수 없지만, 과연 어떨까? 들은 것만으로는 피해자는 가해자로 바뀌지 않고 계속 피해자인 채로 있는 경우가 많은 것 같다.

그것은 분명 한 번 사기를 당하면 계속해서 사기의 표적이 되어 버리는 것과 같은 이치일 것이다.

그런 그녀가 누구인지는 알 수 없지만, 어쨌든 그녀가 다름 아닌 나에게 사기의 한 축을 담당하라고 말하고 있으니 부자연스럽기 이를 데 없다. 그 점에 대해서는 위화감밖에 들지 않는다.

굳이 다른 말을 찾자면 위화감이 아니라 기분 나쁜 예감이다.

기분 나쁜 예감.

혐오스런 예감.

분명히 변변한 일은 아닐 것이다.

그것도 사기인 이상, 원래부터 변변한 일이 아닐 거라는 의견도 있겠지만…. 그걸 감안하더라도 더욱 안 좋은 예감이다.

이번에 내가 앉은 자리는 프리미엄 시트였으므로 기내에서 무료로 알코올을 주문할 수도 있었지만, 자제하기로 했다. 센조가하라… 아니, 센쇼가하라가 어떻게 나올지 알 수 없는 이상, 최대한 의식을 맑은 상태로 만들어 두고 싶었다.

005

나하 공항에 도착해 비행기 문이 열린 직후. 그것을 지켜보고 있었던 것처럼, 정말로 어딘가에서 보고 있던 것처럼… 그렇다, 노렸다기보다는 감시하고 있었던 것처럼 내 휴대전화에 전화가 걸려 왔다.

그 이야기를 하자면, 애초에 이 휴대전화 번호를 알고 있는 인간은 한정되어 있을 텐데…. 센쇼가하라가 설령 센조가하라라라고 해도 이 휴대전화 번호를 알고 있을 이유는 없을 텐데.

그도 그럴 것이, 그 녀석이 알고 있는 내 번호는 그 녀석 본인에게 파괴되었으니까. 뭐, 엄밀히 말하면 파괴당한 것은 휴대전화 본체이므로 번호는 그대로 이어 쓸 수도 있었지만, 그 녀석에게 알려져 있는 번호를 계속 쓰는 것은 위험하다고 판단했으므로 그 일이 있은 직후에 나는 그 번호를 해지했다.

…그 여자애가 마음만 먹으면 내 연락처 정도는 손에 넣을 수 있을까. 그 여자애가 누구더라도, 그렇다기보다 솔직히 어디의 누구라도 인간은 노력하면 어느 정도의 정보는 입수할 수 있다.

내가 잘 아는 선배처럼 뭐든지 알 수 있는 것은 아니겠지만.

그러나 어느 정도는 알 수 있다.

끈기가 있다면…. 대부분의 인간은 생각보다 그 끈기라는 것을 가지고 있지 않다.

인간은 나태하다.

나태함은 어리석음보다 성가시다.

사람을 죽이는 것은 권태가 아니라 나태다.

[카이키? 도착했어.]

"카이키는 누굽니까? 저는 스즈키라고 합니다, 센쇼가하라 씨."

[빤히 보이는 연기는 이제 그만두자고. 언제까지 어린애 장난 같

은 짓을 계속하고 있을 거야. 나는 어디로 가면 돼?]

시치미를 떼는 나에게 눈치 없는 소리를 하면서—장난은 끝이라고 말하는 것 같다—센쇼가하라는 그런 식으로 말했다.

"센쇼가하라 씨."

나는 말했다.

빤히 보이는 연기, 어린애 장난 같은 짓을 계속하는 것도 거짓말 안에 들어가는 일이다.

요컨대 버릇이다.

나쁜 버릇이다.

"실은 이미 공항 근처까지 센쇼가하라 씨를 맞이하러 왔습니다."

[어머, 그래?]

"클라이언트를 일부러 걸음하게 만들었으니 당연한 일이지요…. 그러니 공항 로비에서 뵙겠습니다."

[어머, 그거 좋네. 고마운 배려야. 상당히 유저 프렌들리한 사기꾼이잖아. 정말로 웃음이 나와.]

정말이지, 조금도 웃고 있지 않을 센쇼가하라의 표정이 화상 전화도 아닌데 눈에 보이는 것 같았다.

역시 개심한 눈치는 보이지 않는다.

2년 전 그대로인 그 여자다.

어찌 된 일일까. 아라라기 코요미는 대체 뭘 하고 있었던 거지? 아라라기 코요미란 인물이 누구인지 나는 전혀 짐작이 가지 않지만, 정말로 그 바보는 뭘 하고 있었던 거지?

이런 위험한 여자로부터 눈을 떼다니, 대체 무슨 생각이냐.

아니면 개심한 센조가하라가 다시 변심한 걸까. 그럴 만한 일이 생겨서, 그 문제에 대해 나에게 상담할 생각일까.

그렇다고 하면.

…그렇다고 하면.

[당신도 일본의 어딘가에서 오키나와로 날아왔을 줄로만 알았어. 나하고 마찬가지로 공항에 막 도착한 게 아닐까 하고.]

센쇼가하라는 또다시 다 보고 있었다는 듯한 말을 했다. 이것에 관해서는 '뭐든지 알 수 있을 리 없다'라고 봐야 할 예외 정보일 텐데….

그 여자가 항공사의 고객정보에 이만큼 단시간에 액세스할 수 있을 리 없다.

그러니까 넌지시 떠보기…라기보다는 넌지시 빈정거리는 말일 것이다. 그것을 잘 알 수 있었던 나는,

"무슨 말씀을 하시는지 전혀 모르겠군요. 저는 유이 레일*을 타고 지금 막 공항에 도착한 참입니다만."

이라고 태연하게 말했다.

나에게 거짓말을 하는 것은 진실을 말하는 것보다 몇 배는 쉽다. 평소대로 지내고 있으면 내 입은 알아서 거짓말을 해 준다.

기분적으로는 자동서기*에 가깝다.

※유이 레일 : 나하 시내의 전철. 모노레일로 구성되어 있다.

※자동서기(自動書記) : 다른 곳에 주의를 기울이고 있어도 문장이나 그림을 자동적으로 쓰거나 그리는 것을 가리키는 심리학 용어.

현상으로서는 자연현상이다.

애초에 사람을 꿰뚫어 보는 것에 있어서 프로페셔널 같은 존재였던 오시노와 가엔 선배를 아는 나로서는 응시받든 주시당하든, 그런 것은 아무렇지도 않다.

보고 싶으면 마음껏 보라지.

나는 관찰당한 전부를 거짓말로 만들 뿐이다. 진실 따윈 얼마든지 거짓으로 바꿀 수 있다는 것이 내 지론이니까.

지론? 그런 것을 가진 적이 있었던가.

언제부터냐. 대체 언제부터.

[그래. 뭐든 괜찮아. 로비라고 하면 장소가 애매하네. 공항 안의 카페 같은 데서 만날 수 없을까?]

"알았습니다. 그러면 그렇게 하도록 하죠."

어디까지나 은근무례하게…가 아니라 한없이 정중한 말투로 나는 제안한다. 센쇼가하라와 직접 만난 뒤에도 이런 말투를 유지하는 것은 필시 어렵겠지만.

"마음에 드는 가게에 들어가서 커피라도 마시며 기다리십시오. 제 쪽에서 말을 걸겠습니다."

[…가게에 들어간 뒤에 가게 이름을 전화로 알려 주면 되는 건가?]

"아니요. 클라이언트에게 그런 수고를 하게 할 수는 없지요. 공항 안의 모든 카페를 돌며 반드시 이쪽에서 말을 걸겠으니, 센쇼가하라 님께서는 우아하게 홍차라도 마시면서 기다려 주시면 됩니다."

[…서로 처음 만나잖아.]

그렇게 그녀는 말했다.

나에게 장단을 맞춰 주는 것인지 내 행동에 기가 막힌 것인지는 알 수 없지만, 아무래도 빤히 보이는 연기를 재개해 준 것 같다.

[뭔가 표식으로 삼을 만한 것을 들고 있는 편이 좋을까?]

"그렇군요. 그러면 아이폰을 오른손에 들고 계십시오."

[요즘에 아이폰을 쓰는 사람은 한두 명이 아니잖아. 어떻게 알아보겠다는 거야.]

"그냥 아이폰이라고 하면 초기형을 말하죠."

이 부분은 농담이었다. 재미있지도 않은 농담이다. 엉큼한 농담이 아닌 만큼 나을 것이다.

슬슬 나도 기내 청소가 시작되기 전에 전화를 끊고 비행기에서 내려야 하므로 그런 농담을 할 만한 여유가 없지만, 여유가 없을 때일수록 나는 농담을 하고 만다.

그 부분은 학생 시절 오시노에게 자주 나무라는 소리를 들었다.

그 오시노에게.

지구상의 누구에게 듣더라도 너에게만큼은 듣고 싶지 않다고 생각했지만, 오히려 그 녀석에게 들을 정도라고 생각하면 분하지만 그 점은 인정하지 않을 수 없다.

이래 봬도 어른이 되었다고 생각하고 있었는데 고교생과 같은 수준으로 대화하고 있다니, 나도 아직 어린애 같은 부분이 다 빠지지 않았나 보다.

[애초에 내가 쓰고 있는 휴대전화는 아이폰이 아니야. 집에 컴퓨

터가 없어서 그건 제대로 쓸 수 없어.]

"어라라. 그러십니까."

[안경을 끼고 있으니까 그걸 표식으로 삼아서 찾아 줘.]

그렇게 말하고 그녀는 전화를 끊었다.

안경을 끼고 있는 사람이야말로 카페 안에 얼마든지 있을 것 같은데…. 아니, 애초에 그 녀석은 안경 같은 걸 끼고 있었던가?

그 뒤로 입시 공부를 하다가 시력이 떨어진 걸까.

다만 시력의 좋고 나쁨이란 것은 대개 유전자에 의해서 결정되는 경우가 많은 듯하다. 예를 들어 실제로 '형설지공螢雪之功' 같은 행동을 하더라도 시력은 그리 쉽게 떨어지지 않는다고 한다. 그리고 한마디 더 하자면 애초에 그 여자애는 입시 공부 따윈 하지 않을 것이다.

나도 상당히 요령 있게 입시 공부를 했지만, 센조가하라는 그런 요령조차 코웃음 친다.

공부를 하는 쪽이 흥이 떨어져서 성적도 같이 떨어진다는 농담 같은 소리를 했었다. 놀고 있는 편이 성적 상승으로 이어진다고 했던가.

그것은 정말로 농담이었다고 해도, 내가 아는 그녀의 학력은 고교 1학년 시점의 학력이었지만 거기서 순조롭게 성장한다면 아마도 입시 공부 같은 걸 하지 않아도 대부분의 대학에는 붙을 것이다.

그렇다면 안경이 어떻고 하는 그 말도 농담이었을지도 모른다. 그녀도 그것이 용납되지 않을 정도로 진지하게, 심각한 상황이면 상황일수록 시답잖은 조크를 내뱉는 타입의 인간이었다.

그렇다기보다, 어느 정도 자의식 과잉 같은 말을 하자면 그 여자는 내 영향을 받아서 그런 인간이 되어 버린 것이지만…. 고등학교 1학년 여자, 사춘기인 어린애에게 내 성격은 독기가 강했던 것이다.

어쨌든 나는 휴대전화를 주머니에 넣고 비행기에서 내렸다. 가지고 있는 짐은 없다. 오늘에 한해서가 아니라 나는 늘 짐 같은 것은 가지고 다니지 않는 스타일이다.

몸뚱이 하나가 전 재산.

주머니에 들어가지 않는 물건은 가지고 다니고 싶지 않다.

물론 업무의 내용에 따라서는 그렇게 되지 않지만, 그런 경우에도 사용했던 기재들은 최종적으로 곧바로 처분하고 있다.

옛날에 오시노에게 네가 사는 방식은 조금 극단적이라는 의미의 말을 들은 적이 있는데… 아니, 그러니까 너한테 그런 소릴 듣고 싶지는 않다고.

진짜로 말이야.

학생 시절을 조금 돌이켜 보고 살짝 그리운 기분에 사로잡히며, 나는 기내의 인간에서 지상의 인간이 되었다. 그리운 기분이라는 것은 당연히 새빨간 거짓말이지만.

006

그리고 나는 나하 공항 안을 배회했다. 의뢰인은 그리 고생하지 않고 금방 찾을 수 있었다. 나는 오키나와에 처음 오는 것이 아니었으므로 나하 공항의 찻집 대부분을 파악하고 있었던 점도 있지만, 실제로 의뢰인인 센쇼가하라가 끼고 있던 '안경'이 겉보기에 너무나 알기 쉬운 '표식'이었기 때문이다.

실제로 표식으로 이보다 더한 것은 없었을 것이다.

가게 밖에서도 또렷하게 알 수 있었다.

단언할 수 있었다. 왜냐하면 그녀의 '안경'은 이른바 파티용품인 코주부안경이었기 때문이다.

수염이 달린 그것이다.

교복을 입은 여고생이 코주부안경을 끼고 찻집에 있으면 이보다 더 눈에 띌 수 없을 것이다. 눈에 띈다기보다 이미 비정상적인 상황이다. 나조차도 깜짝 놀랄 정도였다.

공항의 매점에서 팔고 있는 물건은 아닐 테니, 나와 표식 운운하는 이야기를 하기 전부터 저 여고생은 그것을 준비해 왔다는 이야기가 되는데…. 으음. 아니, 그렇다. 정말로 순수하게, 바보 아냐? 라고 생각했다.

그러나 그것과 같은 정도로 한 판 빼앗기고 말았다는 기분이 든 것도 분명한 사실이다.

나는 패배감에 사로잡히고 말았다.

패배자가 된 기분이 들었다.

이 부분의 승패 기준은 아주 델리케이트하면서도 섬세해서 조금 설명하기 어렵지만, 알기 쉽게 말하면 졌다고 생각한 시점에서 진

것이다.

그래서일까. 센조가하라인지 센쇼가하라인지는 모르겠지만, 나는 그녀를 발견하기는 했어도 가게에 들어가고 싶은 기분이 들지 않았다.

지금 이 상태로 가게에 들어가면, 그리고 그 상태로 녀석의 앞자리에 앉으면 확실히 주도권을 빼앗기게 된다. 그러면 시종일관 그녀의 페이스대로 이야기가 진행될 것이다. 그것은 바람직하지 않다.

바람직하지 않다기보다, 싫다.

나는 가만히 가게를 벗어나서 공항 안의 기념품 가게로 향했다. 그리고 오키나와의 매점이라면 반드시 팔고 있는 알로하 옷과 선글라스를 구입했다.

어째서 알로하 옷을 오키나와에서 팔고 있는지는 수수께끼지만…. 뭐, 원래 하와이의 명산품인 알로하 옷도 근본을 따지면 일본의 기모노가 베이스라고 하니까 역수입이라고 생각하면 이상할 것 없다.

그리고 나는 화장실의 부스에서 상의와 셔츠를 벗고 알로하 옷을 입고 선글라스를 꼈다. 거울로 확인해 본다. 누구냐, 이 녀석은! 하는 생각이 드는 쾌활한 남자가 거울 안에 있었다. 이 상태에 우쿨렐레라도 들면 완벽하겠지만 모든 일에 완벽함을 추구해서는 안 된다.

여지라고 할까, 여유를 남겨 두지 않으면 여차할 때에 옴짝달싹 못하게 된다. 자동차의 핸들 같은 것이다.

나는 주머니 안에 아무것도 남아 있지 않은 것을 확인하고 나서 상의와 셔츠, 그리고 넥타이를 화장실 문 앞의 쓰레기통에 버린 뒤에 다시 의뢰인이 기다리는 찻집으로 향했다.

나는 망설임 없이 당당하게, 일절 움츠러들지 않는 쿨한 표정을 유지하면서 그 차림으로 의뢰인의 맞은편 자리에 앉았다.

"푸핫!"

코주부안경을 쓴 여자가 마시던 오렌지 주스를 뿜었다.

마시고 있던 것이 커피도 홍차도 아닌 오렌지 주스였던 것은 그것을 권했던 나에 대한 반항심일지도 모른다.

어쨌든 나 때문에 뿜어 버렸다는 것은, 뭘 마시고 있더라도 내 손바닥 위에 있게 된 것이나 다름없다는 이야기지만 말이야.

큭큭큭.

좋아, 이겼다.

두뇌의 승리다.

그렇게 나는 마음속으로 승리 포즈를 취했다. 당연하지만 겉으로는 그런 감정을 1밀리미터도 드러내지 않는다.

오히려 그것이 당연하다는 얼굴로, 나는 서두르지도 당황하지도 않고 자리에 앉았다. 그리고 행주를 들고 온 종업원에게,

"뜨거운 커피 한 잔, 그리고 이쪽의 여성분에게 오렌지 주스를 한 잔 더."

라고 주문했다.

오키나와의 공항에서 알로하 옷에 선글라스를 낀 남자는 드물지 않은지, 종업원은 평범하게 그 주문을 받고 갔다. 내 눈앞에서 배

를 끌어안고 괴로워하고 있는 여고생을 조금 수상하게 보기는 했지만.

"펴… 평소의."

간신히 말할 수 있을 정도로 회복된 코주부안경의 여고생은 숨을 몰아쉬면서 말했다.

"상복은 어쩐 거야…. 오키나와에 오면 당신 같은 인간이라도… 인간이라도, 그, 쾌활해지는 법이야?"

"그건 상복이 아니야. 검은 슈트를 전부 상복이라고 생각하지 마."

역시 생각했던 대로 직접 만나자 말투가 무너져 버렸다.

나로서는 한동안 빤히 보이는 연기를 계속하고 싶은 마음도 있었지만, 그런 마음을 자각해 버리면 나는 오히려 의식적으로 빨리 끝내 버린다.

성격이 비뚤어진, 천성적인 거짓말쟁이다.

자기 자신조차 계속 속인다.

"나도 알로하 정도는 입는다고."

"가만히 보니 하반신은 평소에 입던 양복 그대로잖아…. 신발도 구두를 신었고. 그 장난을 뒤엎어 버리는 듯한 나쁜 밸런스에 두 번 웃어 버렸어…."

으음.

의도하지 않은 곳에서 웃겨 버린 것은 유감스럽다.

나는 짜증이 났다. 그릇이 작은가?

"너야말로 그 긴 머리를 자른 건가? 놀랐다고. 잘 어울리는걸."

그릇이 작을지도 모르는 나는 일부러 코주부안경에 대해서는 언급하지 않고, 즉 무시하고 요전에 만났을 때에 비해 대담하게 짧아진 그녀의 머리카락을 화제로 삼았다.

다만 그녀가 머리카락을 자른 것은 여름에 아라라기 코요미가 보여 준 사진을 보고 알고 있었기 때문에 놀랄 일은 아니었다.

그렇다고 해도 사진으로 본 것보다는 조금 길어졌다…고 봐야 하나?

"……."

자신의 물수건으로 자신이 뿜은 오렌지 주스를 닦고 나서 그녀는 내 쪽을 보았다. 간신히 보인 그녀다운 철면피이지만, 코주부안경을 낀 상태로는 그리 야무진 느낌이 없다.

아무래도 그녀는 그 안경을 벗을 타이밍을 놓쳐 버린 듯했다.

"오래간만이군, 센쇼가하라."

"오래간만이야, 스즈키."

반년 만의 재회였다.

확실히 반년 만일 것이다.

아니어도 상관없지만.

아무래도 상관없지만.

이렇게 나는 두 번 다시 만날 일 없다고 생각했던, 만난 그 순간 죽게 될 거라고 생각했던 여자와 재회했던 것이다. 예전에 사기를 쳤던 가정의 딸과 재회했던 것이다.

센조가하라 히타기와.

007

"네 쪽에서 나에게 연락을 해 올 줄이야. 웬일이지? 무슨 일이라도 있었나?"

"속여 줬으면 하는 인간이 있어."

이제는 센쇼가하라라고 일일이 말할 필요도 사라진 클라이언트, 센조가하라 히타기. 나오에츠 고등학교라고 했던가, 어쨌든 고등학교 3학년 여고생은 전화로 했던 대사를 반복했다. 그런 식으로, 자습서라도 읽는 것 같은 말투가 아니라면 나에게 부탁 따윈 할 수 없다는 눈치다.

그런 태도로 보면 '잘 부탁할게' 라는 말은 역시 내가 잘못 들었거나, 혹은 희망적 관측이었는지도 모른다.

이것도 어떻게 되더라도 상관없지만.

애초에 나에게 어떻게 되더라도 상관없지 않은 것이 있던가?

만약 그 작은 목소리가 나를 불러내기 위한 공작이었다고 해도 특별히 놀라지는 않는다. 실제로 내가 이곳에 이렇게 불려 나와 업무 의뢰를 들어 버린 시점에서, 이러한 사실이 성립되어 있는 시점에서 그런 옛날 옛적의 대화 내용은 한없이 어떻게 되든 상관없는 것이 되어 버렸다.

나는 과거에 구애되지 않는다.

그러니까 눈앞의 여자가 옛날에 속였던 여자든 지나가던 관광객이든 신세를 졌던 은사의 딸이든, 그런 것은 뭐가 어떻게 되든 마찬가지다.

마찬가지로 어떻게 되든 상관없다.

"속여 줬으면 하는 인간이 있어."

다시 말했다.

세 번씩이나 되면 그것은 나에게 말하고 있다기보다 자신에게 들려주고 있는 것 같기도 했다.

나는 집요하다고밖에 생각되지 않았지만.

"속여 줄 수 있을까?"

"막연하게 물어봐도 곤란한데. 물론 내가 속이지 못하는 인간은 없지만…."

일부러 큰소리를 친다. 센조가하라는 이런 호언장담을 가장 싫어할 테니까. 무슨 말을 해야 좋을지 알 수 없을 때는 우선 상대가 싫어하는 말을 하고 상대가 싫어하는 짓을 하는 것이 내 스탠스다.

의미가 있느냐고?

딱히 의미는 없다.

호감을 사는 것보다 미움받는 쪽이 편한 것뿐이다. 굳이 말하자면 뭐랄까, 호감을 산다는 것은 가볍게 여겨지는 것이고 미움받는다는 것은 무겁게 취급받고 있는 것이니까… 라는 이유일지도 모른다.

뭐, 이건 그냥 해 본 소리고.

"그렇지만 구체적인 이야기를 들려주지 않는 한 대답은 할 수 없어."

"일단 내 윗사람은 아니지만 연상인 당신의 체면을 봐서 업무 의뢰라는 형식을 취하고 있긴 하지만, 당신은 원래 그 정도는 해야만 해."

"뭔 소리야, 그건."

센조가하라의 말에 나는 어깨 힘을 빼며 축 늘어뜨려 보였다.

무슨 말을 하는지 이해할 수 없었기 때문이다.

그야말로 의미 불명이다.

"속죄라는 거냐? 예전에 너를 비참한 상태로 만들었으니까 그걸 벌충하라는 소리냐? 그거 참, 뭐랄까…. 많이 컸구나, 센조가하라. 가슴 말고도."

마지막에 덧붙인 성희롱 같은 대사는 물론 기분 나쁘게 만들기 위해 해 본 말이지만, 그러나 평소부터 유녀幼女 애호가인 아라라기 코요미와 접하고 있을 이 여자애에게 이런 말은 의미가 없을지도 모른다. 애초에 '우선 미움받아 본다'라는 내 커뮤니케이션 스타일은 수년 전에 이 여자애에게 간파되어 있다.

날카로운, 날붙이 같다기보다 뾰족한 필기구 끝처럼 날카롭게 간파되어 있는 것이다.

그렇다면 정말로 무의미한지도 모른다.

아무리 곡예를 펼쳐 본들 트릭이 간파된 마술쇼를 하고 있는 것이나 마찬가지다. 사기의 피해자는 그 뒤로도 피해자가 되기 쉽다고 해도, 그 정도로 호되게 당한 이 여자애가 다시 나에게 속을 거라고는 생각할 수 없다.

생각하지 않는다.

"나에 대한 벌충이 아니야."

센조가하라는 역시 노 대미지라는 듯이 곧바로 받아쳤다.
다 안다는 듯한 그 태도를 나는 불유쾌하게 생각한다.
극히 불유쾌하게 생각한다.
"당신에게 상처 입은 부분은 아라라기 군이 제대로 메워 줬는걸."
"호오. 그거 참 다행이네. 보통 사이가 아닌가 보군."
"그러니까 당신이 메우는 것은 전혀 다른 쪽이야. 당신은 반드시 그렇게 해야만 해."
"…그런 식으로 내 행동을 제약하려 드는 소릴 들으니 대화에 조금 싫증이 나는걸."
나는 말했다.
웬일로 솔직한 기분이었다. 내 경우에는 '솔직히' 라는 말도 거짓말처럼 들릴지도 모르지만… 뭐, 정말로 솔직한 기분이었다.
"뭣하면 지금 당장 나는 돌아가도 상관없다고."
"그런 짓을 하면 찌를 거야. 내가 아무런 준비도 없이 여기 왔다고 생각하지 마."
"……."
거짓말이구나, 라고 직감한다.
직감이라고 말하긴 했지만, 사실 직감은 아니다. 누구나 알 수 있는 단순한 추리다. 여기까지 비행기를 타고 온 이상, 설령 그녀가 준비했다고 해도 날붙이 종류는 전부 압수당했을 것이다.
뭐, 짐으로 맡긴다는 번거로운 짓을 했을지도 모르고 그렇지 않더라도, 설령 날붙이를 준비하지 않았더라도 잘못 대응했다간 센조가하라는 나를 죽이려 들 것이다.

이 여자애는 나에게 그럴 만한 짓을 당했다.

나는 그럴 만한 짓을 했다.

그렇다고 해서 그 벌충을 할 생각은 없다. 그것은 그때 내가 번 돈에 대해 실례가 된다.

돈에 대한 예의만큼은 잃어서는 안 된다.

결코, 결코, 결코다.

그러나 그런 식으로 자신의 행동을 단정 지은 것에 대해 반감을 느끼는 한편, 나는 강한 호기심에 사로잡혀 있기도 했다.

센조가하라에 대해 벌충하는 것이 아니라면, 나는 대체 누구에게 벌충해야 하는 것일까?

누구의, 무엇에 대해?

혹시, 그건가?

아라라기 코요미의 여동생인가?

있었지, 그런 녀석이…. 이름은 확실히 아라라기 카렌. 아주 용감한 여자애였다. 절대 친구는 될 수 없지만, 그런 바보 같은 어린애에게는 호감이 간다. 나는 의외로 어린아이를 좋아한다. 그래서 기억하고 있었다.

흠, 그 여자아이에 대한 벌충이라면 다소는 의욕이 솟아난다.

…고 할 리가 없지 않은가.

만나자마자 두들겨 맞을 것이 빤히 보이는데, 어째서 그런 건방진 꼬맹이를 위해서 내가 뭔가 해야 하는 거냐.

돈을 준다고 해도 사양하겠다. 아니, 돈을 준다면 생각해 보겠다. 적어도 교섭의 테이블에는 앉겠다. 그 뒤는 액수 문제다.
“찔리는 건 싫은데. 어쩔 수 없지, 이야기 정도는 들어 주겠어. 시키는 대로 할지 어떨지는 모르겠지만….”
반감에 대한 호기심의 승리.
나는 고교생 여자애의 비위를 맞추는 말을 했다.
이 정도로 동요할 만한 자존심을 갖고 있지는 않았다. 애초에 이 녀석이 고등학교 1학년이었던 시절에 내가 이 녀석에게 취하고 있던 태도는 비위를 맞추는 정도가 아니었으니, 이제 와서 거드름을 피워 봤자 별 의미가 없을 것이다.
“들려줘, 센조가하라. 내가 어디의 누구를 속여 줬으면 한다는 거지? 말투로 보면 왠지 모르게 내가 아는 사람 같은데.”
“센고쿠 나데코.”
센조가하라는 말했다.
그 단적인 답은 알기 쉬워서 좋았지만, 생각과는 달리 전혀 모르는 이름이라 나로서는 실망스러웠다.

008

이쯤에서 센조가하라 히타기와 나, 카이키 데이슈와의 만남이라고 할까, 인연에 대해 설명해 두기로 하자. 어디까지나 내 주관이니까 사실과는 어느 정도 어긋나 있을지도 모른다는 상투적인 문구를, 나는 말하지 않겠다.

말할까 보냐.

그런 것은 당연한 일이니 말할 것도 없고, 애초에 처음에 말했던 대로 나는 진실을 이야기하는 입을 가지고 있지 않기 때문이다.

로마의 교회에 있다는 '진실의 입'은 거짓말쟁이가 손을 넣으면 깨문다고 하는데, 실제로 그런 일은 없으므로 이것은 자가당착이라고 말할 수 있지만…. 뭐, 그것을 본떠서 말하자면 내 입은 허실虛實의 입이라고 할 수 있다.

그러니까 어디까지가 진실인가는 생각하지 마라.

전부 거짓말이다.

어느 정도 진실 같아도 믿지 마라.

그것은 2년 전, 센조가하라 히타기가 나오에츠 고등학교에 갓 입학한 반짝반짝하는 1학년이고, 내가 아직 팔팔한 10대 시절이었다. 아니, 40대 시절이었던가?

나는 센조가하라의 어머니에게 고스트버스터로서 일 의뢰를 받았다. 그것은 딸을 위한, 요컨대 센조가하라를 위한 의뢰였다.

그 무렵에 그녀는 자신의 체중이 사라진다는 기이한 병에 걸려 있었다. 지나치게 마른 것도 아닌데 체중이 5킬로그램까지 감소했다고 한다.

확실히 기이한 병이다.

그것이 기이한 병이 아니면 무엇이 기이한 병이겠는가.

다니던 병원에서도 희귀한 증례症例로서 기록되어 있다고 한다. 그때에 사례금을 받았으므로 치료비만으로 말하자면 적어도 당시에는 그 정도로 가계에 압박이 있던 것은 아닌 듯하지만.

아니, 아니던가.

그 사례금조차 어머니가 다 써 버렸던가. 그녀의 어머니는 어리석게도 악덕 종교에 빠져 있어서, 외자계 기업에 근무하며 상당히 돈을 벌었던 아버지조차 메우지 못할 정도의 낭비를 하고 있었다고 한다.

뭐, 그것은 그 정도로 나무랄 만한 일은 아닐지도 모른다. 내가 보기에 그 행위는 새해 첫날의 참배객과 큰 차이 없는 일이다.

게다가 그 악덕 종교로부터의 연줄로 '고스트버스터' 인 나에게 업무 의뢰가 왔으니, 감사는 할지언정 그 어머니를 나무랄 생각은 티끌만큼도 없다. 있을 리가 없다.

그리고 센조가하라의 기이한 병을 치료하기 위해 영험한 기도사로서 불려 간 나는, 센조가하라 가의 재산을 뜯어낼 수 있는 만큼 뜯어내서 결과적으로 그들의 가정을 붕괴시켰던 것이다.

센조가하라의 기이한 병을 낫게 하기는커녕 그녀의 부모를 이혼으로 몰아넣을 계기를 만들어 복구불능의 균열이 가게 했고, 그것도 모자라 악덕 종교에 쏟아붓고 남은 돈도 대부분 뜯어냈다. 가정의 트러블이란 대체로 감정론에 치우치는 경우가 많으므로 금전 감각이 흐려진다. 현명한 나는 그 부분을 파고든 것이다.

자세한 노하우는 영업비밀이지만, 아버지와 어머니의 귀여운 외동딸을 잘 구슬리는 것이 키 포인트였다고 고백해 둘 필요는 있을 것이다.

요컨대 사춘기 어린애의, 기이한 병에 걸려서 심약해진 여고생의 순정을 이용해서, 그 이모셔널한 마음을 이용해서 부모의 마음을 흔들고 최종적으로는 가정을 파멸로 몰아넣었던 것이다. 이렇게 해서 돌아보면 그때에 칼에 찔렸어도 이상하지 않다.

그렇다기보다, 이상하다.

왜 살아 있는 거지, 나는?

어쨌든 그런 느낌으로 나는 벌 만큼 벌고 속일 만큼 속이고, 그 뒤에는 뒤돌아보지 않고 도망쳤다. 그러다가 사정이 있어서 다시 그 마을에 돌아갔는데 그것이 올해… 아니, 이미 작년이었던가. 작년 중반쯤의 일인데, 그때 또다시 성장한 센조가하라 히타기와 만나게 된다. 완전히 잊고 있었던 그녀와.

누구지, 이 녀석? 이라고 생각했던 그녀와.

그때 내가 치려고 했던 일대 사기는, 2년 전과 달리 잘 진행되지 못하고 센조가하라 히타기와 아라라기 코요미에 의해 풍비박산이 났다. 그런 의미에서 보면 그녀는 이미 나에게 복수했다고 할 수 있다.

나는 돈벌이 기회를 헛되이 날렸고 이후로 그 마을의 출입까지 일절 금지당했다. 뭐, 그 뒤에 날려 버린 기대 소득은 카게누이 녀석으로부터 회수했으니 딱히 문제는 없지만, 그러나 일본 어딘가에 자신이 갈 수 없는 장소가 있다는 것은 나나 오시노 같은 자유를 사랑하는 인종에게는 상당한 스트레스다.

뭐, 그래도 이후로 센조가하라 히타기나 아라라기 코요미, 그리고 제대로 죽지 못한 흡혈귀인 오시노 시노부 등과 관계하지 않을 수 있게 되었다는 것은 썩 괜찮은 조건이라고 할 수 있었다.

말했을 테지만, 나에게 그런 약속을 강요했던 센조가하라 히타기 쪽에서 먼저 연락을 해 오고, 그뿐만 아니라 직접 만나서 일, 그것도 사기 의뢰를 하다니 말도 안 되는 이야기다.

부조리한 일이라고도 할 수 있다. 나는 화를 내도 괜찮을 것이다.

"아라라기는…."

생각하고 나는 말했다.

노파심에서 걱정이 되었던 것이다.

"알고 있나? 네가 이렇게 새해 첫날부터 나와 만나는 것을. 애초에 남자친구와 여자친구라는 것은 이런 날 같이 하츠모데에 가는 법 아니었나? 돈을 쓰레기처럼 마구잡이로 던지면서."

"바보 취급하지 마."

센조가하라는 표정 변화 없이 말했다.

그러고는 그런 뒤에,

"물론 모르지."

라고 말을 이었다.

"아라라기 군이 당신과 만났다간 당신을 죽일지도 모르니까. 그 정의의 사자에게 당신은 철천지원수인걸."

"흠."

바보 취급할 생각은 없었지만…. 아니, 있었는지 없었는지 잘 모르겠지만 어쨌든 아라라기에게는 비밀로 한 오키나와 여행인 듯하다.

설령 하츠모데에는 가지 않더라도 같이 지내는 것 정도는 할 법한데…. 아니, 이런 것은 이미 옛날 사람의 감성일지도 모른다.

휴대전화가 있으면 딱히 같이 있을 필요 따윈 느끼지 않는지도 모른다.

사기꾼으로서 시대에 뒤처지지 않으려고 주의하고 있었는데, 세대차이만큼은 어쩔 도리가 없다.

이런 소릴 하고 있지만, 센조가하라 쪽에게 방해받은 사기는 여중생들을 중심으로 벌인 것이었지…. 그래서 실패했던 걸까?

다만 자신이 나이를 먹었다고 생각하는 동안에는 아직 젊은 것이란 이야기도 있다.

분명히 사람은 자신 이외의 누군가의 성장이나 늙음을 느꼈을 때야말로 나이를 먹었다고 말할 수 있는 것이겠지.

"몰라. 즉…."

뭐, 센조가하라와 서로의 가치관을 조정해 봤자 밥맛이 좋아지는 것도 아니므로, 나는 적당히 이야기를 진행시키기로 했다. 이야기가 너무 길어지면 오키나와에서 교토로 돌아갈 수 없게 된다.

교토에 돌아가 본들, 인간 관찰을 마친 나에게 더 이상 할 일이 있을 리도 없지만…. 그렇지, 그렇다면 차라리 이 오키나와에 며칠 묵고 가는 것도 재미있을 것 같다.

새해 첫날인데도, 즉 한겨울인데도 충분히 '덥다' 고 말해도 좋을 이 환경은 상당히 재미있다. 알로하 옷을 입었는데도 전혀 쌀쌀하게 느껴지지 않는다.

오히려 겨울용 세일러 블라우스 차림의 센조가하라가 더워 보일 정도였다. 이 녀석은 오늘 중에 집에 돌아갈 생각일까? 아니면 호텔을 예약해 둔 것일까?

앞뒤 생각을 하고 움직이는 것 같지는 않다.

이 녀석이 사는 동네에는 지금쯤 눈이 내리고 있을까.

교토는 눈도 별로 내리지 않게 되었지만….

"요컨대 아라라기에게 비밀로 하고 나를 만나러 왔다는 건가."

"그게 왜? 그렇게 해서 몇 번이나… 아니, 한 번이라도 일부러 확인할 만한 일이야?"

"아니, 딱히."

그냥 생각했던 것뿐이다.

사실을 말하자면 나는 '센조가하라에게는 비밀'이라는 형태로 아라라기 코요미와 면회한 적이 있다. 마을에 대한 진입을 금지당한 직후였으니 8월 정도였던가.

머리카락을 자른 센조가하라의 사진을 본 것은 그때였다.

금지당한 직후에 다시 그 마을에 들어간 것이니 내 낯가죽도 상당히 두껍다. 하지만 일단 그 뒤로는 정말로 약속을 지키며 그 마을에 가까이 가지 않은 것은 여기서 보증해 둔다. 내 보증에 어느 정도의 보증력이 있는지 알 바 아니지만. 뭐, 어쨌든 그런 경위가 있었으므로 자기도 모르게 거듭 확인을 하고 말았던 것이다.

연인 사이인데 서로에게 비밀을 가지면서 서로를 배려하고, 그 결과 비슷한 짓을 하고 있다는 상황은 시계를 팔고 머리빗을 산 남자와 머리카락을 팔아 시곗줄을 산 여자의 이야기를 떠올리게 만든다. 의외로 센조가하라는 자른 머리카락을 팔아서 시곗줄이라도 샀는지 모른다.

그런 바보 같은 생각이 들었다.

그건 그렇고. 이건 매년 새해 첫날에 신사에 견학을 가는 것과 비슷한 이야기인데, 나는 일종의 건강법으로서 연애소설이나 화제의 '눈물 나는 드라마' 라는 것을 보는 버릇이 있다.

좋은 책이나 좋은 영화, 거기에 좋은 음악을 접해 보며 그것들에 전혀 감정이 흔들리지 않는 나 자신을 확인하는 것이다.

나 자신의 무감정함을 확인한다.

뭐가 어떻게 되더라도 나는 선량한 일반 시민이 될 수 없다는 것을 자각하고 있지 않으면, 어떤 계기로 길을 잘못 들게 될지 알 수 없으니까.

이 점에 대해서는 남들과 감성이 다른 자신에게 깊이 도취되어 있는 것뿐이라고 생각해도 상관없지만…. 요컨대 여기서 말하고 싶은 것은 그런 센조가하라와 아라라기에 대해 나는 아무것도 느끼지 않았다는 것이다.

나는.

아무것도.

느끼지 않았다.

그렇다기보다, '이 녀석들, 바보 아냐?' 라고 생각하고 있다. 아니, 그게 아니라 틀림없는 바보라고 생각하고 있다.

"그래서 뭐지? 아라라기와의 귀중한 고교 생활 마지막 겨울방학을 소비하면서까지, 즉 남자친구에게 비밀을 만들면서까지 너는 사기의 공범자가 되려는 거냐? 그 센고쿠 나데코라는 사람이 누군지는 모르지만, 연적 같은 건가?"

"…애초에 아라라기 군은 수험생이니까 겨울방학이든 새해 첫날이든 공부하느라 정신이 없어.”

“흐음.”

나는 끄덕였다.

아마도 그것은 거짓말이라고 생각했기 때문에 끄덕이고, 아무 말도 계속하지 않았던 것이다. 어린아이의 허세를 상대해 줄 정도로 나는 인간이 되어 있지 않다.

“너의 입시 공부는 어떤데?”

“나는 추천입학으로 들어갈 거니까 상관없어.”

“그거 참 훌륭하군.”

그러나 이 맞장구에 관해서는 내 솔직한 마음이었다.

자신이 입시에서 얼마나 고생했는지를 생각하면, 우수한 고교생에겐 자연스럽게 감탄하게 된다. 감동은 하지 않더라도 감탄은 하게 된다.

역시 센조가하라는 내가 예상했던 대로의 여자다.

입시 공부 따윈 대수롭지 않은 건가.

하지만 그런 여자가 나에게 상담을 하러 오다니, 내가 사람을 잘못 봤다고 할 수도 있다. 그런 식으로 말하고 돌아갈까 하는 생각도 했다.

뭐, 생각했던 것뿐이다.

그 타이밍에 내가 주문한 커피와 오렌지 주스가 나왔다. 조금 늦었다고 생각하지만 물론 불평을 할 정도는 아니다.

나는 커피를 한 모금 마셨지만 센조가하라는 오렌지 주스를 손에 쥐려고도 하지 않았다. 스트로의 포장조차 뜯으려고 하지 않는다.

어쩌면 내가 사 주는 것은 절대 받지 않겠다는 마음가짐의 발로일지도 모른다.

학교 공부는 잘 하는 모양이지만, 그렇게 생각하고 있다면 역시 바보다.

내가 사 줄 리가 없지 않나.

오히려 최종적으로 이 커피 값을 네가 치르게 만들 책략을, 지금 한창 짜고 있는 중인 것도 깨닫지 못하는 건가.

"뭐, 아라라기의 실력이 어느 정도인지는 모르겠지만 네가 찰싹 달라붙어 가르치고 있다면 분명히 문제없겠지. 봄부터는 두 사람 다 대학생이겠군."

나는 아무런 감정도 담지 않고 적당히 공백을 메우기 위해 그렇게 말했다. 하지만 그 말에 대해서 센조가하라는,

"아니."

라고 말했다.

내가 하는 말은 전부 부정하고 싶어서 부정한 것뿐이겠지.

그렇게 생각했지만, 아니었다.

"이대로라면 나와 아라라기 군에게 봄 이후는 없어."

"응?"

"우리에게 미래는 없어."

"응?"

말의 의미를 알 수 없어서 나는 되묻고 말았다.

순수한 반응을 하고 말았다. 아차, 이야기의 주도권을 넘겨주고

말았다. 퍼스트 임프레션의 승부로는 우위에 섰을 텐데.

그러나 실제로 흥미가 솟는 말인 것은 확실했다.

봄 이후는 없다.

미래는 없다.

무슨 의미인가.

"나하고 아라라기 군은 말이지, 이대로 가면 졸업식 날에 살해당하게 되어 있어."

"호오…."

고개를 끄덕여 보지만, 뭔가를 이해해서 끄덕인 것은 아니다. 정보는 그리 늘지 않았다. 고등학교 졸업식에서 살해당하든 대학 입학식에서 살해당하든, 그런 점은 별 차이 없다. 입학식 날 살해당하면 놀라지 않지만 졸업식 날에 살해당하면 놀란다거나 할 리 없지 않은가.

나는 아무래도 센조가하라가 전부 이야기하지 못하고 있는 것 같다고 생각했다. 현재 자신의, 혹은 자신과 아라라기가 처한 궁지를 어떻게 설명해야 할지 결정하지 못한 듯하다.

센조가하라의 성격으로 보자면—여기서 말하는 센조가하라는 내가 아는 2년 전의 센조가하라라는 의미인데—이것은 아주 드문 일이다.

뭔가 깊은 사정이 있는지도 모른다.

어떻게 되든 상관없지만.

깊든 얕든, 아무 상관없지만.

다만 이대로 입을 다물어 버리거나 똑같은 이야기가 다람쥐 쳇

바퀴 돌 듯하게 되는 것은 순수하게 민폐이므로 나는 슬쩍 맞장구를 쳐 주었다.

원래대로라면 그것에도 수고비를 받고 싶은 참이지만, 옛 지인이니 아낌없이 서비스해 주기로 하자.

"즉 너와 아라라기가 무슨 일인가로 원한을 사서 그 센고쿠 나데코라는 녀석에게 살해당하게 되었으니, 그 녀석을 어떻게든 구슬려 줬으면 한다는 거냐?"

나는 대충 어림짐작으로 말했다.

추리라고 할 정도는 아니지만 완전히 빗나가지는 않을 거라는 정도의 마음으로 적당히 날조한 예상이었는데,

"대강은 맞아."

라고 센조가하라가 대답했다.

"정답이야."

그 표정에는 의외로 존경 같은 시선이 섞여 있었다. 이 정도의 예상을, 이 정도의 추리를 한 정도로 원한이 뼈에 사무쳤을 나에게 정말로 경의를 품었다고 한다면 이 여자는 너무 보잘것없다.

다시 한 번 속여 버릴까. 나는 그런 불합리한, 분노와 비슷한 감정을 품었다. 역시나 너무 불합리했으므로 그 분노는 수그러들었지만.

나도 사실은 어린아이에게 존경받아서 기뻤는지도 모른다. 그렇다면 보잘것없는 것은 내 쪽이라는 이야기가 된다.

기분이 우쭐해지게 된 것뿐일지도…. 그렇다면 정신을 바짝 차려야 한다.

"그렇지만 살해당한다니, 살벌한 얘긴걸."

"응. 살벌하지. 아주 무섭고 두려운 이야기야. …자세한 이야기를 들어 줄 수 있을까, 카이키 씨?"

센조가하라는 갑자기 격식을 차린 태도로 말했다. 만약 이것이 계산하고서 하는 행동이라면 보잘것없다는 건 당치도 않은 소리다. 이 여자는 무서운 악녀다.

그저 퉁명스럽기만 하던 고교 1학년이 어째서 이렇게 되어 버린 걸까. 내 탓일까? 대강은 맞겠지.

뭐, 아무리 악녀다움을 발휘해 본들, 혹은 퉁명스럽게 행동해 본들 센조가하라는 코주부안경을 끼고 있으므로 아무리 해도 야무진 느낌이 없다.

"들어 주기만 해도 돼. 당신이 안 된다고 말하면 포기할게. 나와 아라라기 군은 얌전히, 그 애에게 죽기로 하겠어. 그것이 피할 수 없는 운명이라면 어쩔 수 없어. 아니, 내가 최선을 다해 목숨을 구걸하면 아라라기 군 쪽은 살 수 없는 것도 아니겠지만. 그것을 유일한 희망으로 삼고 나머지 두 달 반의 여생을 살 거야."

"……."

짜증 난다고 생각했다.

갸륵한 태도도 지나치면 빈정거림이 될 뿐이다. 물론 이것은 그냥 빈정거림으로 하는 말이겠지만. 설마 나의, 하고많은 사람들 중에서 나의 동정을 사려고 하는 것도 아닐 터이다.

하지만 나는.

"좋아. 듣는 것만이라면. 이야기하면 그걸로 속이 풀려서 후련하게 해결되어 버리는 경우도 있을 테고 말이지."

그렇게 말했다.

여전히 내 입은 마음을 배신한다.

이야기하면 그걸로 속이 풀려서 후련하게 해결되어 버릴 이야기가 아님은 현 시점에서 충분히 알고 있는데도.

009

"속여 줬으면 하는 인간이 있다고 말했는데, 센고쿠 나데코는 이미 인간이 아니야."

센조가하라는 우선 그런 부분부터 이야기하기로 한 모양이다.

"호오. 재미있군. 인간이 아니면 뭔데?"

"신. 그 여자애는 사신蛇神, 뱀신이 되었어. 그것이 작년 11월에 있었던 일이야."

"……."

한순간 나를 놀리고 있는 건가 생각했지만, 그러나 이 여자가 나를 놀리기 위해서 오키나와까지 왔다고 생각하기는 어렵다.

일단 이야기는 끝까지 듣자.

그것이 돈이 되지 않는다고 해도 상관없다.

돈벌이의 힌트는 모든 곳에 흩어져 있다.

"신이 되었다는 이야기는…."

그렇다고 해도, 흠흠, 하고 끄덕이며 들어 봐도 센조가하라의 이야기가 중구난방이라 좀처럼 갈피를 잡을 수 없었다(딱히 설명이 서투른 애였다는 이미지는 없었지만, 아무래도 이 일만큼은 자신의 주관으로밖에 이야기할 수 없는 듯하다). 그래서 나는 이해하기 쉽도록 여기저기 참견하기로 했다.

센조가하라 쪽에서 보자면 내가 자신의 이야기에 관심을 보였다고 내심 몹시 기뻐할지도 모르지만, 사실은 반대다. 나는 흥미를 잃지 않으려고 노력하고 있는 것이다.

인간이 착각하는 모습은 즐겁다.

이래서 거짓말쟁이 짓을 그만둘 수가 없다.

"너하고 마찬가지로 기이한 병에 걸렸다고 보면 되나?"

"…응. 그렇지. 기이한 병이라…. 확실히 양쪽 다 신이었으니까."

나는 게였고.

그 애는 뱀.

그리고 이어서,

"다만 신에게 의지한 나에 비해 신이 된 그 여자애는… 그렇지, 같은 기이한 병이라고 해도 격이 다르다고 인정할 수밖에 없어. 근본적으로 치유 불가능한 불치병이란 느낌. 도저히 똑같다고는 말할 수 없지."

라고 말했다.

영문을 모르겠다. 뭘 혼자 멋대로 이해하고 있는 것일까. 그런 자기진단이 멋지다고 생각하기라도 하는 걸까?

그렇다면 평생 그렇게 납득하고 있어라.

내가 흥이 깨진 것을 깨달았는지,

"그래, 기이한 병이라고 할 수 있어."

라고 센조가하라는 다시 말했다.

알기 쉬운 정리다.

내 감정은 표정에 드러나지 않는데, 정말 눈치 빠른 여자다. 어쩌면 옛날에 익혔던 능력인지도 모른다.

"당신, 그 마을에서 일을 벌였으니까 아마 알고 있겠지? 산 위에 키타시라헤비 신사라는 이름의 신사가 있는데, 그 애는 지금 그곳에 모셔지고 있어."

"…아니, 그런 신사는 모르는데."

나는 그렇게 말했다.

알고 있었기 때문이다.

"하지만 그곳에 모셔졌다는 것은 확실히 말해서 의미를 모르겠군. 즉 그건 센고쿠 나데코가 현재 현인신現人神으로서 신앙을 얻고 있다는 건가?"

분명 키타시라헤비 신사라는 곳은 쇠퇴하여 망한, 오시노가 좋아할 법한 폐신사였을 텐데. 어디 보자, 나는 어째서 알고 있는 거지? 카게누이인가 누군가가 말했던 걸까?

"현인신이라든가, 신내림을 받은 자라든가."

"…그런 것하고는 조금 달라. 신을 배 속에 통째로 삼켜 버렸다고 할까…. 뭐, 어쨌든 센고쿠 나데코는 이미 인간이 아니라 요괴의 부류라는 거야."

"흐음."

그것은 예전의 너도, 그리고 지금의 너의 남자친구도 똑같지 않나, 라고 말하려다 그만두었다.

센조가하라를 화나게 만드는 것도 재미있어 보이지만 너무나도 의미가 없는 행동이다. 누가 인간이고 누가 괴물인가 따위, 알 게 뭔가.

나는 돈만 받을 수 있으면 지나가던 개라도 인간 취급을 하는 남자다. 물고기라도 신으로 떠받들 수 있는 남자다. 생물학상의 분류 따윈 어떻게 되든 상관없다.

사람이 아닌 것으로 말하자면 나 이상으로 사람 같지 않은 자도 없다.

"…요컨대 센고쿠 나데코는 말도 안 되는 황당한 존재가 되어 버렸다는 거야. 마음만 먹으면 그 마을 자체를 없애 버릴 수 있는 클래스의, 그런 존재가."

센조가하라는 조잡하게 정리했다.

아마도 여러 가지를 생략한 것 같다. 설명하기 복잡해지기 때문이라기보다는 분명 나에게 말할 수 없는 점이 있기 때문일 것이다.

이야기는 하겠지만 전부 이야기할 생각은 없다는 것은 상당히 불합리하지만, 그것과 마찬가지로 '일을 의뢰하는 것이니 전부 이야기해라' 라고 강요하는 것도 불합리할 것이다.

그러니까 최소한의 정보만 들려주면 그걸로 족하다. 나는 그것을 위해서 보충하는 질문을 해 두기로 했다.

"그 애는 어째서 그런 기이한 병에 걸렸지? 이야기를 듣기로는 아무래도 너의 동급생 같은데…."

"아니야. 센고쿠 나데코는 중학생이야."

어라라.

이번에는 예상이 빗나가 버렸다. 너무 신을 냈던 걸까? 내 격이 낮아져 버렸다. 그렇다면 그것대로 물어봐야 하는 것이 늘어날 뿐이지만.

"중학교 몇 학년?"

"2학년이야. …저기, 카이키. 당신 일부러 그러는 거야?"

"응?"

"즉, 그…. 평소처럼 시치미를 떼거나, 혹은 일부러 장난치는 게 아니라 정말로 짚이는 게 없는 거야? 센고쿠 나데코라는 이름에."

"……."

그 말을 듣고 나는 생각한다. 그런 표현을 쓰며 질문한다는 것은, 설마 센고쿠 나데코는 내가 아는 사람일까?

하지만 나도 번듯한 어른이다. 번듯하지는 않을지 모르지만, 그러기는커녕 겉만 번드르르한 것인지도 모르지만 적어도 나이만큼은 먹을 만큼 먹은 어른이다. 애초에 중학생 지인이 있을 리가 없다. …아.

그런가.

혹시 그런 건가.

알았다.

"그 마을. 네가 사는 그 마을에 사는 중학생이라면, 요컨대 내가 작년에 속였던 중학생들 중 한 명이란 얘기군."

그래서 벌충하네 마네 하는 이야기를 했던 건가.

센조가하라는 센고쿠 나데코가 내 피해자 중 한 명이니까 책임을 지라는 영문 모를 강요를 해 온 것이다.

웃기지 마라.

그렇게 생각하고 있는데,

"엄밀히는 아니야."

라고 센조가하라 쪽에서 세세하게 정정했다.

"센고쿠 나데코는 당신에게 직접 피해를 입은 건 아니야. 당신의 피해자에게서 피해를 입었어. 간접적 피해라는 형태가 될까."

"호오. 사기에 의한 연쇄도산 같은 건가. 그렇군, 사기는 연쇄적으로 피해를 낳으니까 개인의 범위에 머무르지 않는 사회악이지."

나는 그런 농담을 했다. 요컨대 네가 그런 소리 하지 마라, 라는 느낌의 농담을 할 생각이었는데 아무래도 이것이 센조가하라의 역린을 건드린 듯했다.

입을 대지 않았던 오렌지 주스를 낚아채듯이 손에 드나 싶더니 그 내용물을 내 얼굴에 뿌렸다.

물 흐르는 듯한 동작이라서 나는 전혀 반응할 수 없었다.

오렌지 주스만이라면 몰라도, 글라스 안에 있던 얼음까지 내 얼굴에 작렬했으므로 차갑기보다는 아픔 쪽이 앞섰다.

얼음덩어리를 맞은 것이나 다름없다.

선글라스를 쓰고 있어서 정말 다행이라고 생각했다. 새로 산 알로하 옷이 푹 젖어 버렸지만.

손님! 하고 외치듯이 웨이트리스가 달려왔다.

"죄송합니다, 얘가 오렌지 주스를 엎질러 버렸군요. 죄송합니다만 같은 것을 한 잔 더 부탁드립니다.”

하지만 나는 한발 앞서 기선을 제압하며 말했다. 옷이 푹 젖었다고 해도 냉정한 태도로 그렇게 말했기 때문에 웨이트리스도 수긍하고 물러설 수밖에 없었던 것 같다.

센조가하라가 격정적인 타입이기는 해도 히스테릭하지는 않아서 다행이다. 내가 웨이트리스에게 해명할 무렵에는, 이미 녀석은 쿨한 얼굴을 하고 다른 곳을 보고 있었다. 이 세상에 일어나는 모든 일은 일절 자신과 관계없다고 말하고 싶어 하는 것 같았다.

뭐, 알로하 옷의 쾌활한 남자와 코주부안경의 여고생이 진지한 싸움을 하고 있다니, 그 어떤 베테랑 웨이트리스도 생각하지 못할 것이다.

새롭게 준비된 물수건으로 얼굴을 닦고 있으려니, 잠시 침묵을 유지하던 센조가하라가,

“어린애 취급하지 마.”

라고 말했다.

어린애 취급하지 마.

옛날에도 자주 했던 말이지만 유감스럽게도 나이 차이가 좁혀지지 않는 이상, 나에게 센조가하라는 최소한 미성년자인 동안에는 계속 어린애다.

애초에 그런 말을 한 것은 일이 벌어진 뒤이고, 그런 이유로 나에게 오렌지 주스를 마시게 해 준 것도 아닐 터이다.

다만 그 이유를 캐물어 봤자 의미는 없다.

센조가하라가 화가 난 것도 이해할 수 있다. 농담이 조금 지나쳤

다. 이제 와서 뒤늦게 아차 싶은 기분이 강해져 간다. 다행히 그런 이미지는 좀처럼 정착되지 않았는데, 짓궂은 장난이 심한 점이 내 단점이다.

겉모습 때문에 손해 보고 있지만, 실제로 나는 오시노 녀석과 성격적으로는 그렇게 큰 차이가 없는 것이다. 물론 나는 그런 호인은 아니지만.

"…미안해."

다시 잠시 시간이 흐르고 새로운 오렌지 주스가 도착한 뒤, 놀랍게도 센조가하라는 사과했다. 경천동지할 일이다.

"이제부터 부탁을 하려는 사람의 태도가 아니었어."

"신경 쓰지 마. 어른은 어린애의 실수에 일일이 화를 내지는 않아."

나는 말했다. 당연하지만 빈정거림이다. 혹시나 이것으로 두 잔째의 오렌지 주스, 혹은 얼음 폭탄을 맞게 될지도 모른다고 각오했지만, 그러나 센조가하라는 아슬아슬하게 참아 낸 듯했다.

움찔, 하고 오른팔이 떨린 듯한 느낌이 들었지만 그것은 기분 탓이라고 해 두자. 그렇게 생각해 주자. 어쨌든 이 여자도 상당히 인내력이 생긴 것 같다.

아니, 그것은 사랑스러운 남자친구를 위해 참아 낸 것인지도 모른다.

그렇다면 아름답다.

뭐, 아름다운 것을 봐도 나는 아무렇게도 생각하지 않지만 말이지.

기껏해야, 사람들은 이것을 아름답다고 생각하겠지, 라고 이해할 뿐이다.

"어쨌든 간접적이라고는 해도 센고쿠 나데코를 괴이의 세계로 끌어들인 것은 당신이야. 그렇게 생각하면 당신 같은 악귀나찰이라도 조금은 책임을 느끼지 않아?"

"느끼지, 느껴. 책임감에 짓눌려서 죽을 것 같아. 그 보상만은 반드시 해야겠군. 모든 일을 제쳐 두더라도 속죄할 거야. 알려 줘, 센조가하라. 나는 뭘 하면 되는 거지?"

되는 대로 내뱉는다는 말이 있는데, 이 경우가 딱 그것이었다. 나는 생각나는 대로 말을 늘어놓았다. 내가 보기에도 이상한 행동이었다. 나는 그렇게나 센조가하라의 오렌지 주스를 뒤집어쓰고 싶은 걸까? 우승한 야구팀도 아니고, 나에게 음료를 머리부터 뒤집어쓰는 취미는 없는데.

"그러니까."

그러나 센조가하라는 끈질겼다. 그리고 만만찮았다. 내 농담, 그렇다기보다 실언에 편승했던 것이다.

"신이 된 센고쿠 나데코를 속여서 나와 아라라기 군을 구해 줘."

구해 줘.

그 말을 나는 2년 전에도 들었다. 센조가하라 히타기의 입으로 들었다. 그 결과 호되게 배신당한 그녀 입장에서, 같은 대사를 같은 상대에게 말하는 것은 대체 어떤 기분일까.

어떤 기분일까.

추측조차 할 수 없다는 것이 솔직한 심정이다. 솔직함이라는 것이 내 마음의 어디에 있는지는 알 수 없지만. 마음이 어디에 있는지도 알 수 없지만.

구한다.

내가 센조가하라를, 그리고 아라라기를 구한다.

어쩐지 그 문구는 고약한 농담 같았다. 그리고 나는 고약한 농담이 싫지 않았으므로 꽤나 유쾌한 기분이 되었다.

그런 농담을 들은 것만으로 오키나와까지 온 보람이 있었다고 할 수 있었다. 이제 돌아갈 때에 친스코*라도 사 가면 충분히 본전은 건졌다고 말할 수 있지 않을까.

그러면 이제 돌아갈까.

"신을 속이라는 거야? 나에게."

"그 정도는 할 수 있잖아? 명색이나마 당신은 천하제일의 사기꾼을 주장하고 있잖아. 그 정도도 못 하면 어떡해."

그런 것은 주장하지 않았다. 남의 직함을 멋대로 사칭하지 말았으면 좋겠다. 나는 쪼잔한 사기꾼이다.

"뭐야. 자신 없어?"

도발로서는 싸구려다. 폭탄 세일이다.

그래서 나는 센조가하라의 그 물음을 정말로 단순한 질문으로 받아들였다. 가끔씩은 나도 상대의 말을 순수하게 받아들이기도 한다. 그 가끔이 어째서 이런 타이밍이 되었는지는 알 수 없지만.

"있어. 그렇다기보다, 기껏해야 신을 속이는 데에 자신감 따윈

※친스코 : 오키나와의 전통과자.

필요 없어. 내가 속일 수 없는 상대는 없어."

아차. 이래선 천하제일의 사기꾼임을 주장하고 있는 것이나 다름없지 않은가. 나는 대체 무슨 소릴 하고 있는 걸까.

"그러면 살의에 젖은 그 애를 속여서, 말로 구워삶아서 그 결과 나하고 아라라기 군이 목숨을 부지하게 만들 수 있는 거지?"

"할 수 있겠지."

실수라는 것을 이미 깨닫고 있음에도 불구하고 내 입은 어째서인지 태도를 바꾸지 않고 더 우쭐해진 듯한 소리를 했다. 뭐야, 어떻게 된 거야. 내 입은 내 적인가?

"엄밀히 말하면 나와 아라라기 군, 그리고 아라라기 군의 로리 노예인 금발 여자애도 있지만."

"여유만만이지. 로리 노예가 다섯 명 정도 더 늘어나도 전혀 문제없어."

내 입의 폭주는 거기까지 와서 멈춰 주었다. 브레이크가 상당히 말을 안 듣는다.

"그래. 그렇다면…."

"다만 그것은 가능하다는 이야기일 뿐이지 할지 말지는 다른 문제다."

센조가하라가 계속해서 뭔가 말하기 전에 나는 태도를 바꾸기로 했다. 웃기지 마라, 이런 영문 모를 흐름에 이대로 떠밀려 갈 수 있겠는가.

내 행동은 내가 정한다.

"애초에 내가 사람을 속이는 것은 돈 때문이다. 한 푼의 이득도 되지 않는데 어째서 내가 그 센고쿠 나데코를 속여야만 하는 거냐. 설령 신이라고 해도 중학생을 속이다니, 양심이 괴로워서 견딜 수 없다고."

"돈…."

센조가하라는 조금 멈칫하는 듯한 눈치를 보이더니 말했다.

"…내, 내겠어. 물론."

"흠. 물론이라고 말할 정도로 너에게 지불능력이 있다고는 생각하지 않는데?"

"사람을 겉모습만으로 판단하지 마. 나는 그 뒤로 복권에 당첨되어서 부자가 되었어."

"그거 다행이군."

농담에 장단을 맞춰 줄 생각은 없었으므로 적당히 끄덕이고 넘어갔다. 머릿속에서는 다른 생각을 하고 있다.

장난삼아 계산을 해 본 것이다.

가령 신을 속였다고 할 경우, 대체 어느 정도의 돈벌이가 될까? 한 번 망했던 신사를 다시 세웠다는 현재 상황으로 보면 그리 대단한 재산이 있을 거라고는 생각되지 않는다. 그렇다기보다 토지나 건물은 어디까지나 인간의 소유물이니 신에게 재산 따윈 없을 것이다.

그런 데다 중학생이다.

중학생에게 코 묻은 돈을 우려내는 것도, 예전에 했던 것처럼 대규모로 벌일 경우라면 모를까 한 명을 상대로는 절대 목돈이 되지 않는다.

즉 속일 대상인 센고쿠 나데코 본인에게서 수익을 찾아내는 것은 거의 불가능하다는 이야기다. 한 푼의 득도 되지 않는 헛수고라는 이야기가 된다.

내 입장에서 말하자면 헛수고란 노동이 아니다. 놀이다. 어째서 내가 중고생과 논다는 재미없는 짓을 해야만 하는가.

"돈은 내겠어."

센조가하라는 반복했다. 그것은 못을 박는다기보다, 그런 식으로 반복하지 않으면 나하고는 대화를 할 수 없다는 것처럼 보이기도 했다.

그렇게 생각하고 있다면 올바르게 생각하고 있는 것이다.

내가 유일하게, 중고생과 놀면서 재미있어 할 이유가 있다면 그것은 두 사람의 관계에 '돈'이 얽혀 있는 것 말고는 없으니까. 만약 시급을 받을 수 있다면 애보기 같은 건 얼마든지 하겠다.

극단적으로 이야기하자면, 나는 돈만 받을 수 있다면 수지가 맞지 않아도 좋다고까지 생각하고 있다. 1엔을 비웃는 자는 1엔에 운다.

…여담이긴 하지만 1엔을 비웃는 자는 1엔에 운다는 이 속담은 생긴 당시에는 '한 푼을 비웃는 자는 한 푼에 운다'였다고 한다. 그렇다면 시대에 맞춰서 언젠가는 '10엔', '100엔'처럼 인플레가 일어날지도 모른다. 그래도 나는 한 푼이라도 소중히 하겠지만.

그리고 마지막에는 돈을 끌어안고 웃고 싶다.

"우선 현찰로 10만 엔은 준비할 수 있어. 이건 오시노 씨에게 도움을 받았을 때에 치른 금액이야. 오시노 씨가 내 기이한 병을 치료해 줬을 때의….”

“그렇다면 이번에도 같은 금액을 내고 오시노에게 부탁해라.”

나는 쌀쌀맞게 말했다.

쌀쌀맞게 말했지만, 결과적으로 이건 의외로 상대를 배려해 준 친절한 충고란 기분도 들었다. 돈도 받지 못하는데 친절한 충고를 해 버리다니 정말 부끄럽다. 사기꾼으로서 실격이다.

“…보이지가 않아, 오시노 씨. 찾고는 있지만…. 하네카와도 해외까지 찾으러 가 줬는데.”

“…….”

하네카와? 갑자기 튀어나온 낯선 이름에 나는 살짝 반응해 버렸다. 즉 감정이 겉으로 드러나 버렸다.

어쩐지 그 이름에 의미도 없이—어쩌면 의미는 있는지도 모르지만—반감과도 비슷한 감정을 느껴 버린 것이다.

그것을 민감하게 알아차렸는지,

“하네카와는 같은 반의 내 친구야. 가슴이 큰 애야.”

라고 센조가하라는 장난치는 듯한 이야기를 지극히 쿨한 어조로 말했다. 그것으로 무엇을 뒷받침했다고 생각하는지는 모르겠지만, 일단 재미는 있었다.

그렇다기보다 센조가하라가 이상한 소리를 하는 바람에 친구를 위해 해외까지 사람을 찾으러 갔다는 하네카와라는 인물의 이미지를 파악하는 데 실패했다. 가슴이 크다는 것은 그 정도의 가치가 있다는 것일까. 만일 내가 가슴이 컸다면 사기꾼이라는 직함도 날아가 버릴지도 모른다.

어쨌든 센조가하라는 내 마수가 하네카와라는 여자애를 향해 뻗어 가는 것을 잘 막은 듯했다. 꽤 만만찮은 녀석이다.

"오시노가."

나는 말했다. 이것도 그것만으로 돈을 받았으면 할 정도의 정보였지만… 뭐, 하네카와에 대해 알려 준 만큼 오시노에 대해 알려 주는 것이라 한다면 서로 손해는 없을 것이다. 내 안에서 아슬아슬하게 흥정이 성립했다.

"진짜로 몸을 숨기려고 하면 누구도 찾을 수 없어. 그 녀석과 나는 행동 패턴이 아주 흡사하지만, 그 녀석은 문명을 싫어한다는 점이 다르지. 문명을 싫어하는 인간은 기록에 잘 남지 않으니까 추적할 수 없어. 세상이 어설프게 정보화 사회로 진행되고 있기 때문에 생긴 폐해라고 해야 할지…."

"응. 그 점에서 당신은 추적하기 쉬웠어. …저기, 카이키. 당신 돈을 너무 헤프게 쓰는 거 아니야? 지금 돈은 얼마나 가지고 있어? 혹시 나보다 가난한 거 아니야?"

쓸데없는 참견이다.

그렇다기보다, 쓸데없는 걱정이다.

내가 아무리 사기꾼이라지만 고등학생이 주머니 사정을 염려해 줄 정도로 형편이 바닥에 떨어지지는 않았다. 돈이 떨어져 있다면 당연히 줍겠지만, 그것은 내 지갑의 내용물과는 관계없다.

적어도 센조가하라보다 가난하지는 않을 것이다. 이 녀석이 정말로 복권에라도 당첨되지 않았다면.

"일단 빚은 없어. 다만 내 일은 실패하는 경우도 많으니까 말이야. 고교생에게 방해받기도 하고…. 수지를 따져 보면 플러스마이너스 제로거나 조금 플러스가 될까. 부지런한 부자는 하늘도 못 막는다는 속담 같은 거지."

"답은 알고 있지만 일단 기적 같은 확률에 걸어 볼까. 카이키, 질문 한 가지를 해도 돼?"

"뭔데?"

"예전에 폐를 끼친 나나 아라라기 군을 위해서, 그리고 센고쿠 나데코에 대한 벌충을 위해서 무상으로 일해 줄 생각은 없어?"

"그건 천지가 뒤집혀도 있을 수 없는 일이지."

"그렇겠지."

즉시 튀어나온 대답에 오히려 센조가하라는 납득한 듯했다. 하지만 정말로 착각하고 있을 가능성이 있었으므로, 즉 이때 센조가하라가 내 양심이나 인간성에 걸 가능성도 있었으므로 그 점은 깨끗하게 불식시켜 두기로 했다. 나는 자상한지도 모른다.

"있을 리 없고, 오히려 나는 너와 아라라기하고는 더 이상 관계하고 싶지 않다고 생각하고 있어. 얼굴도 보고 싶지 않다거나 목소리도 듣고 싶지 않다고까지 말하지는 않겠지만, 그렇지만 그것은 그냥 말하지 않는 것뿐이야. 나는 겁쟁이라고. 너희들처럼 영문 모를 인종을 상대하고 싶지는 않아. 하물며 센고쿠 나데코라고 하는 얼굴도 모르는 녀석에게 벌충할 것은 아무것도 없어."

"10만 엔으로는… 부족해?"

"뭐…, ……, 부족하지."

나는 일단 머릿속에서 주판을 탁탁 튕겨 보고 말했다.

자세한 이야기를 아직 듣지 않아서 뭐라 말할 수 없지만, 신을 속이려면 나름대로 대규모의 사전 작업이 필요할 것이다. 그리고 아마도 실패했을 때의 리스크도 크다.

확실히 말해서 아무리 사람 좋은 오시노라도 거절하지 않을까 하는 수준의 의뢰 내용이다. 하물며 사람 나쁜 내가 어떻게 받아들일 수 있겠는가.

10만 엔으로는 선금도 되지 않는다.

즉 말할 거리도 되지 않는다.

"그러니까…. 구체적으로 얼마를 내야 당신은 센고쿠 나데코를 속여 주는 거야. 요구하라고. 일단 10만 엔은 계약금으로 삼고, 실례되지 않는 금액을 준비할 생각이야."

"역시나 목숨에 관계되니 필사적이군. 아니면 연인의 목숨이 중요하다는 감정일까? 만약 치를 수 있는 한계금액에서 아라라기와 너, 어느 한쪽의 목숨만 구할 수 있다면 너는 어느 쪽을 선택할까?"

"아라라기 군이지. 당연하잖아."

"…그러시군."

센조가하라는 내가 그렇게 대답할 거라고 생각한 대로 대답했다.

본심은 어떻게 생각하고 있더라도 여기서 그렇게 대답하지 않으면 센조가하라가 아니지. 적어도 내가 아는 센조가하라는.

나는 안심했다. 역시 인간은 개심하든 어떻게 되든 근본적인 성격은 그리 쉽게 변하지 않는 모양이다.

하지만 센조가하라의 다음 발언은 나를 진심으로 실망시켰다.

"구체적인 액수를 제시해 줘, 카이키. 그게 얼마가 되더라도 나는 지불하겠어. 졸업식까지는 정확히 앞으로 74일 있어. 그만큼 있으면 목돈을 준비할 수 없지도 않아. …뭐하다면 내 몸을 팔아도 상관없어."

아직 컵에 절반 정도 남아 있던 커피를 센조가하라의 얼굴에 뒤집어씌우는 것에 아무런 윤리적인 주저도 없었다.

농담으로 말했을지도 모르고 흥정으로서 말했을지도 모르지만… 뭐, 아마도 후자였겠지만 내가 알 바 아니었다.

이 일을 기회로 이 녀석은, 세상에는 흥정이 통하지 않는 상대가 있음을 배워야 할 것이다. 그런 의미에서 테이블을 사이에 끼고 있지 않았다면, 요컨대 거리가 조금 더 가까웠다면 내가 주먹을 날렸으리라는 점을 생각하면 그녀는 정말 운이 좋았다. 커피도 충분히 식어 있었으니까.

조금 전의 웨이트리스가 이번에는 또 무슨 일인가 하듯이 다가왔다.

"화장실은 어느 쪽입니까?"

나는 그렇게 한발 앞서 물었다. 또다시 기선을 제압한 것이다. 그리고 들은 대로 이동했다. 그 자리에 남겨진 웨이트리스는 센조가하라에게 사정을 묻고 있는 듯했는데, 센조가하라는 아마 아무 말도 하지 않을 것이다.

나는 화장실에 들어가서 가만히 거울을 마주 보았다.

알로하 옷에 선글라스를 낀 쾌활한 남자가 그곳에 있…을 거라고 생각했던 것은 나뿐이고, 거울에 비춰 보니 그 모습은 실로 음험했다.

복장이나 옷차림으로 인간성까지 바꿀 수는 없는 건지도 모른다.

아라라기 코요미라면 이런 내 모습을 역시 '불길' 하다고 잘라 말하겠지.

나는 선글라스를 벗어서 알로하 옷의 가슴께에 걸었다. 텔레비전 같은 데서 흔히 볼 수 있는 선글라스를 '두는 법' 이다.

"자, 그러면 자문자답이다."

나는 말한다.

말의 용법으로서는 조금 잘못되었겠지만 나에게 이것은 영역, '존' 에 들어가기 위한 의식 같은 것이다.

"센조가하라와 아라라기를 위해서 무상으로 일해 줄 마음은 있나? 예전의 라이벌들이 꼴사납게 죽는 것을 보고 있을 수 없다는 마음이, 나에게는 있나?"

그 물음에 곧바로 대답한다.

"NO다. 절대 없어. 어쩌면 나는 상쾌함을 느낄지도 모르지."

실제로는 아무런 느낌도 들지 않겠지만, 나는 필요 이상으로 자신을 깎아내리듯이 그렇게 말했다. 헛된 물음이었는지도 모르지만… 뭐, 브레스토 같은 것이라고 생각하면 헛수고는 아니다.

참고로 여기서 말하는 브레스토라는 것은 브레인스토밍의 약자이지 절대 평영breaststroke을 말하는 것은 아니다.

"그렇다면 센고쿠 나데코라는, 기이한 병에 걸린 듯한 여자애를 위해서라면 나는 무상으로 뭔가를 할 수 있을까?"

그 물음에도 즉시 대답할 수 있었다.

"NO다. 누구냐, 그 녀석은. 몰라."

그렇다면, 하고 이어서 묻는다.

"예전에 속였던 순정적인 여자애인 센조가하라에게 속죄하려는 마음을 바탕으로 하면 어떻지? 라이벌이 아니라 옛 지인으로서. 센조가하라 개인에 대해, 혹은 센조가하라의 집안에 대해 뭔가 해주려는 마음이라면, 나에게는 있나?"

이렇게 물어봐도,

"NO다. 그런 마음 따윈 없어. 그 일에 대해서 나는 아무렇게도 생각하지 않아."

라는 답이 나올 뿐이었다.

"설령 내 사기의 결과로 한 가정의 딸이 몸을 파는 지경에 이르더라도 내 삶은 1밀리미터도 변하지 않겠지."

그렇게 덧붙였다. 그런 멘탈을 가지고 용케 센조가하라에게 커피를 뒤집어씌웠구나 하고, 나는 그런 자신이 어이없었다. 아니, 어이없지 않았다. 그 정도의 모순은 삶의 한 모습으로서 받아들일 수 있다.

그것이 나. 바로 나다.

"그렇다면 아라라기는 어떻지? 그래, 그 녀석의 여동생을 괴롭힌 적이 있었지. 게다가 카게누이로부터 돈을 뜯어내기 위해 그 녀석의 정보를 판 적도 있었어. 그 자그마한 답례로서, 즉 거스름돈으로서 녀석의 생명을 구해 주는 것은 어떨까?"

거울 속의 내가 대답한다.

“NO다. 설령 거스름돈이 있었다고 해 봤자 도저히 수지가 안 맞아. 여기까지의 교통비로 그런 것은 사라졌어.”

비행기 표 값은 선불 프리미엄 패스를 쓸 수 있어도 공항까지의 버스비, 그리고 알로하 옷과 선글라스의 대금도 필요경비로 써 버렸다.

“남은 건… 그렇지. 하네카와라는 여자애인가? 친구를 위해서 해외까지 간다는, 그 도를 넘은 씩씩함에 감동해 보는 것은 어떨까…. 어쩌면 그 여자애는 엄청난 부자일지도 몰라. 사례는 그 녀석의 부모에게 뜯어내는 것은. NO다.”

한순간도 생각할 필요가 없었다고 할까, 말을 구분할 것까지도 없었다.

하네카와라는 이름에 대해, 내 안에서 경계경보가 울리고 있다. 절대 관계해서는 안 되는, 천적 중의 천적과 만났을 때에만 울리는 경계경보(그렇다, 가엔 선배와 처음 만났을 때 울려 퍼졌던 그거다)가 그 이름을, 성을 들은 것만으로 작동하고 있다. 이 일에 관해서 하네카와란 녀석의 이름이 나온 것은 나에게 오히려 마이너스일 뿐이다. 원래부터 일을 맡고 싶지 않다는 마음이 강한 이상, 반대로 그것은 플러스라고 말해야 할까. 그것을 이유로 오히려 득의양양하게 거절해야 할까.

흠, 안 되겠군. 아무리 생각해도 이 일을 받아들일 이유가 보이지 않는다. 아무런 득도 없기는커녕 받아들이는 것이 나에게 손해밖에 되지 않는다.

그렇다면 나는 어떻게 하면 좋은가.

"…아아, 그렇지."

그렇게 거기서 나는 떠올렸다. 하네카와에 대해 이것저것 생각하다가 문득 가엔 선배를 연상해 버렸는데, 그러고 보니 그 마을에 있었던 것이다.

가엔 선배에게는 조카에 해당하는, 즉 가엔 선배의 언니인 가엔 토오에가 남긴 자식인 외동딸이 있었던 것이다. 확실히 지금은 성이 달라져서 칸바루 스루가.

다만 본인에게는 가엔 가의 일원이라는 자각은 없을 것이다. 그렇지만 그래도 그녀가 가엔 토오에의 딸이라는 사실은 흔들림 없다.

맞다, 그러고 보니 전에는 결국 만나지 못했던 칸바루 스루가는 나오에츠 고등학교의 학생이고, 게다가 예전에 센조가하라와 사이가 좋지 않았던가.

2년 전에 들었던 적이 있다.

중학생 무렵에 절친이라고 불리던 상대가 한 명 있었다고. 발할라 콤비인지 발키리 콤비인지, 그런 식으로 불렸다고 했던가….

내가 칸바루 스루가란 이름을 살아 있는 이름으로서 처음으로 들었던 것이 그때였다. 물론 그때 칸바루의 왼팔은 정상이었으므로 내가 나설 자리는 없었고, 건강히 잘 있다면 다행이라는 정도의 감각이었지만….

센조가하라 히타기와 칸바루 스루가.

과연 지금도 교류는 있을까?

아마도 있을 것이다. 조금 자의적이긴 하지만 그렇게 추측할 만한 근거는 있다. 내가 아라라기와 처음 만난 것은 그 칸바루의 집 앞이었다.

아라라기가 칸바루와 연결되어 있다면 당연히 센조가하라와 칸바루도 이어져 있다고 봐야 한다. 가령 그렇지 않다고 해도, 적어도 칸바루와 아라라기가 이어져 있는 것은 확실하다.

그 사이가 양호한지 어떤지까지는 알 수 없지만, 칸바루가 가엔 선배의 조카이며 가엔 토오에의 딸이고 그 성격을 조금이라도 물려받았다면 아라라기 같은 인간과는 상성이 좋을 것이다.

…그렇게 생각하기로 하자.

"………후우."

나는 한숨을 쉬었다.

심호흡이다. 그리고 드디어 마지막 질문을 거울을 향해 던진다.

"칸바루 스루가를 위해서라면, 나는 밉살맞은 센조가하라와 아라라기를 구하고 센고쿠 나데코를 속일 수 있을까?"

내 물음에, 나는 대답했다.

"YES다."

010

자리에 돌아오자 센조가하라는 코주부안경을 벗고 있었다. 뒤집어쓴 커피를 닦기 위해서 일단 벗은 것이겠지만, 한 번 벗어 보니

'이건 아니다' 라고 제정신이 든 것인지도 모른다.
그런 갈등을 느끼게 하지 않는, 그리고 커피를 정통으로 뒤집어 썼던 것도 느끼게 하지 않는 쿨한 태도는 과연 대단했지만.
"받아들이겠다, 센조가하라."
그렇게 말하면서 나는 자리에 앉았다.
혹시나 목소리가 높아졌다든지 어조가 이상해지지는 않았는지 조금 신경 쓰였지만, 신경 써 봤자 소용없는 일이고 괜히 의식하면 더 이상해질지도 모르므로 나는 생각을 그만두었다. 태만하게 그만두었다.
그냥 동요하고 있는 것뿐이다.
상관없다.
나답지 않은 짓을 하고 있다는 것은 알고 있다.
"받아들인다니…."
센조가하라는 나에게 의혹의 시선을 향했다.
기분은 이해한다. 이해하고도 남는다.
내가 나에게 동요하고 있을 정도다.
"뭘 말이야."
"네 의뢰를 말이다. 그 밖에 뭐가 있나. 신을 속인다…. 한 번 해보도록 하지."
"…제정신이야?"
센조가하라는 실례되는 소리를 했지만, 이번에도 그 마음은 이해한다고 말하지 않을 수 없다. 그 외에는 할 말이 없다. 이 일에 관해서 말하자면 나는 센조가하라에게 전면적으로 찬성한다.

"제정신이다. 우선 현찰로 치를 수 있다는 10만 엔을 넘겨라."

"……."

위화감을 강하게 느끼고 있음을 감추려고도 하지 않았지만, 그래도 센조가하라는 시키는 대로 가방에서 꺼낸 갈색 봉투를 테이블 위에 놓았다.

나는 그 내용물을 확인한다.

확실히 1만 엔 지폐가 열 장. 신문지 따윈 섞여 있지 않다.

…요즘에 그런 짓을 하는 녀석도 없겠지만.

"좋아. 이 액수면 된다."

"…아니, 그건 어디까지나 선금…. 계약금이고…."

"이걸로 됐다고 말했다."

나는 말했다. 강하게.

"내가 진짜로 업무에 합당한 액수를 청구하면 네가 몸을 팔든 뭘 하든 부족해. 아무리 가혹하게 일해도 부족하다고. 이 10만 엔도 어디까지나 필요경비로 받은 것뿐이다. 공짜로 일을 해 주는 것에 대해서는 단념했지만, 적자까지 보고 싶지는 않아. 필요경비가 10만 엔을 넘었을 때에는 개별 청구해도 되겠지?"

"…하지만… 그건. 그건…."

센조가하라가 주저하는 듯한 기색을 보이는 것은 나를 값싸게 부리는 게 켕기기 때문이라기보다, 단순히 나에게 빚을 지고 싶지 않다는 마음이 강했기 때문이라고 추측할 수 있었다.

뭐, 올바른 경계심이다.

그러나 그 점에 대해 깊이 의논할 생각은 없었다. 섣부르게 이야기를 주고받고 있다가는 내가 마음을 바꿀 위험성이 상당히 높다. 조금 전에 그런 짓을 했으면서도, 그리고 말했으면서도 자칫하다가는 센조가하라에게 몸을 팔아서라도 돈을 만들어 오라고 말할지도 모르는 것이 나란 인간이다.

나는 그 정도로 자신의 인간성을 신용하지 않았다.

뭐하다면 센조가하라보다도 나를 신용하지 않을 정도다.

센조가하라를 설득하기 위해서…라기보다는 이 부분의 일을 빨리 마무리하기 위해 뭔가 멋들어진 말로 감동시켜서 유야무야 넘길까도 생각했지만('너희들이 죽다니, 나는 견딜 수 없는 일이야' 라든가? 아니, 작금의 풍조로 보자면 '너희들을 위해서 하는 게 아니야' 라든가), 그 작전은 별로 순조롭게 진행될 것 같지 않아서 그만두었다.

이것은 내 사견이지만, 남성보다도 여성 쪽이 겉치레를 싫어하는 경향이 있다. 아마도 남성보다도 겉치레를 강요받기 쉬운 입장에 있는 경우가 많기 때문일 것이다.

겉치레의 추악함을, 그렇기에 알고 있다.

그래서 나는 이제 억지로 돈에 대한 이야기를 끝내려고 했다. 나로서는 공전절후의 보기 드문 일이다.

"됐으니까 대금에 대한 얘기는 그걸로 끝이다. 완전히 정리됐어. 너에게는 이 10만 엔만 필요경비로서 받는다, 그것뿐이다. 경비가 이 이상 들었을 때는 개별 청구한다. 만약 다 쓰지 못해서 남는다면, 나도 거기까지 시시콜콜한 소리는 하지 않고 그 정도는 받아 주지. 나는 이 조건 말고는 받아들이지 않겠어."

"…알았어."

센조가하라는 아주 떨떠름하게, 납득이 가지 않는다는 분위기를 빚어내면서도 최종적으로는 고개를 끄덕였다. 내 인간성을 배제하고 생각하면 확실히 파격적인 조건임은 틀림없다.

그렇기에 경계하는 걸까. 애초에 이 녀석이 나에게 연락을 취한 것은 물에 빠진 사람이 지푸라기라도 잡는 심정…이라기보다 밑져야 본전이라는 정도의 마음이었을 것이 틀림없다. 원래대로라면 운이 좋았다고 생각해야 할 일이다.

뭐, 물에 빠진 사람의 손이 움켜쥔 것이 지푸라기인지 덫인지는 내가 알 바 아니고, 성공까지 보증한 것은 아니지만 말이야.

조금 전에 자랑스럽게 말한 것과는 반대되지만, 본심에 가까운 말을 하자면 나는 하겠다고는 했지만 할 수 있다고 말하지는 않았다는 느낌이다. 나도 어릴 적에 유치원 선생님을 속인 이후로 수많은 인간을 속여 왔지만, 아무리 그래도 역시나 신을 속인 적은 없으니까.

"그러면… 자세한 이야기를 하기로 할까…."

"아니, 센조가하라. 자세한 이야기를 네 입으로 듣는 것은 사양하기로 하지. 내가 일하는 방식은 오시노하고 다르거든. 개인적인 사정이나 감정을 고려하기 시작하면 일이 아주 복잡해져."

그러고 보니 벗어 놓은 채로, 알로하 옷의 가슴팍에 건 채로 잊고 있던 선글라스를 다시 쓰면서 나는 말을 이었다.

이 일에 관한 너의 이야기는 틀림없이 아주 주관적이 될 테니까… 라고는 말하지 않았지만, 상황에 대한 일면적인 견해가 좋지 않다는 것은 언제나 말하는 내 지론이다.

이것도 나와 오시노의 차이일까.

오시노는 일면적이라고는 하지 않아도 개개인의 입장이나 스탠스를 중시하며 왠지 모르게 객관시하는 것을 싫어하는 구석이 있다.

한동안 만나지 않았으므로 지금도 그런지는 알 수 없지만.

"자세한 것이나 상세한 것은 내가 직접 조사하지. 우선 지금까지 들은 것만으로 대강은 파악했다."

실제로는 파악하지 못했지만, 전혀 파악하지 못한 어림짐작 상태이지만 이 정도는 말해 두는 편이 허세가 잘 통해서 좋을 것이다. 의지가 된다고 생각하게 만들어 두는 편이 좋다. 신뢰받을 필요 따윈 없지만, 그래도 어느 정도는 맡겨 주지 않으면 일이 되지 않으니까.

그렇지 않더라도 일터에서 어린애가 쪼르르 돌아다니면 귀찮기 짝이 없나.

"하지만 물론 몇 가지 확인은 해 두고 싶은데, 상관없나?"

"으, 으응."

고개를 끄덕이는 센조가하라는 조금 침착함을 잃은 듯 보였다. 일이 자신에게 너무 좋게 진행되어 가는 상황이 불안한 것이리라. 2년 전에도 그랬지만, 요컨대 이 녀석은 행복이나 행운에 대한 내성이 극단적으로 낮다.

역경에는 강하지만, 그것뿐인 인간.

그런 인간은 실제로 의외로 많다. 뭐, 사회를 살아가는 데는 강하겠지만 성공한 사람은 될 수 없는 타입이다.

나는 센조가하라의 장래를 걱정했다. 설령 여기서 살아남더라도 이 녀석은 장래에 어떻게 되어 버릴까 하고. 뭐, 관계없지만.

어떻게 되든 상관없으니까.

"남은 날짜가 74일이란 점은 틀림없나? 사람의 소문은 75일이라는 속담도 있는데…. 그건 오늘을 포함한 숫자지?"

"응. 나오에츠 고등학교의 졸업식은 3월 15일이야. 그날 오후, 즉 졸업식 뒤에 뒤풀이도 허락받지 못하고 나와 아라라기 군, 그리고 오시노 시노부는 죽게 되어 있어."

"절대로? 절대적으로 확실한가? 예를 들면 신이 참지 못하고 오늘 이 순간에라도 네가 죽게 될 일은 없나?"

"없을 거라고 생각해."

"어째서? 극단적으로 말하자면 너는, 그리고 아마도 아라라기도 그렇겠지만 이렇게 나에게 상담하거나 하면서 자기들이 살아남기 위한 책략을 이것저것 짜내고 있잖아? 그건 신의 기분을 해치는 행위일 거야. 저쪽이 화를 내서 기한보다 빨리 너희들을 처치하고 싶어 할 가능성은 도저히 부정할 수 없을 텐데."

신이라고 해서 약속을 지킨다고 단정할 수는 없다는 내 질문이었지만, 이것에 대해서 센조가하라는,

"부정할 수 있어."

라고 단정했다.

"부정할 수 있어. 왜냐하면 센고쿠 나데코는 이미 이보다 더할 수 없을 정도로 화가 나 있으니까. 현시점에서. 그런데도 아직 나

하고 아라라기 군은 살아 있어. 그렇다는 건 약속을 지킬 생각 정도는 있다는 거지. 애초에 이 약속을 했을 때가 분노의 피크였을 테니까."

"…그 부분이지, 제일 듣고 싶은 부분은. 네 입으로 들어 둬야만 하는 부분. 너 말이야, 너희들, 대체 그 센고쿠 나데코로부터 어떤 원한을 산 거지? 대체 무슨 짓을 했기에 죽게 될 지경까지 간 거야?"

만약 센고쿠 나데코가 간접적이라고는 해도 내 피해자이고 그 일이 현재 상황으로 이어지고 있다면, 센고쿠 나데코는 다른 사람이 아닌 나를 죽여야 하는 것이 아닐까.

아니, 신이 되었다는 것이, 위업이라고 불러야 할 그 기이한 병에 걸린 것이 그 중학생에게 기쁜 일이라고 한다면 나는 감사받아 마땅할지도 모른다. 하지만 신이나 되는 자가 어떤 인간을 딱 골라서 죽이려 한다는 것은, 살해 예고를 해 온다는 것은 나로서는 좀처럼 생각하기 어려웠다.

예를 들어 내가 오늘 갔던 교토의 신사. 그 신사를 파괴한들, 천벌이 떨어질지는 몰라도 살해당할 상황까지 가지는 않을 것이다.

그렇다면 무엇이란 말인가.

아라라기와 센조가하라가 죽게 되는 이유는.

그들이 센고쿠 나데코에게 살해당할 이유는.

"그건."

그렇게 센조가하라는 말했다. 아니, 엄밀히 말하면 말하지 않았다. 왜냐하면.

"…모르겠어."

그렇게 말을 이었기 때문이다.

"아니, 이봐. 모르겠다니, 그럴 리가 있나."

"정말로 모르겠어. 아니, 물론 뭐랄까…. 원인 같은 것이라든가 실수라든가, 엇갈림이라든가 착각이라든가, 잘못은 있겠지만…. 다만 그것만으로 정말로 이런 일이 되는 건지 모르겠다고 할까…. 나나 아라라기 군이 이해하고 있는 것과는 전혀 다른 이면이 있는 것 같아…. 이 이야기는 하네카와가 해 준 말이지만."

또 하네카와인가.

다시 한 번 하네카와의 이미지를 떠올려 보려고 했지만 가슴이 크다는 이미지밖에 떠오르지 않았다. 참으로 무서운 말이다.

"그래도 일단 계기라고 할 수 있는 것을 말해 두겠는데, 연애관계에 얽힌 것이라고 생각해 둬. 센고쿠 나데코는 신이 되기 전에 아라라기 군을 좋아했지만 아라라기 군에게는 여자친구가 있었고… 하는 얘기야."

"…저속한 얘기군."

나는 감상을 말했다. 이것이 자신의 솔직한 기분인지 어떤지는 알 수 없다. 저속하다고 생각한다는 기분도 들고, 생각하지 않는다는 기분도 든다.

"뭐, 좋아. 그것만 들으면 충분해. 나머지는 알아서 찾도록 하지. 그렇지만 일단 이건 확인이라고 할까… 말할 것도 없는 이야기이니까 묻는 것 자체가 바보 같지만, 이번에는 예외라고 해도 되겠지?"

“응? 예외라니, 뭐가?”

“그러니까… 너희들이 사는 마을에 들어가도 되겠느냐는 말이다. 설마 멀리 떨어진 곳에서 안락의자 탐정 기분을 내라고 말하는 건 아닐 거 아냐. 그런 요구를 받아도 나는 안락의자가 어떻게 생겼는지조차 모른다고.”

“…그건 물론 당연하지. 이번 케이스는 예외라기보다 그냥 특별한 경우라고 생각하고 자유롭게 행동해 줘. …하지만 주의해. 당신에게 원한을 품은 사람이 적지 않게 있으니까. 중학생에게 두들겨 맞고 신원불명의 시신으로 발견되는 일은 없도록 해 줘.”

무서운 소리를 하는 여자다. 그런 소리를 들으면 가고 싶은 마음이 사라진다. 오키나와에 들른 뒤에 눈이 많이 오는 지방에 가는 것이라 안 그래도 내키지 않는데.

우선 이 알로하 옷은 쓸모없겠지…. 오시노는 일 년 내내 알로하 옷차림이었지만. 그 쾌활한 남자는 머릿속이 늘 여름일지도 모른다. 하와이라기보다는 브라질이란 느낌일까.

“당연하지만 아라라기 군에게도 들키지 않도록 해 줘.”

“흠…. 그렇군. 뭐, 나도 녀석하고는 만나고 싶지 않아…. 녀석은 물론이고 로리 노예 쪽은 나를 죽일지도 모르니까.”

그리고 주의해야 할 것은 아라라기의 여동생인가. 아라라기 카렌. 포니테일의 여자. 지금도 포니테일이라고는 말할 수 없지만.

“좋아, 알았어. 오늘부터 바로 조사에 착수하도록 하지. 그렇다고 해도 센조가하라, 하루 이틀 사이에 해결될 거라고 생각하지는 마라. 74일이라는 시간을 전부 쓸 생각은 없지만, 적어도 한 달은 생각해 둬."

"…응. 장기전은 각오하고 있어. 그렇다기보다 이미 장기전이니까. 하지만 연락은 자주 해 주기 바랄게. 일을 의뢰해 놓고 이런 말을 하는 건 뭐하지만, 나로서는 당신을 전면적으로 신용하는 건 불가능해."

"그래도 돼. 믿지 마라. 의심해라."

나는 그렇게 말하고 커피를 단숨에 비우려고 했다. 그러나 깜빡 잊고 있었다. 조금 전에 센조가하라에게 끼얹은 탓에 컵은 텅 비어 있었던 것이다.

"그렇게 되면 오키나와 체재는 오늘로 끝내고."

나는 오키나와에 머물러 있다는 설정을 떠올리면서 말했다. 이후의 계획을 머릿속으로 면밀히 짜면서.

면밀綿密이라…. 하지만 면의 밀도는 너무 낮을 것 같지만. 뭐, 그것도 나답다.

"비행기로 오늘 중에 너희들이 사는 동네까지 가게 될 텐데…. 너하고 다른 비행기를 타는 것이 좋겠군. 너하고 같이 비행기를 타고 있었다는 사실을 아라라기에게 들켰다간 정말로 난리가 날 테니까."

"응, 그렇지. 그런데 카이키."

"왜 그러지?"

"저기…. 돌아갈 비행기 표 값을 빌려 줄 수 있을까…."

011

이 시기에 병행해서 진행하고 있던 대여섯 개의 사기는 전부 포기하기로 했다. 포기, 그리고 파기다. 원래부터 그런 일은 없었다고 생각하자. 그렇다기보다, 그것도 내가 한 거짓말이었는지도 모르지 않는가.

어쨌든 센조가하라 히타기에게 돌아갈 비행기 표 값을 건네주고 먼저 태워 보낸 뒤에 나는 공항 안의 편의점으로 향했다.

노트와 펜을 사기 위해서다. 메모장은 너무 작다. 마음 같아서는 A4 사이즈 정도의 큰 노트를 사고 싶었지만, 공교롭게도 편의점에 그런 크기의 공책은 없었다. 도큐핸즈나 로프트*라면 있겠지만, 양쪽 다 오키나와에는 지점이 없는 듯했다.

그리고 다음 비행기 편을 기다리는 시간 동안, 나는 재빨리 준비를 진행했다. 역시 그 마을에 머무를 수는 없으므로 나는 전철로 수십 분이 걸리는 조금 떨어진 번화가의 시티호텔을 예약했다.

우선은 일주일.

필요 없다고 생각했으므로 가명은 쓰지 않았지만, 카이키 데이슈라는 이름 자체가 가짜 같은 것이다. 게다가 나는 한곳에 머물러 살지 않으니 주소 기재란에는 가짜 주소를 적어야만 한다.

호텔의 숙박비만으로 이미 10만 엔은 사라진다는 계산이지만

※도큐 핸즈, 로프트 : 일본의 생활 용품 전문 쇼핑몰.

(엄밀히 말하면 그 10만 엔 중에서 센조가하라의 비행기 표 값도 사라져 있다), 내 경우에 교통비와 호텔비는 항상 나가는 비용이므로 이번에는 경비로 치지 않기로 하자.

그렇다고 해도 센조가하라 녀석.

돌아갈 때의 비행기 표 값을 준비해 오지 않다니, 얼마나 무모한 녀석인가. 어쩌면 내가 일을 떠맡는다는 것이 그 녀석에게 그 정도로 예상 밖이었는지도 모르지만.

내가 거절하면 10만 엔은 그대로 남게 될 테니까. 뭐, 단순히 금전감각이 떨어지는 것뿐일지도 모르지만. 지금은 곤궁하지만 그 여자애는 옛날에 부잣집 외동딸이었으니까.

그 밖에 여기저기 전화를 걸어서 사전 조사나 정보수집의 수순을 밟고 있는 사이에 내가 탈 비행기 시간이 되었다. 아슬아슬하게 오늘 중에 현지에 도착할 수 있겠지만 상당한 심야가 될 테니, 오늘부터 움직이겠다고 말했고 실제로 움직이고는 있어도 실질적인 조사는 내일부터 시작될 것 같다.

그렇다면 그때까지 계획을 세워 두고 싶다.

나는 사기 계획을 세우는 것을 좋아한다. 하물며 신을 속인다는 커다란 일이다. 이것에 힘이 들어가지 않을 리 없다.

평소에 의식하지 않아도 입에서 튀어나오는 거짓말과는 달리, 계획적인 사기는 예술이라고 할 수 있을 정도다. …우와아, 이거 정말 거짓말 같은 소릴 해 버렸다.

부끄럽다.

사실은 단순히 주의 깊은 것뿐인데…. 그저 학생 시절부터 '여름방학 계획' 같은 것을 세우는 것을 좋아했다. 이것은 진짜로 진짜다. 거짓말일지도 모르지만 진짜다. 진짜일지도 모르는 거짓말이다. 뭐, 어떻게 되는 상관없다. 헛갈리게 만들어 본 것뿐이다.

비행기를 기다리는 시간, 그리고 비행시간을 이용해서 나는 착착 사고를 진행한다. 노트를 양쪽으로 활짝 펼치고, 우선 그 면적 전체에 지도를 그렸다.

지도.

그 마을의 지도다.

진입금지가 일시적으로 해제된 그 마을의 지도.

모호한 기억에 의지해야만 하는 부분도 있지만, 이 지도는 반년 전에도 그린 적이 있으므로 그리 고생하지는 않았다.

애초에 지도라고 말하긴 했지만 거리나 위치가 정확할 필요는 없다. 어디까지나 기준이랄까, 상황을 그림으로 이미지하기 위한 도구로서의 지도다.

이미지.

요컨대 내 나름의 마인드맵이다.

그러니까 지도라기보다 일러스트에 가깝다.

사람에 따라 다르겠지만, 나는 그림으로 그리는 편이 만사를 이미지하기 쉽다.

대충 들은 키타시라헤비 신사의 위치, 센고쿠 나데코가 인간이었던 시절에 다니고 있었을 나나햐쿠이치 중학교의 위치, 센조가하라나 아라라기가 다니는 나오에츠 고등학교의 위치, 칸바루 가의 위치, 아라라기 가의 위치…. 아라라기 코요미의 여동생이 다니는 츠가노키니 중학교는 조금 떨어진 위치에 있으므로 그리지 않아도 된다. 아니, 그래도 만일을 위해서 그려 두자. 그 밖에도 도움이 될 만한 정보와 도움이 될 것 같지 않은 정보를, 활짝 펼친 새하얀 공책에 적어 간다.

센조가하라나 아라라기 같은, 얼굴을 알고 있는 녀석은 알기 쉽게 만화처럼 과장된 얼굴로 그려 둔다. 특히 이 두 사람의 이름은 한자로 써 두면 어쩐지 살벌한 느낌이라 무섭다.

그림으로 그려 놓으면 귀여운 어린애들이다.

물론 그 두 사람뿐만 아니라 당시에 속였던, 기억에 남아 있는 중학생들도 척척 그려 간다.

그 페이지가 가득해지면 다음 페이지를 활짝 펼치고서 조금 더 범위가 좁은 지도를 그려 간다. 앞 페이지를 전체도라고 한다면 이건 부분도다. 축척은 여전히 엉망진창이지만… 뭐, 정확한 거리를 알고 싶으면 스마트폰에 들어 있는 지도 소프트웨어를 기동시키면 된다.

비행기 안에서 이런 일을 하고 있으면 자리에 따라서는 옆자리의 승객이 이상하다는 듯이 쳐다보게 되는데, 딱히 신경 쓰이지는 않는다. 어차피 내 안의 이미지를 그린 그림이다. 엿봤다고 해도 아무것도 알 수 없다. 역시나 누가 보면 위험할 만한 부분은 나름대로 암호화해 두니까 말이야.

귀여운 일러스트 때문에 어쩌면 옆자리의 승객은 나를 만화가라고 생각하고 있을지도 모른다.

그러고 보니 옛날에 대학생 무렵이었던가. 이런 그림을 가엔 선

배에게 보여 줬더니,

"어쩐지 미소녀게임 공략도 같네."

라는 말을 들었다.

그때는 몹시 언짢아져서 한동안 이런 일을 그만두고 말았다. 그렇지만 다른 방법은 익숙해지지 않아서 이내 다시 그리기 시작했지만.

결국 이것저것 쓰고 있는 동안에, 그리고 있는 동안에 노트는 대부분의 페이지가 채워졌고, 그리고 딱 그 타이밍에 비행기가 현지에 도착했다.

역시 눈이 잔뜩 쌓여 있어서 주위 일대는 온통 설경이었다. 그것을 보고 춥다고 생각할 뿐, 감동하는 감성이 자신에게 없음을 확인하면서 일단 센조가하라에게 전화했다.

"도착했다."

[고마워. 잘 부탁해.]

"응."

그것뿐인 대화였다.

그것뿐이었다.

012

호텔에 체크인하고 나서 뜨거운 샤워를 하고, 가볍게 술을 마신 뒤에 잠자리에 들었다. 아침이 되면 완전히 일할 의욕을 잃는 것이 아닐까 하고 생각했지만 그런 일은 없었다. 이미 내 엔진은 센조가하라와도 누구와도, 내 의지와도 상관없이 움직이고 있는 것 같다. 이렇게 되면 나도 멈출 수 없다.

거짓말이다.

언제라도 그만둘 생각이니까 오히려 나는 모티베이션을 가지고 도전할 수 있는 것이다. 할 수 있다면 일을 하는 도중에 어딘가에서 가엔 토오에가 남긴 자식과 만나 보고 싶지만, 이번에는 무리일까.

무리는 아닐지도 모르지만 포기하기로 할까.

비밀리에 행동해야 하는 이상, 쓸데없는 접촉은 피해야 한다. 접점은 갖지 말아야 한다. 지금까지의 방침대로, 칸바루 스루가가 마을 밖으로 나가는 그날을 얌전히 기다리자.

오늘은 1월 2일.

그래서 대부분의 가게는 열지 않았다… 라는 말은 옛말이고, 이 시티호텔이 있는 번화가는 지금 새해맞이 세일이 한창이다.

그것을 이용해서 이것저것 사고 싶은 것도 있다.

복주머니를 사려고 밀려드는 손님들 사이에 섞이는 것은 솔직히 진저리가 나지만(혼잡 자체는 싫지 않다. 사람이 많은 장소는 좋아하지만 그곳에 섞여서 한 덩이가 되는 것은 아주 싫다), 그것도 업무라고 생각하면 참을 수 있다. 사기는 편하게 돈을 벌기 위한 수단이 아니라 반칙을 해서 돈을 벌기 위한 수단이다. 즉 필요한 것은 참을성과 인내력이다.

궁극적으로는 단 한 명의 여중생을 속이는 것에 전력을 쏟으려는 것이니 하고 있는 행동은 참으로 별나지만, 뭐, 투자라고 생각하자. 무엇에 대한 어떤 투자인지는 알 수 없지만 어쨌든 투자라고 생각하면 어지간한 일은 견딜 수 있는 법이다.

10시가 지났을 무렵에 '깨우지 마세요' 라는 팻말을 방의 문고리에 걸고 나는 마을로 향했다.

머리모양은 항상 올백으로 하고 있지만 이날은 그렇게 세팅하지 않았다. 귀찮았기 때문이 아니라 그럴 필요가 있었기 때문이다.

물건을 사면서 생각한다.

기본적으로 나는 어떤 일이라도 혼자서 할 생각이지만, 그것은 타인의 힘을 빌리지 않는다는 뜻은 아니다. 같은 의미가 아니냐는 말을 들을지도 모르지만 전혀 다르다. 즉 나는 힘을 빌리기는 하지만 이쪽에서는 힘을 빌려 주지 않는다는 관계를 좋아하는 것이다.

그리고 특히 이번에는(궁극적으로는 단 한 명의 여중생을 속이는 것에 전력을 쏟으려 한다는 점을 빼면) 큰 건수다. 누군가의 힘을 빌리는 쪽이 좋을지도 모른다고 생각하지 않는 것도 아니다.

이미 어제 단계에서 정보 상인이나 소식통 같은 인간에게 필요 최소한의 의뢰를 마친 상태이지만, 가능하면 한두 명 정도 이 동네 사람의 힘을 빌리고 싶다. 정체를 감추고 행동해야만 하는 나는 그리 자유롭게 움직일 수 없다.

힘을 빌리고 싶다는 것은 사기꾼으로서는 상당히 겸허한 표현이고 요컨대 이용하는 것뿐이지만, 나는 필요 이상으로 위악적인 표현은 쓰지 않는다. 딱히 공짜로 마구 부려 먹으려는 것은 아니다. 선심 써서 1만 엔 정도는 지불해도 좋다고 생각하고 있다.

이 지역 사람이라….

당연히 처음에 떠오르는 것은 칸바루 스루가이지만, 그것은 이번에는 포기하기로 정했다. 그러면 누가 좋을까.

어제의 노트에 그렸던 얼굴 그림을 떠올린다.

그리고 파이어 시스터즈는 어떨까 하고 생각을 했다. 아라라기 코요미의 여동생, 아라라기 카렌과 아라라기 츠키히. 츠키히 쪽은 얼굴은 모르지만, 그 마을 모든 여중생들이 동경하는 존재라고 한다. 저번에 그 마을에서 사기의 뿌리를 내릴 때에 경계했었다. 다만 어째서인지 그 경계망은 돌파당하고 말았지만.

그 두 사람도 칸바루와 마찬가지로, 다만 칸바루하고는 다른 이유로 어제 단계에서 절대 조우하지 않도록 신경을 써야만 하는 상대(특히 언니인 카렌 쪽)라고 생각했었는데, 나는 생각을 금방 전환했다.

계획을 세웠다고 해서 계획대로만 하는 것은 아니다. 계획은 세우는 것이 즐거울 뿐이다. 의외로 칸바루도 이후에 바로 만나러 갈지도 모른다.

그렇다기보다 내 성격에 대한 것은 일단 접어 두고, 스릴을 맛보려는 마음 이상으로, 현실적으로 그 두 사람의 힘을 빌리면 상당히 이야기가 빠르게 진행될 것은 확실하다. 지난번에는 적이었으니까 그저 두려워했지만, 아군으로 끌어들이면 여중생을 상대로 하는 일에 이 정도로 든든한 것은 없다.

뭐, 생각해 둘까.

조력을 구한다고 해도, 그것이 아라라기에게 전해지지 않는다는 보증만 있다면 실행으로 옮기는 것도 나쁘지 않은—지금은 단순한 망상에 머무를 뿐이다.

준비를 마치고 슬슬 마을로 향하…기에 앞서 해 둬야만 할 일이 있는데, 바로 옷 갈아입기다. 방한대책을 위한 것만은 아니다. 머리카락을 세팅하지 않았던 것도 그렇지만, 요컨대 그 마을에 들어가기 위해 변장하고 가려는 것이다. 그렇다기보다 센조가하라가 말하던 평소의 '상복' 쪽이 변장에 가까울 것이다.

물론 알로하 옷을 입은 내가 진정한 나라고 말하는 것은 아니지만, 그 새까만 옷이 내 일부라고 생각해도 곤란하다. 아니, 그러니까 생각해 주는 편이 이런 경우에는 이득이다.

번화가에서 사 온 밝은색 정장에 넥타이를 매고… 뭐, 말하자면 일반적인 직장인으로 보이는 옷차림을 하고서 이번에야말로 드디어 전철을 타고 그 마을로 향한다.

현재 뱀신의 지배하에 있다는 평화로운 마을로.

013

센조가하라에게는 한 달은 생각해 두라고 말하긴 했지만, 개인적으로 나는 굼뜨게 행동하는 것을 좋아하지 않는다.

물론 참는 것도 중요하지만, 척척 끝낼 수 있는 것은 척척 끝내고 싶다. 스피디함을 중시한다. 그래서 곧바로 구심점부터 깊이 파고들기로 했다.

그렇다면 이 일의 구심점이란 어디인가?

하나는 키타시라헤비 신사일 것이다. 그러나 역시나 초장부터 그곳에 찾아가는 것은 무모함을 넘어서 어리석은 짓이다. 무서운 것을 모른다기보다, 그런 사고 자체 쪽이 무섭다.

그러면 또 하나의 구심점이다. 그쪽이 먼저다. 구심점이 두세 개씩 있는 것은 이상하다는 기분도 들지만, 어쨌든 또 하나의 구심점은 센고쿠 나데코의 집이다.

노리는 인간의 퍼스널리티를 처음에 파악해 두면 이후의 방침도 저절로 정해질 것이기 때문이다. 그런 이유로 나는 역을 나와서 그대로 일직선으로 걸어서 센고쿠 가로 향했다.

이렇게 말해도 나는 센고쿠 가의 주소를 몰랐으므로 그냥 적당한 방향으로 걸어가면서 센조가하라에게 전화했다는 의미이지만.

[뭐야. 뭔가 진전이 있었어?]

"준비가 끝난 참이야. 이제부터 행동으로 넘어갈 거다. 어쩐지 주변이 소란스러운데. 연초부터 넌 어디에 있는 거지?"

이것은 쓸데없는 질문이었다. 일은 내가 하는 것이고 오히려 센조가하라는 쓸데없는 짓은 하지 말았으면 하니까 그 녀석이 어디서 뭘 하더라도 그런 것은 관계없는데.

[아라라기 군의 집이야.]

센조가하라는 대답했다.

대답하지 않아도 되는데.

[초대를 받았거든. 아버지도 같이 오셨어. 뭐, 가족들 간의 만남이라고 할까….]

"훈훈한 일이로군."

[그런 식으로 말하지 마. 우리가 얼마나 태평스럽고 우스꽝스러운 짓을 하고 있는지는 알고 있으니까….]

센조가하라는 가라앉는 듯한 목소리로 말했다.

그녀로서는 보기 드문 어조다.

그렇군. 그래서 주변이 시끌벅적한데도 작은 목소리로 이야기하는 건가. 그렇다면 차라리 전화를 받지 않으면 되지 않나 하고 생각했지만, 그러나 자신과 연인의 목숨이 걸려 있으니 그럴 수도 없었을 것이다.

다만 나는 센조가하라와 아라라기가 우스꽝스럽다고는 생각했지만 태평스럽다고 생각하지는 않았다. 아무리 앞으로 74일 뒤에… 아, 이젠 73일 뒤인가. 어쨌든 가까운 장래에 죽을 것이 결정되었다고 해서 인간관계를 허술하게, 소홀히 할 수는 없을 것이다.

적어도 살아남으려고 생각하는 동안에는.

"센고쿠 나데코의 주소를 알고 싶다. 원래 살고 있던, 주민표에 기록된 주소라는 의미야. 조사해 보면 알겠지만 지금 바로 알고 싶어. 휴대전화 메일로 보내 줘."

뭐, 그들의 복잡한 심경이나 사정 따윈 어떻게 되든 상관없었으므로 나는 용건만을 고했다.

[센고쿠 씨…. 센고쿠 나데코의 주소는 그야, 알고 있는데.]

한 번 '씨'라고 불렀던 것을 나는 놓치지 않았다. 그것이 어떤 의미를 가진 말실수인지는 알 수 없지만, 그러나 나는 일단 그것을 머릿속에 담아 두기로 했다. 도움이 되는 정보인지 도움이 되지 않는 정보인지 지금은 알 수 없다. 알 수 없어도 좋다.

[당신의 메일 주소를 몰라.]

"지금부터 말하겠다. 메모할 것은 있나?"

[없지만 말해 주면 기억할게.]

참 똑똑하기도 하지.

화가 난 나는 일부러 빠른 말투로, 그것도 불명확한 발음으로 메일 주소를 말했다. 이러다가 까딱 잘못 전해지면 어떡할 생각인지 나로서도 알 수 없었지만, 그러나 센조가하라는 간단히 복창했다.

이번에는 정말로 똑똑한 애라고 감탄했다.

그러나 그런 똑똑한 아이가 현재 처한 곤경을 생각하면 세상이란 참으로 불합리하다고 말하지 않을 수 없다…. 아니, 잠깐. 능력적으로 플러스인 인간이 참혹한 꼴을 당하는 것은 그것대로 밸런스가 맞는 것 같다는 기분도 든다.

이 이론의 구멍은 능력적으로 마이너스인 자도 기본적으로는 참혹한 꼴을 당한다는 점이지만, 그런 부분을 보충해 줄 생각은 없다.

어차피 그냥 문득 든 생각이다.

자잘한 일까지 간섭받으면 대응할 수 없다.

[그러면 바로 메일을 보낼게. …하지만 알아서 어떡하게?]

"연하장을 보낼 거야."

웃을 수 없는 상황에서 조크를 한다는 것은 멋을 부리는 게 아니라, 말하자면 일종의 대화 테크닉이다. 그런데 이것이 제대로 적중해 버린 모양이다.

전화기 너머의 센조가하라가 몸을 웅크린 것을 알 수 있었다. 아마도 문 너머에 가족이나 연인이 있을 테니 소리 내서 웃을 수는 없었을 것이다.

2년 전에는 철면피였지만.

상당히 잘 웃는 녀석이 된 것 같다. 뭐, 기이한 병에 의한 철면피화를 가속시킨 것은 다름 아닌 나이지만.

“물론 농담이고.”

그렇게 일부러 정정한 것도 재미있었는지, 센조가하라는 좀처럼 부활하지 않았다. 어쩔 수 없이 나는 상관하지 않고 말을 잇기로 했다.

“센고쿠 나데코에 대해서 조사하러 갈 거다. 인간을 그만두고 신이 되었다면, 그 애는 지금 행방불명인 가출소녀 취급이겠지? 그러니까 부모에게 이야기를 듣고, 그다음에 센고쿠 나데코의 방을 뒤져 보게 해 달라고 할 거야. 뭔가 알 수 있을지도 모르지.”

[…자, 잠깐 기다려.]

그렇게, 아직 웃음도 잦아들지 않은 와중에 센조가하라가 나를 제지했다.

[저기, 카이키. 물론 방법이나 수단은 당신에게 맡길 생각이지만 그래도 너무 난폭한 짓은….]

“내가 난폭한 짓 같은 걸 할 리 없잖아. 너는 나를 잘 알고 있을 거야. 그리고 수단이나 방법을 맡길 생각이라면 다 맡겨 둬. 그냥 맡기라고. 알았어? 잊지 말라고, 센조가하라. 너는 자기 목숨이 아까워서 원한이 뼈에 사무쳤을 상대에게 도움을 청한 꼴사나운 녀석이라는 걸 결코 잊지 마."

뭐, 자기 목숨이 아까운 것뿐이라면 나에게 도움을 청하지는 않았겠지만 말이야. 그것을 알고 있으면서 이런 말을 하는 것은 즐겁다. 즐겁다고 생각한 순간, 뭐가 즐거운지 전혀 알 수 없어지지만.

[알아. 잊지도 않아. 하지만 부탁 정도는 할 수 있잖아…. 너무 난폭한 짓은 하지 마세요.]

"그러니까 안 한다고 했잖아."

갑자기 기분이 나빠져서 나는 전화를 바로 끊었다. 전화는 이럴 수 있어서 좋다. 뭐, 기분이 나빠졌기 때문이라는 것뿐만 아니라, 너무 오랫동안 센조가하라를 잡아 두고 있다가는 아라라기나 아라라기 가의 누군가가 눈치챌 가능성이 있기 때문이기도 했다.

그 뒤에 조사한 바에 따르면 그 집의 부모는 부부가 둘 다 경찰이라고 하니까 말이야…. 나도 참 위험한 짓을 한다.

그리고 센조가하라의 아버지.

절대 만나서는 안 된다. 아라라기 코요미 이상으로, 만나서는 안 되는 상대다.

그런 생각을 하는 와중에 메일 착신이 있었다. 과연 여고생이다, 타이핑이 빠르다. 분명히 발신한 메일을 내 휴대전화가 수신하기도 전에 발신 기록 삭제를 끝냈을 것이다.

메일의 제목은 [난폭한 짓은 하지 말아요]였다. 집요하다. 정말 집요하다. 진저리가 났다. 이렇게 진저리 나게 만들면 그 부탁을 들어주고 싶어지기도 한다.

사실은 센고쿠 가에서 다소 난폭한 방법도 쓸 생각이었지만, 그럴 생각이 사라졌다. 꽤 하는걸, 센조가하라.

나는 주소를 확인하고(타이핑 속도를 제쳐 두더라도, 이렇게 빠른 속도로 보낸 것을 보면 센조가하라는 이 주소를 메모할 것도 없이 기억하고 있었던 것이리라. 그것은 센조가하라의 기억력뿐만이 아니라, 그녀가 이 몇 달간 연인과 함께 얼마나 진지하게 싸워 왔는가를 엿볼 수 있게 한다. 어떻게 되든 상관없지만) 그것을 보면서 보폭을 넓혔다.

호텔에 돌아가면 노트에 센고쿠 나데코의 집 위치를 적어 넣어야겠다고 생각했다. 그러던 중, 나는 아직 센고쿠 나데코의 얼굴조차 모른다는 것을 깨달았다.

당황할 필요는 없다. 나중에 센조가하라에게—오늘 밤에라도—사진 메일을 보내 달라고 하면 된다. 사진 정도는 가지고 있을 것이다. 아니, 이제부터 향할 센고쿠 가에서 사진 한 장이라도 빌릴 수 있다면 그것도 괜찮을 것이다.

이상할 정도로 길이 텅 비어 있는 것에 위화감을 느꼈다. 그러고 보니 오늘은 아직 명절 연휴였다. 금세 잊어버렸다. 나야말로 연휴 기간에 대체 뭘 하고 있는 걸까. 이것은 일이라고, 그렇게 생각하려 하고 있는 것뿐이라는 기분도 들었다.

014

센고쿠 나데코의 부모는 극히 일반적인 어른이었다. 내가 이런 때에 사용하는 '극히 일반적인 어른' 이라는 말의 의미는 평소에 말하는 대로의 선량한 일반 시민이란 의미이며 그 이상도 그 이하도 아니다.

즉 호감을 가지는 일도 없거니와 악감정을 가지는 일도 없었다. 뭐, 나에게 대부분의 인간이 그렇듯이.

인간이다, 그것뿐이다.

다만 그들은 일반적인 어른, 선량한 일개시민으로서 명절을 축하하고 있지 않았다. 당연한 일이다. 딱히 죽은 것은 아니더라도 딸이 행방불명이어서는, 게다가 그 상태가 몇 달이나 이어지게 되면 거의 상중이나 마찬가지일 것이다.

연하장을 보낼 거야, 라는 그 조크는 재미있지 않을 뿐만 아니라 (센조가하라에게는 재미있었지만) 불근신하기까지 했다.

뭐, 불근신하다고 해도 나는 삼가고 조심한다는 뜻의 '근신謹愼' 이란 말을 '불不' 자로 취소하는 이 단어가 정말 존재할 필요가 있을까 하는 생각이 들 뿐이므로, 보내고 싶으면 연하장 같은 건 언제라도 어디라도 보낸다.

평소에 입던 상복(이라는 말을 들은 옷) 차림으로 왔다면 드레스 코드에 딱 좋았을 거라고 생각할 정도다.

어쨌든 나는 그런 상중 상태의 센고쿠 가에 정면으로 진입했다. 진입했다고 말하면 센조가하라가 걱정하던 '난폭한 짓' 을 한 것처럼 들리지만 실제로는 상당히 온건했다.

나는 인터폰을 누르고서 따님(즉 센고쿠 나데코)의 친구 아버지라고 말하고, 즉 속이고 센고쿠 하우스 안으로 들어간 것이다.

"단순한 가출인지도 모릅니다만 저의 딸도 사흘 전부터 행방을 알 수 없습니다. 직전에 뭔가, 댁의 따님에 대한 이야기를 한 것 같은 기분이 들어서, 그것이 신경 쓰여서 몰상식한 짓임을 알면서도 이렇게 찾아오고 말았습니다. 따님의 이야기를 들려주실 수 있겠습니까?"

주저리주저리.

내 연기력도 참 대단하다…기보다, 딸인 '나데코 양'의 이름을 대자 그 부모는 낯선 손님에 대한 경계심을 완전히 잃어버렸다. 설령 내 연기력이나 거짓말이 초등학교 학예회 수준이었다고 해도 결과는 같았으리라는 기분이 든다.

참고로 여담이긴 하지만 어떠한 사건에 휘말려 든 인간 입장에서 가장 민폐이며 그 이상으로 상처 입게 만드는 것은 이런 가짜 정보, 거짓 정보를 가지고 오는 구경꾼이라고 한다.

마음은 이해한다. 이해하지만 뭐, 내 알 바 아니다.

그렇게 해서 거실에서 이야기를 들으며 나는 두 사람을 '극히 일반적인 어른'이라고 생각한 것이다. 그리고 마찬가지로 '극히 일반적인 부모'라고도.

말해 두겠는데 험담이 아니라고.

그렇게 생각한 것뿐이다.

나는 입장상 다양한 사람을 보아 왔다. 그중에는 딸이 행방불명된 부모, 혹은 딸이 죽어 버린 부모, 소식은 알고 있지만 딸과 몇 년이나 만나지 않은 부모도 수없이 포함되어 있었다. 그리고 그런 사례와 대조해 보기로는 그냥 보통이구나, 라고 생각했다.

당연한가.

괜한 기대를 하는 쪽이 이상하다.

사고에 휘말린 것이 아닐까, 혹시 죽은 것은 아닐까 하는 걱정은 해도, 이 두 사람은 설마 자신의 딸이 신이 되었다고는 생각도 하지 못할 테니까.

일방적으로 이야기를 듣고 있기만 해서는 미안하므로 나는 자신의 딸이 얼마나 귀여웠는가, 솔직했는가, 그리고 센고쿠 나데코와 사이가 좋았는가를 우선 이야기했다.

앞서 이야기한 대로 아주 민폐를 끼치고 있는 것이지만, 그런 시시한 헛소리에 센고쿠 나데코의 부모는 몹시 감동한 듯했다.

그 아이에게 그런 면이 있었다니, 라며 어머니는 눈물을 흘리고 있었다. 나도 눈물이 나올 뻔했다. 만약 내 이야기가 진실이라고 한다면.

뭐, 나는 사전 조사도 근거도 없이 적당히 이야기한 것뿐이므로, 반대로 말하면 혹시나 우연히 진실을 이야기하고 있을 가능성도 있다. 그렇게 생각하니 죄책감도 들지 않았다.

그렇게 생각하지 않더라도 죄책감은 느끼지 않지만.

뭐, 그런 허풍을 믿는 부분으로도 알 수 있듯이, 다른 많은 부모가 그렇듯이 일반적인 부모인 센고쿠 부부는 딸에 대해서 일체, 전혀, 아무것도 몰랐다.

낯을 가린다든가, 얌전한 아이였다든가, 잘 웃는 아이였다든가 하는 말을 하고 있었던 기분도 들지만 내가 알고 싶은 것은 그런 자식 사랑의 말이 아니라 센고쿠 나데코가 마음에 품고 있는 어둠이었다. 그러나 그런 것은 그들도 모르는 듯했고, 게다가 알고 싶지도 않은 것 같았다.

반항기 따윈 전혀 없는, 부모가 하는 말을 잘 듣는 착한 아이였다. 그 아버지는 그런 식으로 말했는데, 자기 딸에게 아버지에 대한 반항기가 오지 않는 것 같다면 그것은 최고 수준에 가까운 경고음이라고 생각해 두는 편이 좋다. 왜 그것을 그냥 흘려들었느냐며 나는 벌떡 일어설 뻔했다.

그 중증의 파더 콤플렉스였던 센조가하라도 중학교 시절에는 아버지에게 거리를 두었던 때가 있었다는데.

이거야 원.

다만 그건 지나간 일, 끝난 일이므로 불평해 봤자 소용없다. 그리고 센고쿠 가의 교육 방침 따윈 내 인생에는, 지금 시점에는 우연히 관련되긴 했지만 적어도 앞으로는 전혀 상관없는 일이다. 그러므로 나는 별말 하지 않고,

"그랬습니까. 네, 저희 딸도 그랬습니다."

라고 적당히 말을 맞췄다. 적당히 말을 맞추는 것에 관해 카이키 데이슈보다 나은 사람은 좀처럼 찾아볼 수 없을 것이다.

따님의 사진을 한 장 얻을 수 있겠습니까? 라는 제안은 설정상 꺼내기 힘들어졌으므로 포기했다. 역시 그것은 나중에 센조가하라에게 사진 메일로 받기로 하고 나는,

"따님의 방을 보여 주실 수 있겠습니까?"

라고 말했다.

물론 실제로는 이렇게 직접적인 말을 하지는 않았다. 딸이 나데

코 양에게 빌려 줬던 뭔가가 있던 것 같습니다, 그것이 두 사람을 찾는 데 단서가 될 듯합니다만 짚이는 물건은 없으십니까? 라는 말로 시작해서 30분 정도 에둘러 말한 결과, 간신히 그 골인 지점까지 도착한 것이다. 당연히 무례한 말씀입니다만, 이라고 서두를 꺼내는 것도 잊지 않았다. 다만 센고쿠 부부는 그런 나를 무례하다고는 전혀 생각하지 않았겠지만.

안내받은 센고쿠 나데코의 방은(2층이었다) 뭐랄까, 깔끔한 방이었다. 정리 정돈되어 있다고 하기에는 너무 인공적인 깔끔함이었는데, 아마도 방의 소유자가 행방불명된 이후에도 부모가 청소를 게을리하지 않았던 것이리라. 그렇게 생각하고 확인해 보니, 역시나 딸이 없어지기 전과 같은 상태를 유지하고 있다고 했다.

뭐, 어디까지나 (부모에게는) 센고쿠 나데코는 행방불명이었지 딱히 죽은 것은 아니므로, 부모 입장에서는 그것이 올바른 행동이다. 죽은 자식 나이 세기 같은 게 아니다.

책장에는 어린아이가 볼 법한 만화가 갖춰져 있거나, 귀여운 봉제인형이 있거나 하는 등, 중학생 여자아이의 방으로 보이는 풍경이다.

다만 내가 보기에 그것이 부자연스럽다.

부모가 청소한 상태로 이 정도라는 것은 부자연스럽다. 그렇다기보다 어쩐지 기분 나빠질 정도였다는 것이 솔직한 심정이다.

오히려 나는 어린아이다움이나 귀여움을 억지로 강요당하고 있는 듯한 방이란 느낌이 들었다. 조금 전에 센고쿠 나데코의 아버지가 딸에게는 반항기가 없었다는 말을 했던 것으로 미루어 생각하면 여러 가지로 떠오르는 것이 있다.

이것은 어떻게 되든 상관없다고 말할 수 없을 것이다.

어떻게 되든… 상관있다.

혹시나 이 부근이 열쇠인지도 모른다.

센고쿠 나데코의… 마음의 어둠.

그런 생각을 하면서 나는 센고쿠 나데코의 방을 물색하기 시작했다. 바깥은 아직 밝았지만, 커튼이 쳐져 있어 방 안은 어두컴컴했다. 그래서 내가 방에 들어가서 처음에 한 일은 그 커튼을 젖히는 일이었다.

당연히 나는 방을 안내받았다고 해서 센고쿠 부부가 1층의 거실로 돌아간 것은 아니므로, 즉 부모의 눈앞에서 행하는 가택수색이므로 가구를 뒤엎는 알기 쉬운 수색은 불가능하다.

수박 겉핥기 하듯, 표면을 훑는 듯한 방식으로 찾을 수밖에 없다. 그러다가 책장 가장 아래 단에서 아마도 앨범이라고 생각되는 책등을 발견했다. 앨범이다. 이거 괜찮은데, 생각지 못한 수확이다. 나는 부부의 허가를 얻고 나서 그것을 펼쳤다.

센고쿠 나데코의 포트레이트가 죽 깔려 있었다. 그렇군, 이것이 센고쿠 나데코인가. 나는 인식했다. 간신히 속일 대상을 인식했다.

어디까지나 사진에서 받은 것이지만, 내가 갖게 된 센고쿠 나데코에 대한 첫인상은 이 방에 대해 품은 인상과 거의 같았다.

어린애 같고, 귀엽고, 기분 나쁘다.

어쩐지 만들어진 물건 같았다. 귀여울 것을 강요받고 있는 것 같다고 생각했다. 웃는 표정은 짓고 있지만 어딘지 모르게 어색하다.

카메라 렌즈가 자신을 향하고 있으니까 어쩔 수 없이, 시키는 대로 웃고 있다는 느낌이다.

멋쩍은 웃음이라기보다는 비굴한 웃음이다.

앞머리를 내려서 다른 사람과 눈을 마주하지 않으려고 하고 있다. 그렇다기보다, 더 말하자면 주뼛거리고 있는 것처럼도 보인다.

그녀는 무엇을 겁내고 있는 걸까.

무엇을.

뭐, 역시 이 사진을 빌려서 돌아가는 것은 무리일 테니 하다못해 눈에 잘 새겨 두기로 하자. 고찰은 나중이다.

나는,

"혼자서 찍힌 사진뿐이군요. 제 딸하고는 사진을 찍지 않은 걸까요."

핑계로 들리지 않도록 은근슬쩍 그렇게 말하면서 앨범을 책장에 돌려놓았다. 어떤 의미에서는 시간을 메우기 위한 발언이었지만, 그러나 입 밖에 내고 보니 가족들과 같이 찍은 사진이 한 장도 없었다는 것을 나는 깨달았다.

즉 부모와 센고쿠 나데코가 같이 찍힌 사진이 없고, 센고쿠 나데코 혼자 찍힌 사진뿐이었던 것이다.

그야 사진이니까 찍는 사람은 필요할 테니 셋이 함께 찍은 사진이 적어지는 것은 이해하겠지만…. 그래도 아버지와 둘이 있는 사진, 어머니와 둘이 있는 사진 같은 것이 있어도 괜찮을 것이다. 이 앨범이 센고쿠 나데코의 개인적인 앨범이라고 해도 개인의 앨범이기에 이렇게까지 엄밀히 구분할 필요는 없을 것이다.

고찰은 나중에 할 생각이었지만, 자기도 모르게 생각하게 되고 말았다. 가족사진이 한 장도 없고, 그리고 이렇게 작은 사진집 같은 앨범을 방에 두는 여자아이의 정신상태란 대체 어떤 것일까?

부부를 돌아보아도 앨범을 본 나에 대해 뭔가 떳떳지 못한, 뒤가 켕기는 부분이 있는 듯 보이지는 않는다.

그러기는커녕 앨범의 내용에 대해서 부끄러워해야 할 것은 하나도 없다고 말하는 듯했다. 오히려 이런 비상사태에서도 딸의 귀여움을 자랑스럽게 생각하는 것 같았다.

그렇군, 선량한 일반 시민이다.

자신이 선량하다고 믿어 의심치 않는다.

자신의 인생에 잘못된 것은 없다고 생각하고 있는 것이겠지. 딸이 행방불명된 뒤에도.

그것을 자랑으로 생각하고 있겠지.

어째서 자신들을 응시하고 있는지 두 사람이 의아하게 생각한 듯해서 나는,

"이렇게 보니 두 분과 많이 닮은 아이로군요."

라는 적당한 거짓말을 했다. 사기꾼으로서는 너무 노골적인 거짓말이라고 생각했지만, 꽤 효과적이었던 것 같다. 대놓고 기분 좋아하지는 않았지만, 남에게 딸의 방을 뒤지게 하고 있는 부모치고는 두 사람 다 온화한 분위기였다.

그 뒤로도 탐색을 계속하면서 '내 딸이 빌려 주었다는 중요한 아이템은 무엇으로 할지 슬슬 정해야겠군.' 이라고 생각하기 시작했을 무렵에, 나는 방구석의 모서리에 맞춘 형태로 놓여 있는 옷장

에 손을 뻗었다.

정확히는 뻗으려고 했다. 가장 나중으로 생각해 두었던 가구였는데, 그러나 거기서 센고쿠 나데코의 어머니가 아, 그 옷장은 손대지 마세요! 라고 지금까지 냈던 목소리 중에서 가장 큰 소리로 말했던 것이다.

강한 의지를 느끼는, 그 의견을 뒤집기 위해서는 상당한 노력을 소비해야만 할 거라고 확신하게 만드는 그런 어조의 목소리였다.

"손대지 말라니요…?"

당연히 나는 그렇게 되물었지만, 당연히 거기에 중요한 이유가 있을 거라고 기대했지만 센고쿠 나데코의 어머니는 그 옷장에는 손대지 말라는 말을 들었어요, 라고밖에 말하지 않았다.

말을 들었다고? 누구에게?

이미 물을 것도 없는 일일지도 모르지만 그래도 물어보았더니 아니나 다를까, 센고쿠 나데코에게 그렇게 들었다는 것이었다.

이때의 내 기분을 설명하기는 어렵다. 그러므로 사실만을 적기로 한다.

요컨대 센고쿠 나데코의 부모는 자신의 딸이 행방불명되었는데도 방을 깨끗하게 원래대로 유지하는 것에만 열심일 뿐, 어쩌면 그곳에 중요한 단서가 있을지도 모르는데도 그저 딸이 시킨 대로 방의 옷장을 여는 행동조차 하지 않은 것이었다.

015

센고쿠 나데코의 친구 아버지라는 입장을 취하는 이상, 두 사람을 설득해서 옷장을 열게 하는 것은 어려워 보였고, 혼자라면 몰라도 두 사람의 눈을 피해 그 안을 보는 것도 불가능하다고 생각했으므로 나는 그 옷장에 대해서는 나중으로 미루기로 했다.

어쨌든 그 존재를 알았다.

그 존재가 있는 것을 알았다.

그것만으로 센고쿠 가를 방문한 의미가 있었다. 나는 자신의 휴대전화 번호를 부부에게 알려 준 뒤에 상대방의 번호도 알아내고, 뭔가 알아낸 게 있으면 연락하겠습니다, 서로 자주 연락을 주고받도록 하죠, 라는 말을 하고서 센고쿠 가를 뒤로했다.

옷장에 대한 것은 제쳐 두더라도(열어 보면 중학생다운 외설스러운 책이 죽 늘어서 있을 뿐이라는 결말일지도 모르고), 그래도 방을 가볍게 살펴본 것만으로 왠지 모르게 센고쿠 나데코가 마음에 어둠을 품고 있었던 것 같다는 점만은 알았다.

그러나 그런 스트로베리 컬러의 방 안에서 마음의 어둠을 찾아내는 비뚤어진 사람은 세상이 아무리 넓다 해도 나 정도일 것이다. 그렇게 생각한다. 실제로는 기이한 병에 걸려서 신이 될 정도이니 마음에 어둠을 품고 있는 것이 틀림없다는 편견을 내가 가지고 있는 것뿐일지도 모른다.

그리 오래 이야기했다는 생각은 들지 않았지만, 의외로 나는 신용을 얻기 위한 서두에 시간을 들인 모양이다. 센고쿠 가를 나올 때에는 이미 저녁이라고 해도 좋을 시간이었다.

슬슬 괜찮지 않을까 하고 생각한 나는 센조가하라에게 전화를 했다.

"난폭한 짓은 하지 않았다."

일단 앙갚음하듯 그렇게 빈정거려 주고 나서 나는 센조가하라에게 말했다.

"센고쿠 나데코의 사진을 보내 줘."

[뭐야, 얼굴도 몰랐어?]

가시 있는 그 대답에 목소리를 낮추는 기색은 없었다. 역시 명절의 소란은 이미 끝난 듯하다.

나는 말했다.

"만난 적도 없는 여자애니까. 내 간접적인 피해자란 소리도 네가 말하고 있을 뿐이다. 잘 생각해 보면 그게 진짜인지 여부도 알 수 없어."

[내가 당신을 속이고 있다는 거야?]

센조가하라는 유감이라는 듯이 말했다. 뭐, 나에게 듣고 싶은 말은 아닐 것이다.

"센고쿠 나데코의 집에서 앨범을 봤다. 귀여운 애더군. 네가 싫어할 만한."

[……….]

통화 첫마디보다도 더욱 심한 비아냥거림에 센조가하라는 잠시 침묵한 끝에,

[그렇지.]

라고 말했다.

정직하다. 확실히 이래서는 나를 속일 수는 없을 것이다.

[가장 싫은 타입이야. 이런 형태로 만나지 않았더라도 절대 친구는 될 수 없는 타입.]

"어리광을 부린 건지 어리광을 받아 주며 키운 건지 지금은 잘 모르겠지만 말이야. 너, 주소를 알고 있었다는 건 센고쿠 가를 찾아간 적이 있다는 얘긴가? 즉 그 부모와 이야기한 적이 있느냐는 의미인데."

[물론 있어…. 아라라기 군의 여동생 중 한 명이 센고쿠 나데코와 사이좋은 친구였거든. 그 연줄로 어떻게든. 다만 그 애는 누구와도 사이좋게 지낼 수 있는 애니까 특별히 센고쿠 나데코하고만 사이가 좋았던 것은 아니지만.]

흐음.

아라라기 코요미의 여동생…. 카렌 쪽일까, 츠키히 쪽일까. 캐릭터로 보면 아무래도 츠키히 쪽일 것 같군.

"아라라기의 여동생…은 알고 있나? 자기 오빠가 지금 처해 있는 상황을. 명절을 축하하고 있는 걸 보면 일단 아라라기 부부는 모르는 모양인데."

[여동생들도 몰라. 오빠가 이렇게 되어 있는 것도, 센고쿠 나데코가 그렇게 된 것도 그 애들은 몰라. 알고 있는 것은 나와 아라라기 군하고 오시노 시노부, 그리고 하네카와뿐이야. 사실은 하네카와한테도 비밀로 해 두고 싶었지만…. 들켜 버렸어.]

어째서인지 장난치는 듯한 표현을 썼다.

그러니까 누구냐고, 하네카와는.

[다만 이건 내가 파악하고 있는 범위에서 말하는 것일 뿐이고, 아라라기 군이 누군가에게 이야기했는데 그걸 나에게 비밀로 하고 있다면 이거보다 많을 거야.]

"흠."

있을 법한 이야기다. 시곗줄과 빗을 아무 생각 없이 자연스럽게 실행할 것 같은 이 커플은 의외로 서로에게 비밀을 가지고 있는 것 같으니까.

괴이에 관해서는 서로 감추지 않겠다는 약속을 하고 있다는 이야기를 전에 들은 기억이 있지만, 의외로 예외가 많은 약속인지도 모른다.

아라라기가 센조가하라에게 비밀로 하고 도움을 청한다면 그 상대는 누구일까? 그런 생각을 해 봤지만 짐작 가는 것은 없었다.

나는 아라라기의 교우 범위는 파악하고 있지 않다. 굳이 말하자면 카게누이나 오노노키 정도일까.

재미없게도 불사신 살해자인 그 두 사람과 아라라기는 화해한 모양이니….

"어째서 널리 공표하지 않지? 그러면 생각지도 못한 해결책을 얻을 수 있을지도 모른다고."

왠지 모르게 대답은 짐작하고 있었지만 나는 그렇게 물어보았다. 예를 들자면 왼손이 괴이로 변해 있는 듯한 칸바루의 힘을 빌리는 것도 있을 법한 방법이다. 개인적으로는 별로 바람직하지 않은 사태이지만, 내가 알기로는 '원숭이의 손'이 들어주는 소원의 숫자는 아직 남아 있을 것이다.

[…어쨌든, 흉포해. 센고쿠 나데코는.]

흉포해, 라고.

말을 고른 끝에 센조가하라는 그렇게 말했다.

이 독설녀가(내가 알던 무렵의 이야기지만) 그런 직설적인 표현을 하는 것은 나에게 예상 밖이었다.

흉포.

의외로 인간을 대상으로는 쓰지 않는 말이다. 그것은 동물 같은 것에 사용하는 단어이거나, 혹은 어린아이 같은 것에 쓰는 단어이며.

중학생을 표현하는 단어는 아니고, 또한 신을 표현하는 단어도 아니다.

아닐 것이다. 그러나.

[우리가 누군가에게 도움을 청하면 그 사람까지 한꺼번에 처리하는 것에 주저가 없다고 할까…. 원래 이건 아라라기 군과 센고쿠 나데코만의 문세일 텐네, 나를 포함해서 그 밖의 사람들을 밀려들게 하는 것을 아무렇지도 않게 생각하고 있어.]

"……."

어이, 그러면 내 목숨도 위험하다는 거잖아. 너, 나라면 말려들어서 죽어도 괜찮다고 생각하고 일을 의뢰한 거냐! 라고 여기서 말할 정도로 나도 멍청하지는 않다.

그런 것은 처음부터 알고 있었다.

나는 그것을 알고서, 뒷사정을 알고서 이번 일을 맡은 것이다. 어떤 일에도 리스크는 있다. 따지고 보면 일이란 그런 리스크와 메리트의 다툼이다.

…하지만 이 일의 메리트란 대체 무엇일까?

필요경비인 10만 엔은 이미 의상비로 절반 이상 사라진 상태다.

"그렇군, 그렇다면 쉽사리 다른 사람에게 상담할 수 없겠어."

그래서 하네카와라는 녀석에게도 비밀로 해 두고 싶었다고 말한 건가. 그러나 센조가하라나 아라라기가 유지하려고 했던 비밀을, 그것도 목숨에 지장이 생길 만한 비밀을 간단히 간파하다니 역시 보통내기가 아니다.

어림짐작이라고 할까, 이것은 억지로 갖다 맞추는 생각인데, 내가 반년 전에 이 마을에서 진행하던 사기를 근절시킨 것은 파이어 시스터즈와 아라라기 코요미, 그리고 센조가하라 히타기라고 알고 있었지만 어쩌면 그 하네카와란 인물도 한몫하고 있었는지도 모른다.

[잠깐, 카이키. 오해하지 마. 내가 당신에게 상담을 한 것은….]

"별 상관없어. 성가신 핑계는 대지 마, 나는 그런 것에 신경 쓰지 않아. 나는 프로다. 목숨을 위험에 노출시키는 건 늘 있는 일이야."

이 대사는 너무 멋을 부렸다. 2년 전이라면 몰라도 이제 와서 센조가하라를 상대로 폼을 잡을 필요는 없는데.

"그것보다, 나는 이번 방문으로 센고쿠 나데코의 가정사정의 편린 같은 것을 알았는데…. 센조가하라, 실제로 너는 센고쿠 나데코를 어떻게 생각했지?"

[…내 감상은 필요 없는 거 아니었어?]

"그게 처음으로 접하는 정보가 아니기만 하면 돼. 정보제공이라기보다는 잡담이라고 생각하고 말해 줘. 조금 전에 싫은 타입이라느니 흉포하다느니 하는 소릴 했는데, 어쩐지 조금 더 에피소드가 섞인 감상을 듣고 싶어."

[…….]

"응? 왜 그러지?"

[그게… 나는 직접 센고쿠 나데코와 만난 적이 없어.]

"뭐? 그런가?"

의외였다.

센고쿠 나데코는 얼굴을 본 적도 없는 상대를 죽이려고 하고 있는 건가?

[응. 전화로 한 번, 흥정이라고 할까… 대화를 했어. 하지만 그것도 이미 그 여자가 인간을 그만둔 뒤였으니까.]

"…그런가. 왠지 모르게 이해가 가기 시작했어. 네가 처해 있는 영문 모를 상황이란 것을. 너, 용케 제정신을 유지하고 있구나."

[…그러네.]

"뭐, 나에게 도움을 청할 정도였으니 어쩌면 너는 이미 제정신이 아닐지도 모르지만 말이야."

나는 그렇게 말하고 시선을 석양 쪽으로 옮겼다. 저녁…이라기보다는 이른바 해 질 녘, 땅거미가 질 무렵이다.

[카이키, 그래서 나는….]

"우선 나는 이제부터 센고쿠 나데코와 만나고 오려고 해. 키타시라헤비 신사에 가면 만날 수 있는 거지?"

[…만날 수 있을 거라고 단정할 수는 없어. 나는 적어도 그 여자가 신이 된 뒤로도 만난 적이 없어. 상당히 미움받는 모양이야. 아라라기 군이 다섯 번에 한 번 꼴로 만날 수 있었던가…. 그때마다 죽을 뻔하고 돌아오지만.]

언제라도 죽일 수 있지만 일단 약속한 날까지는 살려 주고 있는 것 같아, 라고 센조가하라는 오싹한 견해를 덧붙였다.

전투는 계속 이루어지고 있는 모양이다.

그렇군, 과연 장기전이다.

"아라라기가 오늘 오지는 않겠지? 신사의 경내에서 맞닥뜨리는 건 사양하고 싶다고."

[안 갈 거야. 왜냐하면 오늘 밤은 나하고… 아니.]

말하다 그만두었다.

뭐야, 아주 귀엽게 노시는구만.

전투가 계속되는 한편에서 연애관계도 계속 발전하고 있는 듯하다. 뭐, 목숨의 위기가 항상 있는 시추에이션에서는 관계도 불타오르는 법일까. 나는 그런 상황에 처한 적이 없으므로 잘 모르겠지만….

"뭐, 만날 수 없으면 만나지 못해도 좋아. 우선 현지를 보지 않으면 아무것도 못하니까 말이야."

[만약 만난다면 어떡할 생각이야? 그 여자를 속일 만한 재료는 이미 마련했어?]

"전혀. 다만 일단 안부를 살핀다고 할까, 안면을 익히는 정도지. 게다가 의외로 대화로 해결할 수 있을지도 모르고 말이야."

[그래…. 무리라고 생각하지만, 힘내.]

흥이 나지 않는 말투로, 센조가하라는 나를 격려했다.

기쁘지 않았다. 아무렇게도 생각하지 않았다.

016

파워 스폿*이라는 말이 있다. 당연하게도 나는 물론 그런 말을 믿지 않지만, 그래도 그것에 비유해서 말하자면 키타시라헤비 신사는 마이너스의 파워 스폿이라고 할 수 있을 것이다.

마이너스의 파워. 참으로 수상쩍은 말이다.

오시노는 이 마을에서 바람에 날린 쓰레기들이 모여드는 장소 같은 것이라고 말했다고 한다. 좋지 않은 것들의 집합소라고도. 노골적이면서도 이치에 맞는 그 남자다운 표현이지만, 내가 말하자면 그냥 산 위다.

그런 장소가 스산하고 어두컴컴해서 있기 거북한 분위기인 것은 당연하다는 기분이 든다. 전에 이 마을에 왔을 때에 몇 번인가 들르려고 한 적이 있었지만, 결국 이런저런 사정으로 실현하지 못했다.

나는 사전에 이 마을에 있는 그 신사에 대해서 사람을 통해 전해 듣고 있었지만, 그리고 그 이야기에 따르면 거의 무너져 버린 신사

※파워 스폿 : 사람의 몸과 마음을 치유해주는 힘이 있다고 여겨지는 장소를 일컫는 일본식 조어.

옛터가 있는 것뿐이라고 했지만 도착해 보니(눈 덮인 산을 오르다가 몇 번이나 발목을 삘 뻔했다) 멋진, 새것 같다고 말해도 좋을 신사본당이 세워져 있었다.

새것 같다고 말할 수 있다기보다, 실제로 새 건물이라고 생각한다. 세운 지 얼마 안 되었다는 느낌이다. 설마 무너져 있던 신사에 새로운 뱀신이 나타났기 때문에 영험한 신통력으로 본당이 출현했다는 걸까.

말도 안 된다, 아마도 단순한 관료적인 일처리였을 것이다. 예전부터 있던 공사계획이 실행된 것에 지나지 않을 것이다. 센고쿠 나데코의 일과는 관계가 없다.

그러나 신기하게도 경내의 한가운데에 그런, 작지만 깔끔한 본당 건물이 떡하니 서 있으니 산 자체의 공기도 건실해지는 듯한 기분이 든다.

스산한 기운이 상쾌하게 사라진 듯한.

나는 참배로를 걷는다.

참배로 한가운데는 신이 걷는 길이므로 가장자리로 걸어야만 한다고들 하는데, 나는 알 바 아니었다.

내가 걸을 수 없는 길은 없고 내가 날 수 없는 하늘은 없다.

오히려 이 뻔뻔스러운 태도에 화가 나서 신이 등장해 주면 횡재이겠지만, 유감스럽게도 그렇게 편리한 이벤트는 일어나지 않았다. 당연하다, 그렇게 간단히 등장하면 은혜로움이 없다.

나는 새전함에 도착했다.

본당에서 인기척은 느껴지지 않는다. 당연하다면 당연한 일이지만, 아무도 없는 듯하다. 아무래도 신사가 신축되었다고 해서 신앙의 대상으로서 갑작스럽게 부활한 것은 아닌 듯했다. 관찰해 보니 누군가가 하츠모데를 하러 찾아온 눈치도 없었다.

이런 때에 눈이 많은 지방은 편리하다. 발자국이나 눈이 쌓인 모습, 혹은 빙판을 보고 그 장소에서 며칠간 이루어진 사람의 출입을 알 수 있다.

그리고 그것들로 판단하는 한, 올해 들어서 이 신사를 방문한 사람은 내가 처음인 것이 거의 틀림없는 듯했다.

즉 이 키타시라헤비 신사는 건물은 새것이지만, 그것은 어디까지나 건물이 새것이 된 것뿐인 듯하다. 그것 말고는 아무것도 바뀐 것이 없다. 당연히 누군가 칸누시 같은 사람이 관리하고 있겠지만, 이곳이 활용되고 있다고는 말하기 어렵다. 다만 앞으로 어떻게 될지는 알 수 없지만.

반대로 말하면, 만약 이 신사가 새해 첫날 사람들로 북적거리게 된다면 센고쿠 나데코의 신통력은 현재보다도 강화되어서 아무도 저지할 수 없게 되고 말 것이다. 뭔가를 어떻게든 하고 싶다면 그 전에 손을 써야만 하는 것이다. 뭐, 이미 현시점에서 아무도 저지할 수 없는 것 같지만. 게다가 이대로 순조롭게 진행되면 아라라기와 센조가하라에게 내년은 오지 않겠지만.

뭐, 나는 내가 할 수 있는 일을 하자.

할 수 있는 일이라면 뭐든지 하며 즐겁게 살자.

나는 양복 주머니에서 잔돈을 꺼냈다가 생각을 고치고 반대쪽 주머니에서 1만 엔을 한 장 꺼내어 그것을 새전함에 넣었다.

목례 두 번, 손뼉 두 번, 목례 한 번.

이것으로 된 건지는 모르겠지만, 우선 기억하고 있는 참배의 동작을 한다. 이런 액션이 대체 얼마만일까.

일단 최소한의 저항으로서 그 1만 엔 지폐는 던져 넣지 않고 더할 나위 없이 정중하게 새전함에 밀어 넣듯이 넣었다. 그 서투른 동작으로 추측하기로는, 어쩌면 이것은 카이키 데이슈에게 태어나서 처음 하는 하츠모데가 되는 건지도 모른다.

그리고 참배를 마친 그때였다.

"나데코예요!"

본당 안쪽에서 종종걸음으로, 간단히 신께서 모습을 드러냈다.

은혜롭지 못하다.

그러나 1만 엔 지폐에 낚여서 나타난 점에는 호감을 가질 수 있었다. 굳이 말하자면 시주에 기뻐하고 있는 것이 아니라, 흥에 겨운 듯한 그 표정은 마치 세뱃돈을 받고 기뻐하는 어린아이 같기도 했지만.

017

"모처럼 신이 되었는데 아무도 하츠모데에 와 주지 않아서 심심했어. 아저씨, 나데코의 말상대가 되어 줘."

묘하게 밝게, 흥이 오른 듯한 센고쿠 나데코는 그런 식으로 말했다. 새전함에서 꺼낸 1만 엔 지폐를 희희낙락하며 손에 쥐고서.

다만 그 손에 든 1만 엔 지폐는 센고쿠 나데코가 한 올 한 올이 전부 가느다란 하얀 뱀이라는 무시무시한 디자인의 머리카락을 매니퓰레이터처럼 뻗어서 새전함 안에서 집어낸 1만 엔 지폐이기에 그다지 훈훈한 분위기는 아니다.

오히려 무섭다.

머리카락이 뱀으로 변하다니, 확실히 기이한 병이다.

현대 의학으로는 해명할 수 없을 것이다.

인간의 머리카락은 거의 10만 개라고 하는데, 센고쿠 나데코는 그중에서도 머리카락 숱이 많은 타입이었던 듯하니 아마 그 이상으로 많은 뱀이 그녀의 머리에 우글우글하고 있을 것이다.

메두사도 센고쿠 나데코의 이 머리를 보면 돌처럼 굳어 버리지 않을까. 게다가 조금 전에 새전함 안에서 1만 엔 지폐를 꺼낼 때에 헤매지 않는 모습을 보기로는, 이 뱀 한 마리 한 마리에 있는 모든 눈이 그녀의 눈이 되어 있는 듯했다.

그렇다면 그녀에게는.

지금 세상이 어떻게 보이고 있는 걸까.

10만 개 이상의 시점을 가지고 있을 것이다.

하지만 반대로 말하면 뱀신다운 부분이라고 하자면 그 머리카락 정도였고(그것만으로 충분하다, 그 이상 무엇을 바라느냐는 기분도 들지만) 복장은 뭐랄까, 그냥 보통이었다.

지금이 한겨울인 것을 제외하면 보통이었다.

눈이 내리는 한겨울인 것을 제외하면.

얇은 소재의 하얀 민소매 원피스는 보기에도 추워 보일 뿐만 아니라, 그대로 눈 안에 녹아들어 버릴 것 같다. 사라져 버릴 것처럼 공허한 느낌이 든다. 차라리 뱀 무늬 옷이라도 입었다면 알기 쉬웠을 테지만.

맨발이라는 것도 눈 많은 지방에는 어울리지 않는다.

대체 무슨 의미가 있는 복장일까?

적어도 신처럼 보이지는 않는다. 그리고 굳이 말하자면 왼쪽 손목에 감겨 있는 슈슈일까. 그것도 하얗다. 그 슈슈로 뱀으로 된 머리카락을 묶거나 하는 걸까?

그렇게 생각하다가 신神과 머리카락髮이 같은 발음*임을 문득 깨달았다. 뱀 신, 뱀 머리카락. 뭐, 요괴 종류는 말장난을 좋아하니까 말이야.

신을 요괴에 포함시켜도 되는지 여부에 대해서는 여러 가지 이야기가 있지만, 내가 보기에는 양쪽 다 속임수라는 점에서 마찬가지다.

"1만 엔~. 1만 엔~."

기뻐 보였다.

기쁘겠지.

그렇지만 신이 된 이상, 돈 같은 것은 필요 없을 텐데. 게다가 그것은 신사를 유지하기 위해 쓰는 돈이고, 자기 호주머니 속에 넣을 수는 없는데.

그게 아니면 금액의 많고 적음이 아니라 '첫 새전'이 기쁜 것뿐

※ '신神'과 '머리카락髮'은 일본어로 모두 '카미'로 발음한다.

인지도 모른다. 그렇다면 그것은 돈에 대한 모독이라고밖에 말할 수 없으니, 조금 전에 느꼈던 호감을 취소해야만 하겠지만.

"고마워요, 아저씨!"

센고쿠 나데코는 내 쪽을 간신히 보고는 해맑게 웃었다. 부모에게 들은 인상과는 다르다. 부끄러움이나 낯가림도 없어 보이는 웃음이다.

잘 웃는 아이라고 말했는데, 분명히 이 아이는 이런 식으로는 웃지 않았을 것이다.

마치 족쇄에서 해방된 것처럼.

무엇에도 속박되지 않은 웃음이었다.

괴물에게조차 속박되지 않는 웃음이었다.

"아저씨는 나데코의 신자 제1호구나!"

"……."

천진하게 말한다고 용서받을 수 있는 일이 아니다. 한 대 후려칠까 하는 생각을 하지 않은 것도 아니었지만 나는 폭력적인 인간은 아니므로,

"아저씨라고 부르지 마. 나는 카이키 데이슈라고 한다."

라고 말하는 선에서 멈췄다. 자상하기도 하지.

그러나 말하는 것에서 멈출 생각이었지만, 생각해 보면 이것은 실수였다. 센고쿠 나데코는 내가 이 마을에서 행했던 사기의 간접적 피해자다.

그렇다면 어딘가에서, 아라라기나 파이어 시스터즈로부터 내 이름을 들었어도 이상하지 않다.

알고 있어도 이상하지 않다.

그렇게 되면, 거의 관계없다고 말할 수 있는 아라라기나 센조가하라에게조차 용서 없는 살해 예고를 한 이 여자애가 나에게 격앙하지 않을 리 없다… 라고 생각했지만.

"카이키 씨!"

센고쿠 나데코는 그렇게 오히려 기쁜 얼굴을 보이는 것이었다.

"카이키 씨! 카이키 데이슈 씨! 별난 이름이네! 잘 부탁해! 아저씨라고 불러서 미안해! 응, 잘 보니까 젊네! 우왓, 젊어! 연하인 줄 알았네! 꼬맹이라고 부를까!"

"……."

어떻게 판단해야 할까. 당연히 간접적인 피해자이기에 내 이름까지는 몰랐다고 판단해야 할 것이다. 하지만 나는 그렇게 생각할 수 없었다.

분명히 들었고, 알고 있을 것이다.

그러나 그것을 이미 기억하지 못하는 것이다.

나에 대해서 어떻게 되든 상관없다고 생각한다든가, 신이 되어서 인간이었던 시절의 일 따윈 사소한 일이 되었다든가 하는 것이 아니라…. 그냥 잊고 있는 것이다.

이 여자애는 자신을 이런 상태로 몰아넣은 모든 악의 근원을, 지금 와서는 잊고 있다.

그런 것이라고 생각했다. 이 녀석은 잊을 수 없을 만한 일을 그냥 잊을 수 있는 것이다. 그 대신 어떻게 되든 상관없는 일을, 예를 들면 어릴 적 친구의 오빠가 상냥하게 대해 준 일을 언제까지나 기억하고 있다.

즉, 이 여자애 안에서는 일의 중요성에 대한 순서가 뒤죽박죽이 되어 있는 거라고, 나는 그렇게 이해했다.

기껏해야 내 이름을 잊고 있다는 것 정도로 그렇게까지 단정하는 것은 섣부른 생각, 그렇다기보다는 위험하지 않을까 하고 생각할지도 모르겠지만, 그러나 나는 알고 있다.

이런 인간을 지금까지 몇 사람이나 봐서 알고 있다.

알고 싶지 않은데도 알고 있다.

소중한 것과 그렇지 않은 것, 귀중한 것과 그렇지 않은 것, 중요한 것과 그렇지 않은 것을 제대로 구별하지 못하고 툭하면 착각해 버리는 인간을 나는 많이 보아 왔다.

자신의 인생을 잘 다루지 못하는 그런 인간을. 그것은 예외 없이 정신적으로 궁지에 몰린 인간이었다.

어딘가가 망가져 있는 인간이라고 해야 할까.

예를 들면 센조가하라 히타기의 어머니가 그랬다.

그런 의미에서 센고쿠 나데코의 정신은 인간이었을 시절부터 그랬던 것인지, 아니면 신이 된 뒤에 그렇게 된 것인지는 알 수 없지만 정말 엉망이었다. 그녀는 내가 묻지도 않았는데,

"나데코는 말이지, 지금, 3월이 되는 것을 계속 기다리고 있어! 말해도 괜찮을까? 확 말해 버릴까? 그 무렵이 되면 말이지, 나데코는 좋아하는 사람을 죽여 버릴 수 있어!"

그렇게 즐거운 듯이 말했다.

이야기 상대가 생겼다는 것이 기뻐서, 그래서 서비스로서 자신

의 내부에서 가장 새롭고 재미있는 화제를 제공하려는 배려였을 것이다.

그렇겠지만 그런 것을 아무렇지도 않게, 태연하게 말하는 소녀의 모습은 비정상일 뿐이었다. 내가 말하는 것이니 정말 상당했다.

그러나 그것을 비정상이라고 받아들일 수 있는 것도 이 세상에 나뿐이라는 기분도 들었다.

"반년간 기다려 달라는 부탁을 받아서 기다리고 있어. 신이니까 역시 소망은 들어줘야 한다고 생각했거든. 하지만, 으음, 신은 오래 사니까 반년 정도는 금방 지나가 버릴 거라고 생각했는데, 전혀 다를 게 없네. 하루는 하루고, 반년은 반년이구나. 그래서 더는 못 기다리겠다는 마음이 요즘에 강해져 가고 있지만, 참아야지, 참아야지. 신이니까 약속은 지켜야지!"

"…그렇지. 약속을 지키는 건 아주 소중한 일이야. 숭고하다고 말해도 되겠지."

나는 그런 마음에도 없는 소리를 해서 화제에 맞춘다. 섣부른 소리를 했다간 격앙할지도 모른다는 우려가 있었기 때문이지만, 그러나 그런 계산을 제쳐 두더라도 나는 그렇게 말했을 것이다.

이 여자애가 아주 불쌍하다고 생각되어서 부정하는 말을 하지 못하게 되고 말았다, 라고 생각해 주면 된다. 나는 그러한, 선한 사람이나 위선자처럼 여겨지는 것이 너무너무 싫어서 견딜 수 없는 인간이지만 이때만큼은 그랬다.

찾아온 손님…이라기보다 참배객에게 까불며 떠들고.

즐겁게 해 주려고 재미있는 이야기를 하려고 하는 중학생 같은 신이, 우스꽝스럽고 불쌍해서 견딜 수 없었다.

동정하지 않을 수 없었다.

물론 나란 인간에게 그것이 영향을 준 것은 아니다. 센조가하라로부터의 의뢰를 내팽개치고 이 여자애를 속이는 것을 그만두는 일도 없다. 이 여자애를 위해서 뭔가 해 준다는 것도 역시 아니다.

일은 일이다.

다만 신경 쓰이는 것은 차이점이었다. 내가 지금까지 들었던 이야기로 센고쿠 나데코란 여자아이는 내성적인 소녀의 견본 같은 인간이었으며, 적어도 참배객이든 신자든 이런 식으로 '대접' 할 수 있는 성격은 아니었을 것이다.

그런데도 어째서 이 아이는 이렇게 밝고 사교적인 성격이 되어 있는 걸까. 족쇄에서, 혹은 굴레에서 해방된 것처럼.

…생각할 것도 없다.

해방되었던 것이다. 족쇄에서, 굴레에서.

센조가하라 히타기는 나를 현 상황의 주범처럼 말하지만, 그러나 적어도 센고쿠 나데코는 내가 이 지역에 뿌리를 내리고 진행하던 사기의 결과로 행복해진 것이었다.

아주 아주 행복하게.

"하지만 이상하네. 어째서 아무도 와 주지 않는 걸까. 모처럼 신사가 새로 세워졌는데, 손님이 많이 와 줄 거라고 생각했는데."

"선전이 부족했던 거 아니야?"

나는 말했다. 비즈니스에 관해서 나는 일가견이 있는 남자다. 물론 비합법적인 비즈니스에 관해서이지만.

"혹은 서비스가 부족하다든가."

"서비스? 서비스라면 야한 서비스?"

"……."

천진하게 물어보는 신을, 나는 이때 처음으로 무시했다. 중학생의 수준 낮은 야한 농담에 어울려 줄 정도로 나는 커뮤니케이션 능력이 뛰어난 인간이 아니고, 자상하지도 않다.

그러나 내 침묵을 어떤 식으로 받아들인 것인지 센고쿠 나데코는,

"코요미 오빠는 말이지, 나데코가 상반신을 홀랑 벗고 블루머를 입으니까 아주 기뻐해 줬어!"

라고 말을 이었다.

…무슨 짓거리를 한 거냐, 그 남자는.

범죄자냐.

센고쿠 나데코를 속이는 것은 센조가하라에 관한 것만으로 끝내는 게 좋지 않을까 하고 나는 웬일로 의분 같은 것에 사로잡혔지만… 뭐, 그럴 수는 없을 것이다.

"그리고 이 신사에서 학교 수영복을 입고 나데코가 몸부림치는 것도 아주 기뻐하듯 보고 있었어! 코요미 오빠가 기뻐해 줘서 나데코도 기뻤어!"

"…저기 말이야, 그게… 너."

신이 된 인간을 어떻게 불러야 좋을까 하고 나는 망설였지만, 반말을 써 버린 시점에서 이미 끝났다는 기분이 들어서 나는 '너'라고 불렀다.

“너는 그… 코요미 오빠인가? 코요미라는 것이 성인지 이름인지 모르겠는데….”

일단 나는 그런 남자를 모른다는 의미를 담아서 시치미를 뗀 뒤에(알고 있다면 위험하다는 점도 있지만, 여중생에게 그런 짓을 시킨 남자의 지인으로 생각되고 싶지 않다),

“너는 코요미 오빠를 좋아하는구나?”

라고 질문했다.

내가 보기에도 참 불쾌해지는 대사라고 생각했다.

“응! 아주 좋아해! 그러니까 죽이는 거야! 죽여 버리는 거야!”

“…그렇구나.”

“코요미 오빠의 연인이라는 사람하고 유녀 노예인가 뭔가라는 사람도 같이 죽일 거야!”

기쁜 듯이 말했다. 좋아하는 사람과 다음 주에 데이트할 수 있다고 말하는 것처럼, 어쩌면 그 이상으로 기쁘다는 것처럼 두 달 뒤에 연인과 그 관계자를 죽이는 것을 기쁜 듯이 말한다.

그것도 단순한 자랑이 아니라 나를 즐겁게 하기 위한 이야기로서, 그야말로 서비스 정신으로 제공하고 있는 것이다. 나도 자기처럼 즐거워해 줄 거라고 믿고 있는 눈으로.

신이 그런 황당무계한 것을 믿는다는 것은 참으로 얄궂지만, 그러나 이것은 그런 시점에서 보지 않더라도 얄궂다.

그냥 어디에서 어떻게 봐도 얄궂다.

게다가 센고쿠 나데코는 아라라기와 같이 살해 예정 리스트에 올라 있는 센조가하라 히타기와 오시노 시노부에 대해서는 그 이름조차 기억하지 못한다. 어쩐지 여러 가지로 순서를, 접속을, 그리고 이론을 잘못 생각하고 있다.

나는 생각했다. 그렇다기보다, 결론을 내렸다.

즉 이 계집애는 바보인 것이다.

머리가 안 돌아가는 것이다.

어쩔 도리가 없을 정도로 머리가 나쁜 것이다. 게다가 그것을 계속 묵인받아 왔다. 센고쿠 나데코를 응석받이로 만든 것은 부모뿐만이 아니라 주위의 모두가 그랬던 것이 틀림없다.

아마 아라라기 코요미도 예외가 아니었을 것이다.

센고쿠 나데코의 응석을 받아 주고.

그리고 센고쿠 나데코도 그것에 어리광 부리고 있었다.

내 탓이 아니라고 주장하고 싶은 것은 결코 아니지만, 지금 이렇게 그녀가 신이 되어 버린 것은 그 결과라고 생각한다.

뭐, 언제나 모자를 쓰고 있다든가, 앞머리로 계속 얼굴을 가리고 있다든가, 사람과 눈을 마주 볼 수 없다든가 하는 그런 일련의 기행도 어차피 귀엽다든가 '모에 요소'로 취급되어 묵인받아 왔겠지.

문제행동을 전부 '용서받아' 왔다.

그래서 지금 이 상황에 이른 것이다.

그렇게 생각하니 내 동정심도 가속하게 되었다.

그리고 그렇기에, 그런 환경에서 해방된 센고쿠 나데코는 만약 '인간으로 돌아갈 수 있다'는 선택지를 제시받더라도 분명히 거절할 것이라고 생각했다.

뭐, 생각하기만 해서는 소용없으므로,

"저기 말이야, 신. 너, 인간으로 돌아갈 수 있다면 돌아가고 싶어?"

라고 물었다.

"아니."

단호하게 대답했다. 예상대로다. 예정조화豫定調和라고 말해도 좋을지 모른다.

"인간으로 돌아가면 코요미 오빠하고 연인 사이가 될 수 있더라도?"

"응."

단호하게 대답했다. 이것은 예상 밖이었다. 예정부조화였다. 조건을 바꿔도 마찬가지인가. 망설이는 정도는, 그렇지 않더라도 잠시 생각 정도는 할 거라고 생각했는데.

"나데코는 말이지, 이젠 짝사랑으로 족해."

"……."

"짝사랑을 계속할 수 있다면, 그건 서로 좋아하는 것보다 행복하다고 생각하지 않아? 카이키 씨."

"…그렇겠네."

나는 끄덕였다. 그냥 장단만 맞춰 줄 생각이었는데, 그러나 그 끄덕이는 몸짓에 필요 이상의 힘이 들어가 버린 것도 사실이었다.

짝사랑. 나도 인정 모르는 인간은 아니고, 나이도 먹을 만큼 먹었으므로 그런 경험이 없었던 것은 아니었다. 게다가 어쩌면 그 짝사랑은 지금도 계속되고 있다고 말할 수 있는지도 모른다. 어쨌든 그 여자는 교통사고로 죽어 버렸으니까.

죽은 사람이 상대라면 짝사랑을 계속할 수밖에 없게 된다. 그것은 그 뒤에 어떤 연애를 하더라도 결코 끝나지 않고, 언제까지나.

사랑을 해도, 실연하지 않는다.

그런 의미에서는 의외로 센고쿠 나데코의 생각은 그 정도로 파탄 나 있지는 않은지도 모른다. 아라라기를 죽여 버리면 그녀는 바라던 대로 행복한, 언제까지나 계속되는 짝사랑에 빠져 있을 수 있으니까.

실연하지도 않고.

"코요미 오빠는 몇 번이나 이 신사에 왔지? 너는 그걸 참배객… 손님으로는 세지 않는 거야?"

"응. 그도 그럴 것이 코요미 오빠는 나데코에게 영문 모를 소리만 하는걸. 잘 모르니까 쫓아냈어. 코요미 오빠를 죽이는 건 3월이라고 말하면서. 그러니까 그때에 오라고 말이야. 너무 끈질겨서, 요즘에는 있으면서 없는 체하는 일도 많아."

"…그 밖에는 정말로 아무도 안 왔어? 코요미 오빠하고 나 말고는 지금까지 정말로 아무도 안 온 거야?"

"일꾼들이 왔었는데."

"일꾼?"

한순간 무슨 말인지 의미를 파악하지 못했지만, 요컨대 그것은 본당 건물을 세운 목수를 의미한다는 걸 금세 깨달았다. 공사 중에 이 아이는 어디에 있었던 걸까 하는 생각이 들었는데… 뭐, 어딘가에 있었을 것이다. 자기 집이 생기는 것을 나무 그늘 같은 곳에서

설레는 마음으로 보고 있었는지도 모른다. 설마 그 뒤로 그곳에 아무도 오지 않을 거라고는 생각하지 못하고.

정말이지 쓸쓸한 이야기다.

쇠퇴한 모습은 사라졌지만, 이곳은 여전히 쓸쓸한 상태다.

"엄청난 속도로 신사를 다시 세워 줬어! 그런 걸 돌관공사突貫工事라고 하던가! 프로의 기술이었어! 깜짝 놀랐어! 게다가 맨 처음에 몇 사람인가 오기는 왔지만, 나데코가 나왔더니 다들 도망가 버렸어. 어째서일까? 도망가지 않았던 사람은, 게다가 새전함에 돈을 넣어 준 사람은 카이키 씨가 처음이야!"

그러니까 고마워!

그렇게 센고쿠 나데코는 나에게 안겨 들 것 같은 기세로 말하는 것이었다. 그러지 못하도록 나는 티나지 않게 서 있는 위치를 바꿨다.

"모두 너를 보고 도망치는 건 말이지."

나는 말했다. 그것은 말할 필요가 없는 일이었을지도 모르지만 내 입은 거짓말이나 헛소리뿐만 아니라 말하지 않아도 좋은, 말하지 않는 편이 좋은 쓸데없는 것까지 말하는 것이었다.

그렇기에 허실의 입. 뒤죽박죽으로 뒤섞인다.

"네 모습이 섬뜩했기 때문이겠지. 그 머리카락은 너무 무섭다고."

"……."

센고쿠는 깜짝 놀란 듯 멍한 얼굴을 했다.

얼굴에서 미소가 사라진 것을 보고 나는 아아, 이대로 죽겠구나,

하고 예상했다. 물론 저항은 할 생각이지만, 그러나 이런 준비 없는 상황에서 승산은 거의 없을 것이다. 여기가 내 죽을 곳인가 하고 생각하면 나쁘지 않다는 기분도 들었다. 입이 화가 되어 죽다니, 나에게 어울리는 최후라고 생각했다. 아니, 나는 그렇게 미련 없이 깨끗한 성격은 아니다.

최악이라고 생각하고 있었다. 역시 이런 일은 맡는 게 아니었다, 잠깐 정신이 어떻게 되었었나 보다, 이것이 센조가하라의 나에 대한 복수였다고 하면 대성공이다, 당했다… 라고 거기까지 생각했지만, 거기까지였다.

거기서 나는 전신을 뱀에게 물려서 독이 퍼져 죽었다…는 의미에서의 '거기까지'가 아니라, 다시 보니 센고쿠 나데코가 무표정을 거치고 기쁜 듯한 미소를 지으며 나를 보고 있었던 것이다.

다시 웃는 것이 아니다.

뭐랄까, 조금 전까지의 태평스럽고 개방적인 미소도 딱히 거짓 웃음이나 아양 떠는 미소는 아니었겠지만, 그래도 어딘가 신으로서의 '영업용 미소'라는 의미도 있었던 것으로 생각된다. 하지만 지금의 웃음은 달랐다.

정말로 기뻐서, 진실로 웃고 있는 것 같다고 나는 받아들였다.

"섬뜩하다든가, 너무 무섭다든가."

센고쿠 나데코는 말했다.

"그런 소릴 들은 거, 처음이야."

"……."

그것의 어디가 기쁜 것인지 나는 전혀 이해할 수 없었지만,

"모두 나데코는 귀엽다, 귀엽다 하는 소리밖에 하지 않았는걸."

그 뒤에 이어지는 말을 듣고서 조금이나마 이해할 수 있었다.

100분의 1 정도, 이해한 것 같은 기분이 들었다.

그것은 1000분의 1인지도 모르지만.

이 아이에게 '귀엽다'는 것은 이미 칭찬의 말도, 들어서 기쁜 말도 아닌 것이다. 오히려 그 말에 많은 행동을 제한받아 왔던 것이리라.

그러니까 모욕 같은, 자칫하면 험담이 되는 말이 반대로 기쁜 것이다. 가치관이 엉망진창이 되어 있는 것의 일환, 명백한 예라고도 할 수 있을 것이다.

확실히.

확실히, 그렇다면 인간으로 돌아가지 않고 이대로 계속 신으로 있는 편이, 메두사도 새파랗게 질릴 비주얼로 산속에서 계속 신으로 있는 편이 이 아이를 위한 길일 것이다.

그것을 생각하면 마음이 무거워지지만, 만일 그렇다고 해도 나하고는 전혀 관계없다는 것을 깨달았다. 마음이 무거운 것은 그냥 기분 탓이다. 여전히 변함없이 가벼운 상태다. 애초에 나는 이 불쌍한, 동정해야 할 한 중학생을 구하기 위해 의뢰를 받은 것이 아니다.

오히려 반대로 이 중학생을 속여 달라는 의뢰를 받았다. 그리고 나는 아무런 죄책감도 없이 그것을 실행할 수 있는 인간이다.

당연히 센고쿠 부부나 센고쿠 나데코의 친구들은 센고쿠 나데코가 (사람으로서) 마을에 돌아오기를 바라고 있을지도 모르지만, 그렇지만 그것은 내 비즈니스와는 아무런 관계도 없는 일이었다. 부탁받으면 할지도 모르지만, 그러기 위해서는 상응하는 돈을 준비해 줄 필요가 있다.

어쨌든 센고쿠 나데코의 퍼스널리티는 파악할 수 있었다. 아마도 구역질이 날 정도로. 신이 되어 있는 이상, 인격人格이란 뜻을 지닌 퍼스널리티란 단어를 쓰는 것은 조금 안 어울리지 않나 싶지만 인간미 넘치는 뱀신에게 사용할 때에는 오용이 되지는 않을 것이다.

"그렇구나~. 나데코는 섬뜩하고 너무 무섭구나. 그러면 이 뱀 머리카락을 슈슈로 묶으면 조금은 이미지가 변하려나."

그런 말을 하는 나데코에게, 나는 시간이 늦었으니 슬슬 돌아가겠다고 고했다.

"에엣! 조금 더 이야기하다 가! 카이키 씨, 돌아가 버리면 나, 쓸~쓸~해!"

떼를 쓰는 신을 나는 내심 귀찮게 생각하면서 주머니를 뒤진다. 그리고 주머니에서 꺼낸 것은 고리를 이루고 있는 끈이었다. 쉽게 말하자면 요컨대 실뜨기용 실이었다.

내 취미가 실뜨기라서 평소부터 이런 물건을 주머니에 숨기고 있다…는 것은 아니다. 오전의 쇼핑 중에 어떤 상품인가를 묶고 있던 끈을 사용해서 여기에 올 때까지의 심심풀이 삼아 왠지 모르게 만들어 본 것뿐인 실뜨기용 실이다.

나는 그런 끈을 센고쿠 나데코에게 넘겼다.

"심심하다면 이걸로 놀고 있어."

"이거 뭐야? 혹시 실뜨기?"

"뭐야. 알고 있는 거야?"

요즘 애들은 실뜨기 같은 건 모를 거라고 생각하고 있었다.

자랑스럽게 설명해 줄까 생각했는데, 예측이 빗나갔다.

"응. 도라에몽의 노진구가 좋아했지. 실뜨기와 낮잠과 연속사격이 노진구의 특기야."

훌륭하다.

실뜨기는 쇠락했어도 도라에몽의 문화는 지금도 변함없이 이어지고 있다. 토미이 부부장*이 토미이 부장 대리로 출세하고, 료 씨*가 도박을 그만두어 버린 이 격동의 시대에서 도라에몽의 변하지 않는 모습은 사람을 이렇게나 안심시킨다.

뭐, 이미 오야마 노부요*의 목소리는 모를지도 모르지만.

"하지만 나데코, 실뜨기는 잘 모르는데…."

"몇 가지 기술을 알려 주지. 네가 그것을 완벽하게 익힐 때까지는 다시 와 줄게."

"정말로?"

"정말이야. 나는 거짓말을 한 적이 없어."

정직하게 나는 그렇게 말했다.

※토미이 부부장 : 카리야 테츠 원작의 만화 『맛의 달인』의 등장인물. 주인공이 근무하는 동서신문사의 상사. 『맛의 달인』은 1983년에 연재를 시작하여 2015년 8월 현재도 연재 중이다.

※료 씨 : : 아키모토 오사무의 만화 『여기는 카츠시카 구 카메아리 공원 앞 파출소』의 주인공인 료츠 칸키치의 별명. 『여기는 카츠시카 구 카메아리 공원 앞 파출소』는 1976년에 연재를 시작하여 2015년 8월 현재도 연재 중이다.

※오야마 노부요(大山 のぶ代) : 일본의 배우이자 성우. 1979년의 도라에몽 TV 애니메이션을 시작으로 2005년 초까지 26년간 도라에몽 역을 맡았다.

그리고 속이 훤히 들여다보이는, 혹은 속이 시커먼 말을 이었다.
"어쨌든 나는 너의 신자 제1호니까 말이야."

018

아마도 나는 지옥에 떨어질 것이다. 어떻게 되든 상관없지만.
천진하게 손을 흔드는 센고쿠 나데코의 배웅을 받으면서 산을 내려오고, 역으로 향하고, 전철을 타고 번화가로 이동하고, 그런 뒤에 숙박하는 시티호텔의 방에 돌아가서 나는 침대에 쓰러졌다. 꽈당큐~ 라는 의성어가 잘 어울릴 것이다. 등산뿐만 아니라 쇼핑도, 집 찾기도 나름대로 상당한 운동량이었으므로 역시나 지쳤다.
후우. 이렇게까지 액티브한 업무는 오래간만이다. 조금 초조해져 있는지도 모른다는 생각이 든다. 호텔에 돌아오자마자 갑자기 1인 반성회를 여는 것도 뭐하지만 센고쿠 가와 키타시라헤비 신사, 두 개의 구심점을 오늘 하루 안에 다 돌 필요는 없었다.
혹시나 나는 기운이 넘치고 있는 건가?
센조가하라의 부탁에 들떠 있는 걸까?
그건 기분 나쁜 상상이었다.
하고 싶지도 않았는데 그런 상상을 해 버려서 화가 난 나는, 울분을 풀려는 듯이 그 센조가하라에게 전화를 걸었다.
거의 장난전화 수준이다.
[뭐야, 카이키…. 이런 시간에.]

지금까지 자고 있었던 것을 감추려고도 하지 않는 목소리였다. 아마도 자택에 있겠지만, 거리낌 없이 내 이름을 불렀다는 것은 아버지가 근처에서 자고 있는 것은 아닐 것이다.

엘리트 비즈니스맨인 센조가하라의 아버지는 새해 벽두부터 곧바로 일하기 시작했는지도 모른다. 빚은 아직 남아 있을 테니까.

"이런 시간이라고 할 정도의 시간도 아니잖아. 아직 전철도 다니고 있다고."

[당신이 어디 출신인지는 모르지만, 시골 마을의 밤은 일찍 찾아오거든.]

"그런가."

그렇다면 저녁 예정이라고 말했던 아라라기와의 밀회는 이미 끝난 건가.

참고로 내가 어디 출신인가 하는 것은 나도 잘 모른다. 규슈에서 자란 것은 확실하지만. 옛날 일은 의외로 잘 잊는다.

그리고 잊어도 문제없다.

"일에 관한 보고다."

[…확실히 자주 연락을 취한다고는 했지만, 카이키. 그건 내 쪽에서 연락한다는 의미였는데.]

"그랬던가? 그건 착각하고 있었군. 그렇게 되었으니 센조가하라, 아직 전철이 다니는 중에 잠깐 나올 수 있나?"

[뭐?]

"만나서 하고 싶은 이야기가 있다. 최대한 빨리."

[…….]

센조가하라는 잠시 침묵하고, 아주 불쾌하다는 듯이 침묵하고, 그런 뒤에,

[알았어.]

라고 말했다.

무시무시한 멘탈이라고 생각했다. 여고생이라고는 생각되지 않는다. 화를 내며 전화를 끊을 거라고 생각했는데. 그리고 설령 센조가하라가 그렇게 했더라도 나는 일을 내팽개치지는 않았을 텐데.

[시키는 대로 해 줄게. 나는 당신의 개야. 적어도 지금으로부터 두 달 반 동안은.]

"하하, 그건 좋군. 내가 현재 머무르고 있는 곳은…."

역 이름을 말한다. 그러나 호텔 이름까지는 말하지 않았다.

건전한 시티호텔이라고 해도, 어른이 여고생을 싱글 룸으로 부른다는 것은 체면에 별로 좋지 않다. 시간이 시간인 만큼.

역으로 마중을 나가겠다고 나는 말했다.

시골이라고 해도 번화가에는 24시간 영업하는 패밀리레스토랑 정도는 있다. 어른으로서는 알코올을 섭취할 수 있는 선술집 같은 곳에라도 가고 싶은 참이지만, 역시 그것도 고교생을 데리고 가기는 어렵다.

[흠.]

그렇게 센조가하라는 입을 열었다.

[저기, 카이키. 한 가지 알려 줬으면 하는데, 여고생을 마음대로 할 수 있다는 건 중년 남성에게 어떤 기분이야?]

"그렇지. 적어도 시건방진 꼬맹이가 자기 분수를 알고 고분고분 고개를 숙이는 모습은, 봐서 기분 나쁜 것은 아니지."

[죽어.]

죽으란 소릴 들었다.

어디가 고분고분하다는 거냐.

그러나 전화를 끊고서 나는,

"무슨 짓을 하고 있는 거야."

라고 중얼거렸다. 자신의 행동에 어이가 없었다. 자신에게 아주 기가 막혀 있었다.

약점을 잡힌 어린애를 괴롭히는 비열한 나 자신을 객관적으로 보게 되어서 침대에 가라앉듯이 쓰러졌다…는 것은 아니다. 센조가하라에게는 호되게 배신당한 적도 여러 번 있었으므로 이 정도는 그냥 꼴좋게 됐다고밖에 생각하지 않는다.

다만 자신에게 기가 막히는 것은 진짜다.

안 그래도 젓날부터 하루 종일 너무 많이 일했다고 반성했던 참인데, 어째서 오늘 중에 일을 더 늘려 버린 걸까. 애초에 센조가하라는 여기까지 올 수는 있어도 돌아갈 수는 없지 않은가. 이 시간이면 보고를 하는 동안에 전철 막차가 끊길 것이다.

그렇게 되면 자택까지 택시를 태워 보낼 수밖에 없다. 그 애가 돈을 가지고 있을 리 없으므로 그 요금은 내가 부담하게 되는데, 역시 이 지출은 경비에 넣을 수 없다.

전혀 계산이 맞지 않는, 낭비와도 비슷한 행위였다. 낭비는 싫어하지 않으니까, 그렇게 생각하면 그렇게까지 낙심할 것도 없나.

그러나 사실은 샤워를 하고 나서 혼자서 밥을 먹고, 그런 뒤에 느긋하게 한숨 자고 싶은데 이제부터 일을 한 건 더 해야 하게 되었으니, 나는 정말 뭘 하고 있는 걸까 하는 기분에 지배당해 버렸다.

뭐 이런 워커홀릭이 다 있나.

차라리 약속을 바람맞힐까 하는 생각도 했지만, 한밤중에 센조가하라를 전철역에 혼자 놔둘 수도 없다.

나는 깊은 한숨을 쉬면서 호텔에서 밖으로 나왔다.

역에 도착해 보니 불쾌하기 이를 데 없는, 정말로 원하지 않던 일이라는 얼굴로 센조가하라가 개찰구 앞에 떡하니 버티고 서 있었다.

말을 걸고 싶지 않은 박력이 있었다.

3D보다 박력만점이다.

어쨌든 표정이 풍부한 것은 좋은 일이다.

"…안녕, 카이키. 머리를 내리고 있어서 한순간 당신인 걸 몰랐어. 그런 옷을 입고 있으니 마치 정상적인 인간처럼 보이네."

만나자마자 그런 말을 했다. 빈정거릴 생각으로 한 인사였겠지만, 나는 센조가하라를 상대로 이 '변장'이 통한다면 이 부근의 중학생에게 멍석말이당할 걱정은 없겠다고 생각했다.

"그런 소릴 하는 너는 어째서 한밤중인데도 교복을 입고 있는 거야."

센조가하라는 교복 위에 코트를 걸친 차림새였다. 니트 모자에 머플러, 장갑까지 방한대책은 완벽했다. 이쪽저쪽이 성장한 것 같지만, 낙낙한 다운코트가 묘하게 어울리는 부분은 2년 전과 다르지 않다.

"당신에게는 될 수 있는 한 내 사복 패션을 보이고 싶지 않아. 어디까지나 업무상의 관계로 만나고 있을 뿐이라는 것을, 나는 교복을 입음으로써 주장하고 있어."

"흐음."

그러고 보니 어제도 교복이었다. 왠지 모르게 고등학생이니까 교복을 입고 있는 것이 당연한 것처럼 받아들이고 있었는데, 생각해 보면 새해 첫날 교복이란 것은 정말 엄청난 위화감이 느껴진다. 명절이니 전통 의상을 입고 있으라는 소리까지는 물론 하지 않겠지만….

"하네카와도 싫어하는 상대에게는 사복을 보이고 싶지 않다고, 옛날부터 항상 주장했었어."

센조가하라는 또다시 잘 이해할 수 없는 에피소드를 갖다 붙였다.

뭔가 농담이었는지도 모르지만, 아마도 그것은 자기들끼리만 알아듣는 농담이었던 것 같다. 그렇게 말하고 나서 센조가하라는 혼자 쿡, 하고 웃었다.

뭐, 나도 딱히 어린애가 어떤 식으로 옷을 차려입든 신경 쓰이지 않으므로 불평할 생각도 없었다. 옷을 보이고 싶지 않으니까 옷을 입지 않을 생각이라면 곤란하지만, 교복이든 뭐든 입어 준다면 거기에 문제는 발생하지 않는다.

아무것도.

나는 서로의 패션 체크를 여기서 마무리하고,

“이 부근에 패밀리레스토랑은 있나?”

라고 센조가하라에게 물었다.

“뭐야, 당신. 숙녀를 에스코트하는데 가게 예약도 안 한 거야?”

“나는 상당히 촌스럽고 세상물정을 모르는 남자지만, 숙녀를 에스코트할 때에는 당연히 가게 예약을 해. 그래서 지금은 하지 않은 거다.”

“…….”

노골적으로 혀를 차고, 센조가하라는 “이쪽이야.”라고 나를 선도했다. 사기꾼을 상대로 입심으로 응수하려고 하다니, 아직 100년은 이르다.

그렇게 어린애를 상대로 우월감을 느끼는 나였다.

센조가하라가 나를 안내한 곳은 패밀리레스토랑이 아니라 패스트푸드 체인인 미스터 도넛이었다. 24시간 영업점이다. 미스터 도넛에 24시간 영업하는 점포가 있는 것을 나는 처음 알았다.

센조가하라 같은 타입의 고교생에게는 패밀리레스토랑보다 패스트푸드 쪽이 평소에 익숙한지도 모른다. 패밀리레스토랑은 기본적으로 혼자서는 들어가기 힘드니까. 어쩌면 성인 남성인 나에 대한 심술로 이런 달콤한 과자류를 파는 가게로 안내했는지도 모르지만, 그러나 나는 단것을 좋아하므로 심술이었다면 그것은 실패다.

센조가하라에게는 비밀이지만, 아라라기와 두 번째로 만난 것도 미스터 도넛 점포였다. 그곳은 그 녀석과 그 녀석의 로리 노예가 자주 가는 단골 가게이므로 나는 더 이상 갈 수 없지만.

"카이키, 나는 물을 마실 테니 당신은 뭔가 주문해."

"사 줄 수도 있다."

시험 삼아 마음에도 없는 소리를 해 봤더니, 예상대로의 반응이 돌아왔다.

"웃을 수 없는 농담이네. 농담이 아니었다고 해도 당신에게 얻어먹는 건 사양하겠어."

"그렇다면 지금 당장 어제의 비행기 표 값을 갚아. 그러고 보니 찻집에서의 음료 값도 결국 내가 냈었지."

"그건…."

그녀는 뭔가 말하려 하다가 그만두었다. 아마도 핑계를 대려고 하다가 그만둔 것이겠지. 그리고 헛기침을 한 뒤에 말했다.

"조금 더 기다려 주세요."

"…너, 조금 더 나중을 생각하며 말을 하는 게 좋지 않겠냐?"

반쯤 기가 막혀서 나는 말했다.

웬일로 상대를 생각해서 한 발언이었다.

"어차피 센고쿠 나데코하고도 그런 식으로 생각 없이 이야기했겠지."

"……."

대답이 없는 것을 보니 아무래도 정답인 것 같다. 2년 전에 내가 센조가하라 히타기라는 고교생에게 받은 인상은 좋은 의미로도 나쁜 의미로도 눈앞의 일밖에 생각하지 못하는 녀석, 나중 일을 생각하지 않고 눈앞에 있는 것만 생각하는 녀석이란 느낌이었다. 그리고 그 점은 남자친구가 생긴 것으로 배가된 것 같다는 생각도 들었다.

뭘 하고 있는 거냐, 아라라기.

이런 부분을 어떻게든 해 주라고.

나는 계산대에서 적당히 도넛을 주문하고 음료는 아이스 커피를 주문했다. 센조가하라에게도 마실 것을 준비해 줘야 할까 생각했지만 본인이 물이면 된다고 했으니 물이면 충분할 것이다. 거기까지 배려해 줄 의리는 없다.

그건 그렇고 내가 핫 커피가 아니라 아이스 커피를 주문한 이유는, 또다시 센조가하라에게 음료를 뒤집어씌울 만한 패턴이 되었을 경우를 상정했기 때문이다.

즉 만일을 대비해서다.

내가 주문하고, 포인트를 적립받고 나서 상품을 받아 오는 동안에 센조가하라는 자리를 맡아 주었다. 물론 이 시간에 서둘러 자리를 맡아야만 할 정도로 가게 안이 북적이는 것은 아니지만, 일단 감사 인사를 했다. 인사를 말하는 것만이라면 공짜다.

자리에 앉고 나서 위화감을 느꼈다.

가게 안에는 난방이 되고 있는데도 센조가하라는 코트를 벗으려고도, 모자를 벗으려고도, 머플러를 풀려고도 하지 않는 것이었다.

센고쿠 나데코의 주변 사람들은 이런 때에 센고쿠 나데코를 귀엽다, 귀엽다 하며 방치해 왔겠지만 나에게는 그런 감성은 없다. 게다가 상대는 센고쿠 나데코가 아니라 센조가하라다.

"너는 왜 외투를 벗지 않는 거야. 벗으라고, 보기만 해도 답답

해."

그래서 나는 손가락질하며 센조가하라에게 말했다.

"…그러고 싶지만, 생각해 보니 여기는 오키나와가 아니잖아."

"응? 뭘 당연한 소리를 하는 거야."

"아니, 그러니까…. 우리 동네를 벗어났다고는 해도 아는 사람이 볼 가능성도 낮지는 않다고 할까…. 그래서."

아하, 요컨대 변장이란 이야기인가.

확실히 머플러를 하고 있으면, 그리고 모자를 쓰면 얼굴을 알기 힘들어진다. 그렇다고 해도 그 옷차림 탓에 괜한 주목을 받게 되어서 오히려 눈에 띄는 것도 부정할 수 없는데….

"…차라리 아라라기에게 정직하게 말해 버리면 되는 거 아닌가? 네가 아주 정중하고 차분한 말투로 논리정연하게 설명한다면, 무조건 싫다고 버틸 정도로 말귀를 못 알아먹을 녀석은 아닐 텐데."

"그렇지만…. 아라라기 군은 나하고 당신의 관계를 오해하는 구석도 있으니까."

"오해?"

"당신이 내 첫사랑 상대라고 착각하고 있어. 그때 당신이 쓸데없이…라기보다 악의 있는 거짓말을 했으니까."

"……."

오해. 착각. 뭐, 그렇지. 그 말대로다.

지금의 사랑이 항상 첫사랑. 처음으로 정말로 사람을 좋아하게 되었다. 그런 것으로 해 두고 싶다면 나도 딱히 심술궂은 소릴 할 생각도 없다.

"그거 미안하게 됐군. 너는 나에게 속아서 마음대로 농락당했을 뿐인데."

오히려 센조가하라의 마음을 편하게 해 주려고 친절을 발휘해서 그런 말을 해 봤더니, 오히려 센조가하라는 상처 입었다는 듯 입술을 일그러뜨리며 아무 말도 하지 않았다.

이해 못 할 녀석이다.

내가 어떡하기를 바라는 걸까…. 아니, 그건 이미 들었다.

센조가하라가 나에게 바라는 것은 '센고쿠 나데코를 속이는 것', 단지 그것뿐이다.

그것 이외에 신경 쓸 필요는 없다.

"저기, 센조가하라. 한 가지 묻고 싶은 게 있는데."

"뭔데."

"너, 이런 식으로 식사를 하다가 자리를 비울 때에 가방을 가지고 가나?"

"뭐? 무슨 소리야, 갑자기. …적어도 당신과 식사를 할 때에는 가지고 가지 않을까? 무슨 짓을 당할지 모르니까."

"나를 상정하지 마. 그렇지, 예를 들자면 오늘 너는 아라라기의 집에서 신년 축하 파티를 한 것 같은데, 그때 나하고 전화를 하면서 복도로 나올 때 자기 가방을 들고 나왔나?"

"…그럴 리 없잖아. 아무리 나라도 그런 실례되는 짓은 하지 않아."

"흠. 뭐, 그렇겠지."

"왜 느닷없이 그런 걸 묻는 거야?"

"아니, 센고쿠 나데코는 그런 때에 가방을 꼭 챙겨 들고 나갈 녀석이었겠지, 하는 생각이 들어서 말이야. 그게 오늘 내가 센고쿠 나데코를 만나고 느낀 감상이다."

"…센고쿠 나데코를 만났어? 오늘? 조금 전에? 갑자기?"

잠기운이 싹 날아갔다고 말하듯이 센조가하라는 눈을 크게 떴다. 그건 아무래도 그녀에게는 상당히 놀라운 일인 모양이다.

"그렇게 간단히 만날 수 있는 거야…? 그래도 명색이 신인데…? 그런 일이…. 그게 아니라면 역시 당신은 진짜…."

"나는 가짜야. 알고 있잖아."

"……."

센조가하라는 다시 묻지 않고 입을 다물었다. 어떻게 물어봐도 알아낼 수 없는, 내가 입이 찢어져도 말하지 않는 직업상의 비밀이라고 생각했는지도 모른다. 뭐, 질문한다면 새전함에 1만 엔을 넣으면 등장한다고 알려 주지 못할 것도 없지만.

그러나 조심성 많은 센조가하라는 그 이상 묻지 않았으므로 나는 하던 이야기를 진행시키기로 했다.

"그 녀석은 누구도 신용하지 않고, 누구도 믿지 못하는 상태로 13년인가 14년인가를 살아왔겠지. 그렇게 생각했다."

"…그렇지는 않아. 적어도 들은 대로라면 아라라기 군은 전면적으로 신용하고 있었던 것 같은데."

"만일 정말로 그랬었다면 일이 이렇게 되지는 않았을 거야. 뭐, 그 건에 관해서는 아라라기가 잘못했어. 해명의 여지 없이."

나로서는 솔직한 감상을 말한 것뿐이었지만, 센조가하라는 자기 남자친구가 정당한 이유 없이 모욕당했다고 생각했는지도 모른다.

그녀는 조금 노기를 품은 목소리로,

"상당히 센고쿠 나데코를 감싸는걸."

이라고 말했다.

"설마 당신, 실제로 만나 보고 그 애의 '귀여움'에 완전히 농락당했다고 말하는 건 아니겠지?"

"…응? 뭐? 내가 말이야?"

멀뚱하니 되물어 버렸다. 화를 내나 싶더니, 갑자기 무슨 소릴 하는 걸까. 어린애의 감정 기복에는 못 따라가겠다. 센조가하라도 이내 자신의 발언이 불명확했던 것을 부끄러워하듯이,

"응…. 그건 아니겠지."

라고 말했다.

"죄송했습니다. 전면적으로 잘못을 인정합니다."

"…이 일로 그렇게까지 진지하게 사과받는 건 오히려 불쾌하다고 말하지 않을 수 없지만…. 어쨌든 센조가하라. 그 여자애, 센고쿠 나데코가 동정을 부르는 환경에 있는 것은 확실했어."

"동정?"

"나도 동정 정도는 했어. 하지만 그건 옛날이야기고 지금은 비교적 즐겁게 지내는 것 같았으니 어떻게 되든 상관없겠지. 옛날이야기라고, 그 녀석에게조차. 너와 나의 관계가 물에 흘러가버린 옛날이야기인 것처럼."

"당신과 나의 관계는 물에 흘러가버리지도 않았고 그 정도로 옛날이야기도 아니야. 아니, 딴죽 걸 곳을 잘못 골랐네. 카이키, 물에

흘러가버릴 것도 없이, 당신과 나에게 있는 것은 무관계잖아."
"그렇지."
반론은 없다. 무관계. 그 말대로다. 지금도 우연히 마주 앉아 있는 것이라 해도 될 것이다. 도발하려고 생각한 것은 아니었지만, 아무래도 조금 전부터 이야기의 페이스가 흐트러지고 있다. 역시 지쳐 있는 거겠지.
나는 탈선하기 시작한 이야기를 레일 위로 돌려놓았다. 아니, 그냥 차라리 결론부터 말해 버리기로 했다.
"센조가하라. 우선 안심해도 좋아."
"응?"
"그 여자애를 속이는 건 손쉬운 일이야."

019

"손쉽다니…. 무슨 소리야? 그런 위험한 존재를…. 인간을 초월한 뱀신을 속이는 게 손쉽다니…."
센조가하라는 내가 또 악질적인 농담을 했다고 생각했는지, 매섭게 나무라는 듯한 어조로 그렇게 말했다. 그와 동시에 나는 씩씩하게 행동하고 있는 듯 보이는 그녀가 마음속으로는 센고쿠 나데코를 몹시 두려워하고 있다는 것도 알았다.
정말로 이 수개월간 계속 싸우며 저항했고, 그때마다 무력감을 느껴 왔을 것이다.

그래도 포기하지 않았던 센조가하라는 참으로 대단하지만, 그렇기에 간단히 내 말을 곧이곧대로 받아들일 수 없는 것 같다. 뭐, 그러지 않았더라도 내 말은 그대로 믿을 수 없겠지만.

그걸로 족하지만.

"…그렇게 간단한 일이라면 나는 일부러 당신에게 의뢰하지 않았어."

"뭐, 너에게는 불가능하겠지. 아라라기에게도 불가능해. 너희들에게는 이보다 더 어려울 수 없는 일이야. 하지만 그 밖의 인간이라면 내가 아니더라도 가능하다고 생각한다."

결론부터 말한 것은 아무래도 실수였던 것 같다고 깨닫고, 나는 역시 당초의 예정대로 처음부터 순서대로 설명하기로 했다.

"센고쿠 나데코, 그 녀석은 바보다."

"……."

"성적이 나쁘다든가 하는 그런 의미가 아니라…. 아니, 물론 성적도 나쁘겠지만, 아마도 어리석음이나 치졸함이 계속 묵인받아 왔던 것이겠지. 자기 나이보다 어려."

"묵인받아 왔다…."

센조가하라는 내 말을 반복했다.

"…'귀여움' 때문에?"

나는 확인하는 듯한 그 말에는 대답할 것도 없다고 판단해 질문에 반응하지 않고 말했다.

"나에게 그 여자애를 속이는 것은 길가의 무당벌레를 속이는 것보다도 간단해. 반대로 말하면 그 여자애에게 곱셈을 가르칠 바에야, 길가의 무당벌레에게 곱셈을 가르치는 쪽이 간단하겠지."
"…그건 역시나 과언이 아닐까."
센조가하라 쪽에서 생각지도 못한 맞장구를 쳤다. 그렇다기보다 그녀는, 이렇게까지 말해도 아직 내 말에 납득이 가지 않는 듯한 눈치였다.
어쩔 수 없을 것이다.
일의 진위가 어떤지는 둘째 치고, 지금 자신들의 목숨을 위협하는 존재가 무당벌레만도 못한 바보라고는 생각하고 싶지 않을 테니까.
다만 사실이다.
적어도 나에게는 사실이다.
센조가하라의 심리적 저항을 무시하는 모습으로, 나는 이후의 계획을 제시했다.
밤도 깊었으니 빨리빨리 진행하자.
"뭐 '곧바로' 라고 할 수는 없겠지만…. 나는 이제부터 사흘에 한 번 꼴로 그 신사에 다니며 센고쿠 나데코와 커뮤니케이션을 취할 거다. 천천히 관계를 쌓아 나가면서 신용을 얻고, 그리고 다음 달쯤일까. 너하고 아라라기가 교통사고 같은 걸 당해서 죽었다고 말할 거야. 그걸로 해결되겠지."
"해결이라니…. 그런 서툰 거짓말은 금방 들킬 거 아냐. 하필이면 교통사고라니, 푼돈 사기도 아니고 산에서 내려오기라도 하면 단박에 들킨다고."
"내려온다면 말이지. 하지만 그 녀석은 기본적으로 내려오지 않

아. 내려올 이유가 있다고 한다면 너희들을 죽이기 위해서겠지만, 너희들이 죽었다는 말을 들으면 그 유일한 이유가 소실돼."

"…일부러 간단하게 말하고 있는 것뿐이고, 당신은 당연히 교묘히 속이고 구슬릴 생각이겠지…. 하지만 평범하게 생각하면, 그런 말을 듣게 되면 센고쿠 나데코는 우리의 생사를 자기 눈으로 확인하려 하지 않을까?"

그러기 위해서 산을 내려오지 않을까, 라고 말하는 센조가하라의 의문은, 그렇다기보다 불안은 그야말로 지당한 말이었다.

그렇다.

보통의 경우라면 그랬을 것이다.

만약 다른 인간을 그런 식으로 속이려면 대역이 될 시체를 준비하거나 다른 호적을 준비하거나 미디어를 조작하거나 하는 상당한 수순이 필요하게 되겠지만, 도저히 10만 엔의 경비로 충당할 수 있는 규모가 아니게 되지만, 그러나 센고쿠 나데코라면 괜찮다.

그런 준비는 필요 없다.

"확인하지 않을 거다. 그 녀석은 확인하지 않아. 그대로 받아들일 거다. 당연히 자기 손으로—머리카락으로일까—너희들을 죽일 수 없었던 것을 아쉽게 생각하긴 하겠지만, 일부러 산을 내려오면서까지 그걸 확인할 생각을 하지는 않을 거야."

"…어째서 그렇게까지 단언할 수 있지?"

"이야기해 보면 알아. 너는 그 녀석과 제대로 이야기한 적이 없었던가. 하지만 이야기해 보면 너도 알 수 있어. 그 녀석은 너무 응석받이로 자라서, 너무 어리광을 부리고 지내서 타인이 자신을 속이거나 거짓말을 하는 것을 기본적으로 상정하지 않아. 남을 믿을 수 없는 대신에 사람을 의심할 필요도 없어. 그런 환경에서 자랐어."

요컨대 세상 험한 걸 모르는 귀한 집 아가씨라는 이야기다. 말을 바꾸면 '귀여움받는다' 라는 학대를 계속 받은 결과이기도 하다.

"내가 반년 전에 벌였던 사기의 간접적인 피해자라고 했었지. 그렇지만 본인은 그것을 피해라고는 생각하고 있지 않은 게 아닐까? 의외로 혹시 뭔가 착각이라고 생각하고 있는 게 아닐까? 자신이 그런 주술… '저주' 의 대상이 되었다니."

"…요컨대 악의에 둔감하다는 거구나."

센조가하라는 그녀 나름의 이해를 보였다. 역시나 약관 18세에 인생의 단맛쓴맛을 다 아는 인생을 보내고 있는 인물답다. 상당히 적확한 표현이다.

…18세 맞겠지?

이 녀석의 생일은 확실히 7월 7일이었을 것이다. 2년 전에 축하해 준 적이 있다. 내가 사 온 케이크를 무표정하게, 그러나 맛있다는 듯 먹었다.

당연하지만 그 무렵에는 나에게 속기 전이었으므로 센조가하라는 그렇게까지 주위를 의심하거나 하지 않았지만, 그래도 고스트 버스터라는 직함의 나에게 경계심을 품고 있었다.

그래서 센조가하라의 경계를 풀게 하는 데는 나름대로 고생했다. 그것을 생각하면 센고쿠 나데코를 속이는 것 따윈 식은 죽 먹기보다도 쉽다.

"뭐, 그렇다고 해도 실패했을 때의 리스크를 생각하면 역시 간단한 일이라고는 말하기 어렵지만 말이야. 만에 하나라도 간파당하면 나는 목숨을 부지할 수 없겠지. 악의에 둔감하기에, 그렇기에 작은 악의나 보통은 간파할 수 있는 해치려는 의도를 분명히 그 녀석은 그냥 넘길 수 없어."

"…그냥 넘기지 못하고, 그냥 넘길 수 없었기에 아라라기 군과 나를 죽이려고 하고 있다는 거구나."

"그렇지. 아라라기가 그 여자애에게 뭘 했는지는 모르지만…."

무엇을 했는지에 대해 이야기하자면 꽤 다양한 일을 한 것 같지만, 듣고 싶지는 않은데 들어 버렸지만 그것을 센조가하라에게 고자질하는 것은 남자답지 못할까. 게다가 그것이 직접적인 원인도 아닐 테고.

"센고쿠 나데코가 너희들에게 구애되고 있는 것은, 반대로 말하면 그 정도의 마음일 뿐이야. 뭐, 중학교 2학년이라니까 원래부터 어린애지만, 센고쿠 나데코는 신으로 변한 것으로 인해 오히려 더 유아화되어 있는 것 같아. 그렇지, 다시 태어났다고 해야 할까."

"……."

"물론 나는 거짓말을 하거나 사람을 속이는 것에 죄책감을 느끼는 인간은 아니지만, 그것을 제쳐 두더라도 그렇기에 이번 일은 마음이 편해. 너희들이 죽었다고 전하면 십중팔구 센고쿠 나데코는 다시 해방될 테니까. 의외로 그 녀석은 좋은 신이 되지 않을까? 물론 신으로서의 위엄을 내기 위해서는 조금 더 차분함이 필요하겠지만."

나는 센고쿠 나데코를 떠올린다. 그 태평스런 웃는 얼굴을. 그리고 기쁜 듯이 이야기하는 모습을. 인간이었던 무렵에는 절대 있을 수 없었을, 그녀의 개방적인 태도를.

아무도 참배객이 오지 않아서.

쓸쓸하다고 말했던 그 여자애를.

"…그러니까 안심해라. 너희들은 거의 목숨을 건졌어. 다행이구나, 죽지 않을 수 있다고. 올봄부터는 꽃다운 대학생이야. 마음껏 아라라기하고 는실난실할 수 있다고. 방탕한 생활을 보낼 수 있다고. 뭐, 문제는 아라라기가 대학에 합격할 수 있는가 여부겠지. 그 부분은 본인의 노력에 기대할 수밖에 없겠지만. 아, 그리고 또 한 가지 문제가 있던가. 아라라기에게 이 일을 해결한 것을 어떤 식으로 전할 것인가 하는 문제지. 그 녀석이 하고 있다는 오해를 생각하면, 내가 센고쿠 나데코를 속였다고 있는 그대로 말할 수는 없을 테고…."

그러나가 나는 아직 도넛에 손을 대지 않았다는 것을 떠올리고 폰데링을 집어 들었다. 이 기묘한 식감을 상당히 좋아한다.

"……."

그러나 내가 그렇게 한 것을 보고 따라한 것인지, 센조가하라가가 손을 뻗어서 내 앞에서 도넛(플러키 슈)를 집어 들고는 머플러를 조금 풀고서 한입 베어 물었다.

오물오물 먹는다.

"무슨 짓이야. 나에게 얻어먹는 걸 싫어하는 거 아니었어?"

"강탈하는 건 괜찮아."

"이상한 기준이군."

그렇게 말하긴 했지만, 그것은 내가 잘 이해할 수 있는 감상이었다. 정당하다는 생각까지 든다.

"아라라기 군은… 내가 어떻게든 할게. 당신을 귀찮게 할 일은 없어."

"그건 물론 그래 줬으면 싶지만…. 괜찮겠나? 내가 센고쿠 나데코를 속인 뒤에, 그 녀석이 지금까지 해 오던 대로 키타시라헤비 신사에 어슬렁어슬렁 가기라도 한다면 그걸로 전부 끝장이라고."

"…확실히 아라라기 군을 그냥 내버려 두면 갈지도 모르지. 아라라기 군은 지금도 자신이 살아남기 위해서라기보다 센고쿠 나데코를 구하기 위해서 행동하고 있는 구석이 있는걸."

"구하기 위해서…."

"그런 사람이야."

"……."

하지만 무엇을 어떻게 구한다는 말인가.

아마도 아라라기는 센고쿠 나데코를 '인간으로 되돌린다'는 것을 구원으로 생각하고 있을 것이다. 그러나 반 흡혈귀가 되었으면서도 전혀 인간으로 돌아오려고 하지 않는 그 녀석에게, 돌아올 생각이 없는 그 녀석에게 그런 짓을 할 자격이 있는 걸까.

그 부분은 아라라기 안에서 어떻게 대차를 맞추고 있는지 신경 쓰이는 참이다. 아니, 신경 쓰이지 않는다. 정말로 어떻게 되든 상관없다.

어떻게 되든 상관없지 않은 것은 그 녀석의 어리석은 행동에 의해 내 아름다운 업무가 파괴당하는 일이다. 그래도 반년 전에는 철수하기만 하면 되었지만, 이번에는 내 목숨도 걸려 있다.

나는 목숨보다도 돈 쪽이 소중하지만, 그러나 목숨은 돈과 달리 되찾을 수 없다는 것 정도는 알고 있다.

목숨은 되돌릴 수 없다.

할 수 없다, 절대.

"정말로 어떻게든 할 수 있는 거겠지? 오기가 생겨서… 요컨대 아라라기와 나를 만나게 하고 싶지 않다는 식으로 오기가 생겨서 말하고 있는 것뿐이라면, 지금 그렇다고 말해 두라는 의미인데."

"그런 마음이 없는 것도 아니야. 그렇다기보다 그런 기분이 대부분이지만, 그래도 아라라기 군을 속이는 것은 당신의 일이 아니라 내 일이라고 생각해. 거기까지 당신의 힘을 빌리면 나는 더 이상 아라라기 군의 연인으로 있을 수 없게 돼."

"…시시한 자기도취로군."

나는 딱 부러지게 말했다. 시시한 자기도취라고 생각했기 때문이다. 그것 외의 이유는 없다. 다만 그렇게까지 말한다면 맡겨 버리자고 생각했다.

센조가하라가 나하고 아라라기를 만나게 하고 싶지 않다는 마음과 마찬가지로, 나도 아라라기와는 만나고 싶지 않은 것이다.

"어떻게든 설득해서 아라라기 군이 센고쿠 나데코를 포기하게 만들 수밖에 없어…. 그걸 포기하지 않으니까 아라라기 군이지만…. 내가 반한 남자이지만."

얼씨구, 은근슬쩍 자랑을 했겠다.

그런 말을 들으면 나도 심술을 부리고 싶어진다.

"좋은 방법이 있어. 아라라기에게 '나하고 센고쿠 나데코 중 어느 쪽이 중요해?' 라는 선택을 강요하는 거야. 네가 그런 성가신 여자가 되면, 그 녀석은 센고쿠 나데코를 포기하겠지."

"…잠시 실례."

내 농담에 대답하지 않고, 센조가하라는 자리에서 일어섰다. 혹시나 화가 나서 집에 돌아가나 싶었지만—이미 전철은 끊겨 있으니 역시나 혼자서 돌아가지는 못할 거라고 생각했지만—그게 아니라 그녀는 화장실에 가는 것뿐이었다.

제대로 가방을 챙겨 가지고 갔다.

좋은 마음가짐이다.

일일이 나를 감탄하게 만드는 여자다.

농담은 접어 두고, 그리고 센조가하라가 어떤 식으로 아라라기를 설득할지는 접어 두고…. 그렇지만 그 정도로 그 부분에 불안을 느낄 필요는 없을 것이다.

잘 생각해 보면 센조가하라는 짧은 기간이라고는 해도, 입심에 있어서는 내 제자 같은 구석이 있으니까 말이야. 연인에 대한 성의로서 노골적으로 속이지는 않겠지만, 분명히 아라라기를 잘 구워삶을 것이다.

아라라기도 어느 정도 눈치챈 상태에서 구슬려지는 것은 아닐까, 구슬려져 주는 것은 아닐까. 그 녀석에게는 괴로운 결단이겠지만, 이것을 기회로 녀석은 세상의 모든 일들이 자기 마음대로 풀리지는 않는다는 것을 배워야 한다. 그렇지 않으면 언젠가 아라라기 코요미가 센고쿠 나데코처럼 되어 버릴 것이다.

뭐, 그 부분은 두 사람의 관계다. 연인 관계다.

그러니까 알 바 아니다.

제삼자이며 타인이며 무관계한 내가 참견해야 할 부분이 아니다. 끽해야 언제까지나 연인놀이, 연애놀이를 계속하고 있으면 될 것이다.

아직 일이 끝난 것은 아니지만, 그렇다기보다 사전 조사를 마치고 이제부터 일을 시작하는 시점이기는 하지만, 그래도 나는 이 시점에서 어느 정도 어깨의 짐을 내려놓은 기분이었다.

이미 일의 성공을 확신했다고 말해야 할까.

그러나 근본적으로 의심 많은 내 성격은 이런 와중에도 불안요소를 찾아낸다. 그렇다, 신경 쓰이지 않는 것도 아니다.

아라라기 코요미의 이후의 행동보다도, 본래 신경 써야 할 것은, 그렇다….

"…기다렸지."

센조가하라가 나왔다.

일단 조금 전의 농담을 형식적으로 사과해 둘까 하고 그녀 쪽을 보고 나는 깜짝 놀랐다. 놀랐다기보다, 말을 잃었다. 완전히 허를 찔렸다고 해도 좋다. 센조가하라의 눈가가 새빨갛게 되어 있었던 것이다.

그것을 보면 아무리 눈치 없는 사람이라도 그녀가 눈이 퉁퉁 부을 정도로 화장실에서 울고 왔다는 것을 간단히 추측할 수 있을 것이다.

그것도 어설프게 훌쩍인 것이 아니라 펑펑 운 것 같다. 그렇지 않다면 이렇게, 누군가에게 얻어맞은 게 아닐까 싶을 정도로 붓지는 않을 것이다. 지금도 가만히 보면 눈물이 글썽거리는 듯하다.

"카이키."

센조가하라는 말했다.

목소리도 아직, 울먹이고 있었다.

"고마워. 감사할게."

020

센조가하라가 센고쿠로부터 '사형선고'를 받은 것은 지금으로부터 두어 달 전으로 거슬러 올라간 11월인 듯하다. 이후로 오늘까지 그녀는 계속 죽음의 공포와 싸워 왔던 것이다.

몇 번이나 죽은, 불사신인 흡혈귀의 피가 섞여 있기에 몇 번이나 죽음을 경험한 아라라기에게도 물론 공포라는 감정이 없었던 것은 아닐 터이다. 그렇지만 센조가하라가 체감하고 있던 공포는 분명히 그것에 비할 바가 아니었을 것이다.

그러니까 간신히.

센조가하라 히타기는 간신히 긴장을 풀 수 있었던 것이다. 그래도 내 앞에서는 울지 못하고 화장실로 도망간 부분은 귀엽지 않고 재미있지만.

물론 그래도 자기에 대한 것뿐이라면 그 여자는 오기로라도 울지 않았을지도 모른다. 그렇지만 연인의 목숨까지 구할 수 있게 되니 울지 않을 수 없었던 것이리라.

그런 여자다.

그런 바보다.

어쨌든 그 이후로는 제대로 된 이야기를 할 수 없었으므로(그 이상 무슨 말을 하려고 해도, 센조가하라가 맥락 없이 나에게 감사 인사만 하는 모드가 되어 버렸다. 성가시다), 나는 미스터 도넛에서 센조가하라를 데리고 나와서 1만 엔 지폐를 쥐여 준 뒤에 택시에 짐짝처럼 밀어 넣고 집으로 돌려보냈다.

아직 남아 있는 걱정, 즉 '정말로 신경 써야 할' 일에 대한 이야기는 하지 못했지만… 뭐, 그것은 센조가하라에게 이야기하지 않고 내 가슴에 담아 둬도 될 일이다.

센고쿠 나데코를 속이는 것이 너무 손쉬워 보여서, 나는 억지로 불안요소를 찾아내서 마음의 밸런스를 유지하려고 하는 게 확실하니까 말이야.

나는 센조가하라가 탄 택시가 건널목을 지나가는 것을 배웅한 뒤에 묵고 있는 호텔로 돌아왔다. 그런 뒤에 노트를 갱신했다.

일에 대한 기록을 하는 것은 아니다. 나 같은 직업을 가졌으면서 그런 물건을 남겨 두는 것은 너무 어리석은 짓이다.

일기도 아니라, 어디까지나 이후의 일을 위한 계획서다. 미래를 향한 노트다. 지도의 정보를 늘려 둬야만 한다. 오래된 내비게이션을 마냥 쓰고 있어서는 안 되는 것이다.

그런 뒤에 몇 통인가 전화를 건다.

밤중이 아니면 깨어 있지 않은 녀석들에게 이야기를 매듭짓는다. 사전 교섭이라고 할까, 사전 준비를 위한 사전 준비라고 할까. 그런 느낌이다. 센고쿠 나데코를 속이는 것 자체는 아주 쉽지만, 그렇다고 해서 대충 해도 되는 일은 아니다.

만전萬全을 기해서, 만난萬難을 배제하고 도전해야 한다.

"그리고 문제가 되는 것은… 비용쪽일까."

노트의 지도에 센고쿠 나데코와 비슷하게 생긴 얼굴, 거기에 새전함을 그리면서 나는 생각했다. 새전함에 '↓'를 그리면서 1만엔짜리에 인쇄되어 있는 후쿠자와 유키치의 얼굴도 그렸다.

그렇다. 그것이 즉 센조가하라에게 말하지 못했던 '정말로 신경써야 할' 사정이었다.

"한 번 만날 때마다 1만 엔이라면… 필요경비로 받은 잔금으로는 앞으로 다섯 번도 만나러 가지 못한다고."

센고쿠 나데코.

돈이 많이 드는 여자다.

센고쿠 나데코의 신뢰를 얻기 위해서는, 센조가하라와 아라라기가 죽었다는 헛소리를 그 녀석에게 전할 때까지 관계를 깊게 하기 위해서는(전하는 상황까지 가면 간단히 받아들일 것이다. 문제는 그런 이야기를 할 수 있는 관계까지 될 수 있는지 여부다) 유감스럽게도 다섯 번으로는 부족할 것이다.

센조가하라에게는 사흘에 한 번꼴이라고 제안했지만, 가능하다면 매일 만나러 가는 것이 좋을 것이다. 백번참배라는 이야기 같은 걸 하고서 말이야.

센조가하라에게는 필요경비가 10만 엔을 넘어가는 경우에는 청구서를 보내겠다고 말하긴 했지만, 현실적으로 그 녀석에게 채권을 회수하는 것은 불가능하다.

설령 그 녀석이 우등생이더라도 그것은 불량채권이다.

그 정도의 재능을 가진 여자다. 몸을 팔 것도 없이 평범한 아르바이트로, 혹은 아버지의 일을 거드는 것만으로도 어느 정도의 돈은 벌 수 있을 테지만 그 녀석과 너무 오랫동안 접점을 갖는 것은 나에게 위험하다.

일이 끝나면 회수할 수 있는 만큼만 회수하고 얼른 내뺀다는 것이 나에게 올바른 선택일 것이다.

거의 있을 수 없는 일이라고 할까, 어쩌면 처음이 될지도 모르겠지만 나는 이 일을 자비 부담할 각오, 적자를 각오하고 임해야만 할 것 같다.

어떻게 이럴 수가.

그렇다고 해도 이것으로 센조가하라 히타기와의 인연을 완전히 끊을 수 있다고 생각하니, 내 마음에는 상쾌하고도 후련하다는 마음밖에 솟아나지 않았다.

노트를 다 쓰고 나는 심야 3시경에 취침했다.

021

다음 날 아침, 나는 개점시간을 기다려서 우선 번화가의 서점으로 향했다. 구독하는 잡지가 발매하는 날이기 때문이라는 의미는 아니다. 애초에 내가 구독하는 잡지 따윈 없다. 잡지란 게 뭐지? 잡스러운 걸 말하는 건가?

자동문 옆에 있는 점내 안내도를 확인하고, '아동서 코너'가 7층에 있는 것을 보고 엘리베이터를 탔다.

목적하는 책은 금방 찾았다.

『실뜨기 전집』이라는 책이다. 비교적 큰 서점이니 좀 더 본격적인 어른용 지침서도 가게 안의 책장 어딘가에 있겠지만, 그런 것을 이해할 수 있을 것 같지 않았다.

내가 아니다. 센고쿠 나데코가 이해할 수 없다는 뜻이다. 그 여자애의 지능 수준에 맞추려면 우선 이 정도일 것이다.

나는 책에 커버를 씌우는 것이 싫었지만, 계산대의 서점원은 나에게 필요한지 어떤지를 묻지도 않고 멋대로 그 책에 커버를 씌웠다. 조금 짜증이 났지만, 조금뿐이다. 어른으로서 눈에 심지를 켤 만한 일은 아니다.

물론 이 책을 그대로 키타시라헤비 신사에 선물로 들고 갈 생각은 없다. 그래 봤자 아무 소용없다. 그럴 경우에 센고쿠 나데코는 나에게 감사 인사를 할지는 몰라도, 감탄하는 것은 이 책에 대해서일 것이다.

그러므로 나는 이제부터 이 책을 암기해서 자신의 지식으로 만들고, 그것을 완전히 익히고 나서 센고쿠 나데코에게 보여 주는 것이다. 그래야 내 주가가 올라갈 것이다.

…순수한 여중생을 상대로 고식적인 허세를 부리려고 하는 것

같아서 자기 자신이 조금 싫어졌지만, 그것도 일이라고 결론 내렸다. 그렇다기보다, 딱히 싫어지지는 않았다.

성공을 위해서 모든 수단을 다 사용하는 것은 당연한 일이다.

나는 서점을 나와서, 그대로 가까운 스타벅스에 들어갔다. 그란데 사이즈의 드립 커피를 주문하고, 그것에 아무것도 넣지 않고 마신다.

『실뜨기 전집』의 페이지를 손 가는 대로 뒤적이며 읽으면서 기술명과 실뜨기 방법을 기억한다. 그리고 실제로 실뜨기할 실이 없으면 순서를 기억해 봤자 별 의미가 없다는 것을 깨닫는다.

가까이에 끈 같은 것이 있으면 좋았겠지만, 그렇게 입맛에 맞는 전개는 바랄 수 없다. 나는 생각하고, 자리에서 일어나서 종이 냅킨을 몇 장인가 집어 들고 돌아왔다.

가지고 있는 펜으로 그것을 그림으로 그린다. 즉 책을 모사하는 것뿐이지만, 일을 하기 전에 이미지를 떠올리며 지도를 그리는 것과 마찬가지로 직접 한 번 그려 보는 것으로 그 이미지가 머릿속에 들어오는 것이다. 뭐, 정말로 할 수 있을지 어떨지는 실제로 해 봐야 알 수 있겠지만….

"좋아. 기억했다."

말해 보았다. 말해 본 것뿐이다. 물론 오늘 중에 책 한 권을 전부 기억할 필요는 없다. 우선 어린아이의 흥미를 끌 만한 기술 몇 가지를 익힐 수 있으면 충분하니까.

나는 일단락 낸 기분으로 『실뜨기 전집』을 덮었다. 펼쳤던 책을 덮었으니 당연히 눈앞의 시야가 탁 트인다. 트인 결과, 내 테이블

맞은편에 어느새 누군가가 앉아 있는 것이 판명되었다.

합석해야 할 정도로 붐비지는 않고, 설령 붐비더라도 내 앞에 앉을 수 있는 녀석이 있다고는 생각하지 않았다. 하지만 지금의 나는 센조가하라가 말하는 '상복 같은 슈트'를 입고 있는 것이 아니므로 평소와는 상황이 다를지도 모르고, 하물며 거기에 있는 것이 내가 아는 식신式神인 오노노키 요츠기였으므로 납득했다.

"예~이. 오빠, 피스피스."

오노노키는 그렇게 말하고서, 직접 주문한 듯한 달콤해 보이는 음료를 한 손에 들고 무표정한 얼굴을 한 채로 가로로 피스 사인을 해 보였던 것이다.

"……."

또 캐릭터가 바뀌었다.

아무래도 나쁜 친구를 사귀고 있는 것 같다.

022

"오래간만이네, 카이키 오빠. 이게 얼마 만이야?"

"오빠라고 부르지 마."

나는 『실뜨기 전집』 책에 커버를 씌워 준 점원에게 감사하면서 그 책을 자연스럽게 옆으로 치우고,

"카이키로 불러도 된다고 말했잖아."

라고 오노노키를 나무랐다. 그러고 보니 어제 센고쿠 나데코에

게 '아저씨' 라고 불렸던 것을 떠올리면서.

'아저씨' 라고 불리는 것은 침울해지는 일이지만 '오빠' 라고 불리는 것은 기분 나쁘다.

"그래? 하지만 입장상 나는 당신을 그렇게 부를 수는 없어. 예~이."

태도만큼은 기특하게 그렇게 말하는가 싶더니, 어째서인지 마지막에는 옆으로 피스 사인을 했다.

"아라라기하고 친해진 거냐?"

나는 물었다. 당연하지만 나는 나쁜 친구가 아라라기라고 추측했던 것이다. 애초에 오노노키…라기보다 카게누이에게 아라라기에 대해 알려 준 사람이 나다.

그렇게 생각하면 오노노키의 이 비뚤어진 모습의 책임 일부는 나에게 있다는 기분도 들었다. 기분 탓일지도 모르지만.

"아, 그런가. 얼마 만이냐고 하자면, 그렇지. 아마도 너희들에게 아라라기에 대해 일러 준 이후로군. 카게누이 녀석은 어떻게 됐어? 혹시 이 근방에 와 있는 거야?"

"아니, 언니는… 어이쿠. 이건 기밀이던가."

"기밀?"

"비밀이라는 의미야."

오노노키는 그렇게 말하며 꼴깍꼴깍 달콤해 보이는 음료를 마신다. 그렇군, 오노노키에게 기밀이라는 말의 의미를 배웠다. 나에게는 기밀도 비밀도 전혀 의미를 갖지 않는 말이지만.

아무래도 그 폭력 음양사는 동녀 식신을 방치해 두고 또 어딘가에서 뭔가를 하고 있는 듯하다. 그 녀석은 나하고는 다른 관점에서 나 이상의 위험인물이니까 동향에는 나름대로 신경을 쓰고 있지만 잃어버리는 일도 많다.

그리고 지금은 한창 잃어버리고 있는 중이다.

"뭐, 카게누이가 어디서 뭘 하고 있더라도 내 장사만 방해하지 않는다면 궁극적으로는 어떻게 되든 상관없다고 할 수 있지만…. 그런데 말은 그렇게 해도 넌 카게누이의 감시역이잖아. 오노노키, 너는 대체 뭘 하고 있는 거야."

"나는 당신을 왔어."

"……?"

당신을 왔어? 무슨 뜻이지.

그렇게 생각하고 있는데,

"…나는 당신을 만나러 왔어."

라고 정정했다.

의미심장한 말인가 했는데 그냥 혀가 꼬인 것뿐인 모양이다…. 어떻게 봐야 할까, 이것도 나쁜 인간과 같이 지낸 결과일까.

"가엔 씨의 심부름으로 말이야."

"가엔…?"

갑자기 나온 그 이름에 내 긴장감은 단숨에 MAX가 되었다. 가엔이라는 그 이름만으로도 충분히 긴장할 만하지만, 오노노키가 가엔이라고 말할 경우에 그것은 다른 누구도 아닌 가엔 선배를 의미하는 것이니까.

가엔 이즈코다.

"가엔 씨로부터의 충고야."

"아니, 기다려. 듣고 싶지 않아. 말하지 마."

"손을 떼래."

내 거절을 개의치 않고 오노노키는 말했다. 이런 부분에서 이 녀석은 아직도 전혀 인간의 정서를 배우지 않았다. 아라라기도 뭔가 가르칠 거라면 가로 피스 사인 따위가 아니라 그런 배려를 가르쳤으면 좋겠다.

나에게 이런 소릴 들으면 끝장이라고.

그렇지만….

"손을 떼라고…?"

"이 마을에서 손을 떼래…. 으음, 뭐라고 했더라…. 말에 살을 붙이지 말고 그대로 전하라고 들어서 가능하면 가엔 씨의 말을 있는 그대로 전하고 싶지만, 잘 기억이 안 나네…."

"메신저로서는 못 써 먹겠구나, 너."

"예~이."

가로 피스 사인이었다.

딱해 보인다.

"'너 같은 인간이'."

라고, 그래도 어떻게든 기억해 낸 듯한 오노노키가 가엔 선배의 말투를 흉내 내서 말하기 시작했다. 어조를 흉내 내고 있다는 것을 간신히 알 수 있을 정도로는 비슷했다. 즉 그리 비슷하지 않았다.

감상을 말하자면, 신경이 날카로워졌다.

"'그 마을을 어지럽히지 마라. 돌발 상황은 있었지만, 그 마을은 지금 어느 정도 안정되어 있어. 카이키, 네가 쓸데없는 짓을 하면 다 망치게 될뿐더러, 원래보다 심각해진다. 그러니까 손을 떼라'. 피스피스."

"…마지막 것은 가엔 선배가 한 말인가? 아니면 너의 최근 캐릭터냐?"

"최근의 내 캐릭터야."

"그런가. 또 말했다간 날려 버릴 줄 알아라."

나는 동녀를 위협했다. 그렇지만 이래서는 마치 아라라기 같다는 생각이 들어서,

"뭔가 더 마시고 싶은 건 없어?"

라고 이어서 비위를 맞추는 말을 했다.

"카이키, 마치 귀신 오빠 같은 소리를 하네."

유감스럽게도 결국 그것까지 포함해서 아라라기 같았던 모양이다. 이것은 부끄러운 일이었다.

"마실 것은 아직 남아 있으니까 됐는데, 그렇지. 나는 따뜻한 초콜릿 청크 스콘을 먹고 싶어."

"사람을 아라라기 같다고 모욕해 놓고 얻어먹을 수 있을 줄 아냐."

뭐, 원래부터 대화로서 물어본 것뿐이지 사 줄 생각은 없었지만.

그러자.

"거스름돈은 필요 없어."

오노노키는 그렇게 말하며 일단 일어서더니 스커트 안에서 접혀 있는 천 엔 지폐를 꺼냈다. 접어서 어딘가에 끼워 두었던 모양이

다. 지갑을 가지고 다니지 않는 타입일까?

나는 말없이 그것을 받아 들고 계산대로 향했다. 초콜릿 청크 스콘을 따뜻하게 데워 달라고 정중하게 부탁하고, 그런 뒤에 그것을 받아 들고 자리에 돌아왔다.

"수고했어."

"흥."

나는 어깨를 축 늘어뜨리고 오노노키의 맞은편 자리로 돌아가 앉고, 그런 뒤에 팔짱을 끼고 몸을 뒤로 젖혔다.

"가엔 선배는 나를 잘 아는 것 같으면서도 의외로 모르는군. 곤란한걸. 손을 떼라는 말을 들으면 나는 오히려 의욕을 낼 것이 뻔하잖아."

"뭣하다면 돈을 내겠다고 말했어."

오노노키는 내가 가지고 온 초콜릿 청크 스콘을 덥석 물면서 내 쪽을 보았다. 입안에 씹고 있는 것을 보고 있으려니 기분이 나쁘다. 다시 한 번 생각하지만, 이 동녀는 뭔가를 먹는 것에 서툰 것 같다.

"조금 전의 천 엔도 실은 가엔 씨에게 받았던 거야."

"천박하군. 사람의 마음을 돈으로 살 수 있다고 생각하지 마."

나는 말했다. 뭐, 일생에 한 번 정도 이런 대사를 해도 괜찮을 것이다. 참고로 평소에는 사람의 마음은 돈이 되지 않는다고 말하고 있다.

"참고로 얼마지?"

"……."

오노노키는 잠깐 침묵하고 나서 그 액수를 제시했다.
"300만 엔."
그것은 고급스런 커피숍이라고 해도 스타벅스의 테이블에서 나올 만한 금액은 아니었다.
300만 엔. 큰돈임은 확실한데, 그렇다면 구체적으로는 뭘 살 수 있는 액수일까. 그렇지. 프리미엄 패스를 한 장 더 살 수 있는 액수다. 1년에 비행기를 600번 탈 수 있다. 훌륭하다. 아무리 써도 다 쓰지 못하는 정도가 아니라, 분명 한 장이 고스란히 남을 것이다.
그건 그렇고, 나는 생각한다.
요컨대 그것은 적어도 생각해 볼 만한 액수였다는 이야기다. 하지만 나는 30분 정도 진득하게 생각한 끝에,
"거절이야. 너무 사람을 값싸게 보지 마."
라고 말했다. 당당히 말했다. 이것도 한 번은 말해 봐도 괜찮은 대사였다. 아니, 이것은 한 번도 말할 일은 없을 거라고 생각했던 대사였던가. 뭐, 어느 쪽이든 비슷한 것이다.
"자릿수를 한 자리 틀리지 않았느냐고 도로 전해."
"유감스럽게도 현시점에서 나는 더 이상 가엔 씨하고는 연락을 취할 수 없거든. 음신불통이라고 해야 할까, 요컨대 단절상태야. 하고 싶으면 직접 말해. 카이키 오빠… 카이키."
"……."
도움이 안 되는 녀석이다. 도움이 안 되는 식신이다.
그러나 가엔 선배와 연락을 취할 수 없는 것은 나도 마찬가지였다. 그렇다기보다 그 여자에게 원할 때에 연락을 취할 수 있는 녀

석은 존재하지 않는다. 그 여자는 자신이 볼일이 있을 때, 자신이 흥미가 있을 때에 멋대로 다가오는 녀석이다.

그런 주제에 멀리 떨어져 있어도 참견은 해 온다. 그것도 자기 멋대로.

"요컨대 말이야."

새삼스럽게 오노노키는 말했다. 여기서부터는 가엔 선배의 전언이 아니라 오노노키의 개인적인 해석인 듯하다.

"가엔 씨는 카이키의 일이 실패할 경우를 걱정하고 있다고 생각해."

"걱정? 가엔 선배가 걱정이라고? 그거 정말 웃기는걸. 재미있군."

"…아니, 물론 성공한다고 믿고 있다고 생각해. 자신의 우수한 후배를 그 사람은 진심으로 신뢰하고 있을 거라고 생각해."

"……."

아무런 악의 없이 나를 불쾌하게 만드는 동녀다.

시치미 떼는 얼굴을 하고 믿는다느니 신뢰한다느니 하는 소릴…. 교육을 어떻게 받은 걸까.

"카이키는 센고쿠 나데코를 속이려 하고 있는 거잖아?"

"글쎄, 어땠더라?"

슬쩍 장난쳐 본다. 정확히는 '나는 장난치고 있다' 라는 어필을 한다. 훤히 보이는 거짓말이라도 무의미하지는 않다. 나는 당신과 제대로 된 의논을 할 생각이 없습니다, 라는 주장을 무언중에 하는 것이다.

오시노가 곧잘 하지만 나도 곧잘 한다.

"…응, 아마도 그건 성공할 거야. 카이키 정도의 재능이 있으면… 아니, 아마도가 아니라 그 애를 속이는 건 손쉬워."

손쉬워, 라고 말했다.

마치 어젯밤에 나눈 나와 센조가하라의 대화를 들은 것 같은 말투다.

혹은 가엔 선배로부터 들은 것인지도 모르지만.

"하지만 실패했을 때의 리스크가 너무 크다는 거야. 지금의 센고쿠 나데코는 이 정도 마을이라면 간단히 멸망시킬 수 있는 신통력을 가지고 있어. 자신이 속았다고 깨닫고 경기를 일으켰을 때… 그때의 피해는 한두 명으로 끝나지 않아."

"경기를 일으킨다니… 어린애도 아니고."

그렇게 말하다가 나는 입을 다문다.

어린애였다.

게다가 지금은 나이 이상으로 어린, 말하자면 '어린애화' 되어 있는 어린애였다.

"십중팔구 성공할 거라고 해도 나머지 하나가 나왔을 때에 핵폭탄이 떨어질 경우, 그런 리스크를 감수할 녀석은 없을 거 아냐? 갬블은 승률이 아니라 리스크를 보고 승부에 나서야 하는 법이야."

"나에게 갬블에 관해 설명하지 마라."

"그랬지."

오노노키는, 오노노키치고는 별일이지만 고분고분히 납득한 듯

끄덕였다.

“다만 그렇게 말해도 가만히 내버려 두면 되는 일에 참견해서, 차분해져 있는 것을 뒤엎는 것은 오시노 오빠만으로 충분하지 않을까.”

“…….”

내가 하고 있는 일이 오시노와 똑같다는 소린가?

그건 최대급의 모욕이다.

그리고 그와 동시에 만약 지금 이러고 있는 것이 내가 아니라 오시노였다면, 센조가하라가 오시노를 발견하는 데 성공해서 녀석에게 도움을 청하고 있었다면 분명히 가엔 선배는 이런 간섭을 해 오지 않았을 것이다. 그렇게 생각하면 창피한 기분이다.

악인악과*라고밖에 말할 방법이 없지만.

“그렇지만…. 그렇다는 얘기는 즉 가엔 선배도 그 마을에 왔었다는 거야? 그런 식으로 그 마을에 대해 아는 것처럼 이야기한다는 건…”

“뭐, 내용을 까발리자면 애초에 가엔 씨는 그 마을을 멀쩡하게 만들려고 열심이었다는 얘기가 될까. 아니, 나도 요전에 안 거라서 잘은 모르지만.”

“멀쩡하게?”

멀쩡하게… 되지 않았잖아.

센고쿠 나데코가 그런 꼴이 되고, 센조가하라나 아라라기의 목

※악인악과(惡因惡果) : 나쁜 짓을 하면 반드시 나쁜 결과가 따름.

숨이 위기에 노출되는 상황의, 대체 어디가… 아니.

그런 미크로적인 시점으로 보면 확실히 그 마을은 지금 몹시 엉망이 되어 있지만, 가만히 잘 생각해 보면 마을의 안 좋은 것들이 모여드는 장소 같은 신사에 신이 강림했다는 지금 상황은 영적으로는 아주 '멀쩡하게' 되어 가고 있다고 해야 할지도 모른다.

그리고 그것을 내가 방해하고 있다고?

센고쿠 나데코에게 참견하는 것으로?

"잘… 모르겠군. 즉 센고쿠 나데코를 신으로 만든 사람이 가엔 선배라는 거야? 그 사람이 흑막이라고…."

"아니, 그건 조금 달라…. 원래 센고쿠 나데코라는 인간이 신이 될 예정이 아니었어. 가엔 씨의 당초 목적으로서는 후기 고령자…가 아니라, 저기… 뭐였더라, 구舊 키스샷 아세로라오리온 하트언더블레이드를 신으로 만들 생각이었던 것 같아."

"……?"

점점 더 영문을 알 수 없게 되기 시작했다. 가엔 선배는 아라라기 코요미의 로리 노예를 신으로 만들려 하고 있었다…. 그렇다면 이야기가 어떻게 되지?

어떻게 되지 않았지?

"그 흡혈귀는 한 번은 신 취급을 받았으니까 적임이었을 텐데, 어떤 실수…라기보다는 어째서인지 누군가의 개입으로 그 역할이 센고쿠 나데코에게 넘어갔다고 할지…."

"…흐음."

뭐, 아무리 내가 그러기 위한 토대를 만들어 버렸다고 해도 중고

생의 연애놀이가 신을 낳을 정도까지 직결되리라고는 생각하지 않았는데, 그런 사정이 있었던 건가. 사정이라기보다는 뒷사정이라고 말해야 할 느낌인데.

"그 마을이 영적으로 흐트러져 있던 것은 애초에 구 키스샷 아세로라오리온 하트언더블레이드 탓이니까. 본인에게 책임을 지울 수 있었을 거라고 생각해…."

"누군가의 개입이 있었다고 했는데, 그 누군가는 누구지? 가엔 선배니까 그것도 알고 있을 거 아냐."

"알고는 있겠지. 그렇다기보다 알고 있다고 생각해. 다만 나에게 거기까지는 알려 주지 않았을 뿐이야. 나는 어떤 비밀조직이 아닐까 하고 생각하지만."

"그런가. 뭐, 좋을 대로 생각해라."

이 식신과 진지하게 이야기를 나눠 봤자 소용없으므로 나는 추궁하지 않았다. 어차피 가엔 선배는 이 동녀에게 필요최소한의 정보밖에… 아니, 필요최소한의 정보조차 주지 않았을 것이다.

뭔가 알아내려고 하다가 내가 헛된 노력을 하는 것이야말로 가엔 선배의 노림수일지도 모른다… 라고, 이렇게 그녀의 생각을 추측해 보는 것이야말로 사실은 헛수고지만.

"지금 상황은 결코 가엔 씨가 바라던 것이 아니야. 하지만 그렇게까지 나쁘지 않은 상황인 것도 확실한 것 같아. 이…."

오노노키는 뭔가 말하려고 하다가 그만두었다. 아마도 "이예~이."라고 말하려다 그만둔 것이겠지. 일단 학습 능력은 있는 것 같다.

"…예, 이."

그렇게 생각했는데 결국 브레이크가 완전히 걸리지 않았는지 끝까지 다 말해 버렸다. V 형태를 완성하고 있던 손은 간신히 내리고 있지만.

남자로서 약속대로 이 동녀를 날려 버려야 할까 생각했지만, 그러나 딸꾹질을 참기 힘든 것과 마찬가지이겠거니 하고 너그럽게 이해하고 나는 못 본 체해 주기로 했다.

마음이 넓은 척하는 것은 좋은 일이다.

"요컨대 영적으로 흐트러져 버린 그 마을에, 누구라도 좋으니 신이 될 녀석이 필요했다는 이야기인가…?"

센조가하라가 기이한 병에 걸려 있었던 것이 지금으로부터 2년 이상 전이었으니, 반드시 그것을 아라라기의 로리 노예 탓으로만 하기는 어렵다는 기분이 들지만…. 그러나 센고쿠 나데코의 '몸'에 내 저주가 '발현' 한 것은 확실히 그 흡혈귀의 책임일 것이다.

…뭐, 내 책임이기도 하지만.

"응…. 언니와 내가 그 마을에 온 뒤에 가엔 씨는 그렇게 생각했던 것 같지만. 자세한 것은 몰라. 꼭 알고 싶다면 가엔 씨나 언니, 어느 한쪽에 직접 물어봐."

"…양쪽 다 싫은걸."

"그렇지. 세세한 사정 따윈 우리들 똘마니는 몰라도 돼."

오노노키는 말했다. 나와 자기를 한 묶음으로 똘마니라고 말한 것은 용납하기 어렵지만, 그러나 오노노키의 입장에서 보면 그렇게 보일지도 모른다고 생각했다.

나도 카게누이 요즈루도 오노노키 요츠기도 전부 가엔 선배의 똘마니, 애초에 가엔 이즈코의 관계자이면서 그녀의 '똘마니'가 아닌 인간 따윈 한 명도 없다. 프렌들리한 듯 보이면서도 그 여자는 훌륭하게 지배적이다. 그야말로 그 여자에 대한 예외가 있다고 하면 오시노 메메 정도다.

그 오시노는 현재 소식불명이지만.

"어쨌든 '손을 떼라'라고 했어. 내가 명령을 받은 것은 이 말을 카이키에게 전하는 것뿐이야. 그리고 카이키가 지금 가엔 씨로부터 명령을 받은 것은 '손을 떼라'는 일이지."

"…이미 대답했을 텐데. 거절한다고."

나는 말했다.

"전할 수 없다면 딱히 전하지 않아도 좋아. 취업 면접도 아니니 일부러 거절 연락을 할 필요도 없을 테지."

"한 가지 잊었던 전언을 떠올렸어."

오노노키가 간신히 초콜릿 청크 스콘을 다 먹고 나서 말했다. 뇌에 당분이 퍼져서 기억이 되살아났는지도 모른다.

"'만약 손을 떼지 않는다면 너하고는 더 이상 선배도 아니고 후배도 아니다'."

"……."

지금까지도 '손을 떼라'라는 말은 들은 적이 있고 나는 그때마다 손을 떼거나 떼지 않거나 해 왔지만, 그러나 그렇게까지 협박하는 태도를 취해 온 것은 처음이었다.

그 사람은 그런 말을 하는 사람이었나, 하고 조금 배신당한 기분까지 들었다. 어리석은 일이지만, 그리고 부끄럽지만 아무래도 나는 의심하는 것이 그렇게나 소중하다고 말하면서도 어딘가에서, 어딘가의 마음속 어딘가에서 가엔 선배를 신뢰하고 있었던 모양이다.

아무리 그래도 그렇게까지 억지를 쓰는 사람은 아니라고, 이러쿵저러쿵하면서도 개인의 자유를 존중하는 사람이라고 생각하고 있었다. 그런데.

교훈.

이 건에서 나는 어떤 교훈을 얻어야 할까?

"어떡할 거야? 카이키 오빠."

오노노키는 나를 그렇게 불렀다. 그것은 내 지시를 깜빡 잊은 실언이라기보다, 그녀 나름의 배려라고 할까, 교섭이라고 할까. 어쨌든 그런 것처럼 생각되었다. 비뚤어진 성격의 내가, 여기서 잘못된 결단을 내리지 않도록 힌트를 내 주기라도 하려는 것일까.

당신은 이쪽 편이지?

그렇게 다짐을 받듯 확인해오는 것 같다.

나는 생각한다. 조금 전에도 한 번 생각했지만, 조금 전보다도 깊이 생각한다. 어젯밤 봤던 울어서 퉁퉁 부은 센조가하라의 얼굴, 그리고 감사의 말을, 다른 사람도 아닌 나에 대해 말한 감사의 말을 떠올린다.

그런 뒤에 가엔 선배와의 관계, 이해관계.

300만 엔이라는, 제시받은 액수를 떠올린다.

"오노노키."

그리고 나는 말했다.

이번에는 30분도 걸리지 않았다.

"알았어. 손을 떼지."

023

당연히 손을 뗄 생각 따윈 없었고, 나는 오노노키로부터 300만 엔을 받고 나서 그대로 키타시라헤비 신사로 향했다.

우선 이 돈으로 앞으로 센고쿠 나데코의 지명료…가 아니라 그녀를 불러내기 위한 새전은 확보되었다. 센고쿠를 만나는 것에 대한 불안이 없어진 것이다. 기쁘다. 하루에 1만 엔씩 300일. 졸업식까지 매일 다니더라도 절반 이상 거스름돈으로 남는다.

비행기 표 값이나 호텔비까지 완전히 보증된 것이니, 나는 기분이 몹시 좋았다. 물론 그 대가로서 가엔 선배를 적으로 돌려 버렸지만, 생각해 보면 원래부터 적 같은 사람이었으므로 오히려 이것으로 인연을 끊을 수 있어서 후련한 기분이었다. 돈까지 받을 수 있어서 만만세다. 세상 일이란 이렇게 술술 돌아가는 법일까?

나는 상쾌한 기분으로 산을 올라 키타시라헤비 신사에 참배했다. 참배라기보다, 새전함에 1만 엔을 투입했다.

"나데코예요!"

그렇게 어제와 같은 리듬으로 뱀신께서 나타났다. 뭐랄까, 이렇게 생긴 저금통이 도큐핸즈에서 팔리고 있었지. 그런 생각을 했다.

"아, 카이키 씨! 와 줬구나!"

"그야 뭐, 너의 신자 제1호니까."

아무래도 나는 이 웃기지도 않는 표현이 마음에 들어 버렸는지, 어제에 이어 그런 말을 했다. 센고쿠 나데코는 그 말을 듣고 기쁜 듯한 얼굴을 했지만(얼마나 신자에 굶주려 있었던 거냐), 그것만으론 조금 약한 기분이 들어서,

"실은 나에게는 몹시 이루고 싶은 소원이 있어. 그래서 이 신사에 백번참배를 하기로 했어."

라고 덧붙였다.

"백번참배인가~. 나데코도 한 적이… 있었던 것 같기도 하고 없었던 것 같기도 하고?"

모호한 소리를 하면서 센고쿠 나데코는 고개를 갸웃거렸다. 기억이 모호하다기보다, 그것은 그녀에게 어떻게 되든 상관없는 일인 듯했다. 그렇다면 하려고 했다가 좌절해서 실패했다든가, 하는 이야기일까.

"그래서 카이키 씨의 소원이란 뭐야? 나데코가 이뤄 줄 수 있는 일이야?"

"…글쎄, 한마디로는 말하기 힘든 일이라."

센고쿠 나데코에게 너무 위엄이 없었으므로, 이 녀석이 백번참배를 하는 대상인 신 본인이라는 점을 깜빡하고 있었다.

만약 백번참배를 한다면, 나는 존재도 하지 않는 그 소원이란 것을 나는 센고쿠 나데코에게 말할 수밖에 없는데.

아무래도 태어나서 처음인지 어떤지는 둘째 치고, 어쨌든 기억

하는 한 처음으로 나는 신에게 소원을 비는 행위를 해야만 할 것 같다.

"한마디로 말하기 힘들다니, 요컨대 그거야? 연애상담이야? 그런 쪽이야?"

자신이 품고 있는 문제…라기보다 자신이 품고 있던 문제와 겹쳐 본 걸까. 센고쿠 나데코는 그런 말을 했다.

"연애상담이라면, 카이키 씨 정도의 나이라면 결혼을 바라는 것이 되려나?"

"시답잖은 소릴."

자신의 어조가 조금 진지해진 것을 느꼈다. 이런 곳에서 그런 주장을 해서 어쩌려는 거냐는 생각이 안 드는 것도 아니지만, 그러나 멈추지 못하고 나는 말을 이었다.

"너, 드래곤퀘스트라는 게임을 한 적 있나?"

"응? 한 적은 없지만 알고 있어."

"그렇다면 알겠지. 그 게임은 마왕을 쓰러뜨리는 과정에서 골드를 모아서 노는 RPG라고."

"그랬던가…?"

"그렇지만 몬스터에게 쓰러져서 죽어 버린 경우, 모처럼 쌓아 둔 그 골드의 절반이 사라져 버려."

"응, 그렇지. 알고 있어."

"결혼하면 똑같은 일이 벌어져."

눈에 힘을 담고, 나는 말했다.

"즉, 결혼은 죽음과 같은 뜻이야."

"…저기."
센고쿠 나데코는 당황한 듯한 미소를 지었다.
어쩌면 당황하고 있는지도 모른다.
"그, 그러면 자기보다 부자인 사람하고 결혼하면 되는 거 아닐까?"
"뭘 모르는군. 나 자신의 돈이 줄어드는 것이 싫은 거야. 상대로부터 많이 받으면 된다는 게 아니야."
점점 내 어조가 열기를 띠기 시작해서 나는 조금 진정하고,
"어쨌든 결혼을 바라는 게 아니야. 역시 한마디로 설명할 수 없어."
라는 말로 이야기를 마무리했다.
한마디로 설명할 수 없고 뭐고, 그런 소원 자체가 존재하지 않으니까 그 무슨 말로도 설명할 수 있을 리 없었다.
"뭐, 그래도 억지로 한마디로 줄이자면 사업번창이라고 할 수 있으려나."
"사업번창…."
머릿속에서 한자로 변환되지 않은 게 분명한 어색한 발음으로 센고쿠 나데코는 내 말을 반복했다. 한자를 쓸 수 없다면 '번창繁昌' 쪽일까. '사업事業'을 쓸 수 없는 것이라면 정말 문제다.
"저기, 카이키 씨가 하는 일이란 건 뭐야?"
"그것도 역시 한마디로 설명하기 어려워."
사실은 설명하기 쉽다. 사기꾼이라는 한 단어로 끝난다. 다만 그것을 말해 버리면 내 계획은 붕괴한다. 카이키 데이슈라는 이름은

잊고 있더라도 자신이 '주술'의 피해를 받은 것이 한 사기꾼의 계획 탓이었다는 사실 정도는 기억하고 있을 것이다.

잊고 있을지도 모른다고 해도, 그것을 시험하는 것은 너무나도 위험하다.

"뭐, 나는 이제부터 100번… 엄밀히 말하면 앞으로 98번 더 여기에 올 거야. 서두를 필요는 없어, 천천히 이야기해 나갈 거야."

"…응! 그러네!"

내 말에서 뭔가 얼버무리고 있다는 낌새를 챈 듯했지만, 센고쿠 나데코는 그것보다도 내가 앞으로 98번 더 온다는 말이 기뻤는지 얼굴 가득히 미소를 지었다.

플러스의 감정으로 마이너스의 감정을 지우는 타입일까. 단순한 인생이라 부럽다. 아니, 신이니까 이미 인생人生이라 할 수 없을 테고, 인생이었던 무렵에는 좀 더 네거티브한 소녀였을 테지만.

그것이… 지금은.

그것이 지금 와서는.

"조금씩 알려 줘, 카이키 씨에 대해서! 나데코는 들을게! 신이니까!"

"……."

신이라는 것을 아주 강조한다는 생각이 들었다.

신이 된 지 얼마 안 되어서 기쁘기 때문일까. 아니면 이미 인간이 아니라는 것이 기뻐서 주장하는 걸까.

어느 쪽이라도 상관없지만, 어느 쪽이든 내 이해를 넘어서 있다. 그리고 이해할 필요도 없다.

"그러면 오늘은 우선 실뜨기를 가르쳐 줘! 약속대로! 어제 알려 준 기술은 대충 전부 마스터했어!"

센고쿠 나데코는 본당에서 내려와서, 점프 한 번으로 새전함을 훌쩍 넘어 내 곁으로 뛰어왔다. 상당한 운동신경이다. 그리고 말괄량이다.

정말로 인간이었던 시절부터 그랬던 걸까?

새전함을… 즉, 돈이 들어 있는 상자를 뛰어넘었다는 것은 불경하다고 이야기하지 않을 수 없지만, 그러나 한 번 생각해 보자. 내가 넣은 1만 엔 지폐는 이미 센고쿠 나데코가 빼냈으니, 빈 새전함이라면 뛰어넘든 말든 그것은 이미 신의 자유라는 기분도 들었다.

"실뜨기 말이지."

나는 속으로 의기양양해하면서 끄덕였다. 예습은 완벽하다. 머릿속에서 완전히 재생할 수 있다. 그리고 그 책은 (일단 감추긴 했지만 결국) 식신 동녀에게 선물했으므로 (아직 전부 암기하기 전이긴 했지만 뭐, 대범하게) 증거는 내 손에 남아 있지 않다. 아는 척하는 게 노출될 위험은 없다.

"좋아. 어제 했던 실뜨기 실을 꺼내."

실뜨기용 실이라기보다는 그냥 내가 즉흥적으로 만든 끈이지만.

"아. 그건 계속 가지고 놀다 보니 끊어져 버렸어."

센고쿠 나데코는 남이 선물한 것을 금세 망가뜨렸다는 보고를 아무런 부끄러움도 없이 말했다. 그러나 본래 무엇에 쓰던 끈이었는지 알 수 없는 수수께끼의 끈이었으므로 그 이야기에 화를 내는 것도 어른스럽지 못할 것이다. 그렇지만 이제 어떻게 해야 할까.

스타벅스에서 곧바로 여기에 와 버렸는데, 어딘가 들러서 본격적인 실뜨기용 실을 사 올 걸 그랬다. 본격적인 실뜨기용 실과 내가 만든 실이 어느 정도로 다른지는 모르겠지만.

"그래서 대신 이걸로 연습했어!"

그렇게 센고쿠 나데코는 한 줄의 실로 된 고리를 꺼냈다. 뭐야, 주변에 있는 끈 같은 걸로 실뜨기용 실을 만들었나. 잘 됐다, 그거라면 문제없다…고 생각했지만, 큰 문제였다.

센고쿠가 그렇게 말하며 꺼낸 것은, 아마도 자신의 머리카락을 끊어서 만든 것으로 생각되는 하얀 뱀의 고리였다.

가늘고 긴 그 뱀은 자기 입으로 자기 꼬리를 물고 있어서 작은 우로보로스처럼 보였다. 그런 무시무시한 실을, 생글거리면서 센고쿠 나데코는 나에게 건네려고 했다.

"자! 해 줘, 해 줘. 카이키 씨!"

"……."

나는 머릿속에서 시뮬레이트를 다시 한 번 해야 할 필요를 절실히 느꼈다. 뱀으로 실뜨기를 한다는 발상을 품지 않고 여기까지 온 자신의 어리석음을 부끄러워하는 것과 함께, 센고쿠 나데코에 대한 인식을 새로이 해야만 하겠다고 생각했다.

이 여자애는 바보고, 게다가 미쳤다.

머리가 나쁘고, 머리가 이상하다.

024

미행당하고 있군. 그렇게 깨달은 것은 바보이고 미쳤고 머리가 나쁘고 머리가 이상한 센고쿠 나데코와 저녁까지 꺄아꺄아 우후후 하고 놀다가 산을 내려오고, 그런 뒤에 잠시 시간이 지난 뒤였다.

깨달은 순간, 내 다리는 무의식적으로 역에서 먼 방향으로 움직인다. 이런 부분은 백전연마百戰錬磨라고 할까, 해천산천海千山千이라고 할까. 요컨대 몸이 기억하는 위기회피 의식이란 것이다.

스릴을 즐기는 파멸형 같은 모습도 자주 보이는 나이지만, 의외로 본능은 안전을 선택하는지도 모른다. 결국 카이키 데이슈도 인간인가. 그렇게 생각하면 실망스럽다. 아니, 나는 그런 자신이 좋다. 귀여운 구석이 있다는 이야기다. 센고쿠 나데코에게는 어떤지 모르지만, 나에게도 '귀엽다'는 칭찬의 말이다.

"……."

뒤를 돌아보지 않은 채로 나는 의식적으로 걷는 페이스를 높였다. 발치에는 눈이 쌓여 있으므로 조금 위태위태했다.

생각해 보면 눈이 많이 오는 지방은 미행하기 쉬운 지역이다. 어쨌든 발자국이 또렷하게 남게 되고, 눈이 소리를 지워 주고, 그리고 약간이라도 눈발이 날린다면 그것은 미행자의 모습을 완전히 가려 주는 것이다.

물론 알아차린 이상, 골목이나 사각을 이용하면 미행자의 정체를 알아내는 것은 가능할지도 모른다. 몸을 돌려서 전력을 다해 뛰면 미행자를 붙잡을 수 있을지도 모른다. 다만 붙잡지 못할지도 모르고, 그렇게 실패했을 경우에는 내가 미행을 깨달았다는 사실만

이 상대에게 알려지고 만다.

그러면 녀석들(?)은 다른 수를 써 올 것이다. 이번에는 들키지 않도록 다른 수를 쓸 것이다. 그것이 성가시다.

그래서 나는 내버려 두기로 했다. 저쪽의 정체를 알려는 노력을 일절 하지 않기로 했다. 건방진 소리를 할 생각은 없지만, 노력을 하지 않는 것은 실로 간단한 일이다. 적어도 노력을 하는 것보다는 간단한 일이다.

나는 적당한 곳에서 택시를 잡아타고, 호텔의 이름이 아니라 역 이름을 댔다. 그것도 호텔에 가장 가까운 역이 아니라 거기서 한 구간 정도 떨어진 역이다.

미행자의 정체가 무엇이라 해도 지금 단계에서 택시를 미행해 올 거라고는 생각하지 않았지만… 뭐, 만일을 위해서다.

도쿄나 오사카 같은 대도시라면 몰라도 이런 시골 마을에서 자동차 추격전 같은 미행이라니, 해 오면 오히려 기쁠 정도이지만…. 아니나 다를까, 내가 탄 택시를 쫓아오는 차는 없었다.

아무래도 포기한 듯하다. 간단히. 아니, 단순히 오늘은 그만둔 것뿐인지도 모르지만. 그리고 어쩌면 이런 잔재주는 별로 의미가 없고, 의외로 내가 묵고 있는 호텔에는 이미 감시가 붙어 있는지도 모른다.

누구일까, 하고 나는 여기서 처음으로 생각했다.

나를 미행할 만한 사람이 너무 많아서, 원망받을 기억이 너무 많아서 전혀 모르겠다는 것이 본심이다. 게다가 이 지역이라면 더욱 그렇다.

"그렇다고는 해도…."

나는 중얼거린다.

가장 가능성 있는 것은 당연히 가엔 선배의—아니, 그녀는 더 이상 선배라고 부를 필요가 없는 상대이지만—'똘마니' 라는 케이스다.

오노노키는 속일 수 있어도 가엔 선배를 속일 수 있으리라고는 생각하지 않는다. 내 배신…이 아니라 순진한 소녀를 위해서 손을 떼지 않는다는 아름다운 선택을 한 내 결의를 알고, 그녀가 나에게 감시를 붙였다는 흐름이다. 그러나 오노노키는 가엔 선배에 대한 연락 루트를 가지고 있지 않다고 했다.

그렇다면 내 행동을 가엔 선배가 알고 있을 리 없다. 뭐, 다른 사람도 아닌 그 사람이니 내 행동을 다 예측하고서 처음부터 오노노키 말고도 나에게 몇 명의 감시를 붙였을 가능성도 충분하다.

다만 잠시 생각해 보고 그건 걱정 없을 거라고 생각했다.

물론 가능성을 완전히 부정하는 것은 아니지만, 학생 시절부터 그녀를 아는 내 경험에 근거한 추측으로는, 다름 아닌 가엔 선배 본인이 이 일에서 이미 완전히 손을 떼고 있다.

그 사람이 손을 뗀다는 것은 더 이상 손을 댈 생각이 없다는 것을 의미한다. 설령 그녀의 아름다운 일처리를 내가 나중에 어떻게 헤집어 놓더라도, 그녀 자신이 다시 마을에 찾아오지는 않을 것이다.

즉 나는 그 가능성이 낮으니 괜찮다고 판단한 것이 아니라, 순수하게 '가엔 선배 본인이 오지 않는다면 문제없다' 라고 생각한 것뿐이다.

요즈루나 메메가 오지 않는 한, 나에게는 문제없다. 뭣하다면 그 '똘마니'를 농락해서 가엔 선배에게 덫을 놓을까 생각할 정도였다.

…뭐, 정말로 그렇게까지 할지 어떨지는 둘째 치고, 아무래도 가엔 선배가 몇 달쯤 전에 이 마을에서 대체 뭘 했는가는 가능하면 찾아봐 둘 필요가 있을 것 같다. 내 이후의 일과도 관계될지도 모른다.

그리고 만약 미행자가 가엔 선배 루트의 인간이 아니었을 경우, 그다음으로 높은 것은 어떤 가능성일까 하고 일단 생각해 보았다.

나에게 원한을 품은 중학생일까?

뭐, 평범하게 생각하면 그럴 가능성이 높겠지만…. 다만 그럴 경우에 일부러 미행이라는 수단을 취하지는 않지 않을까.

갑자기 뒤에서 칼로 찌른다거나 하는 식으로 직접적인 폭력으로 나오는 법이다. 그렇게 하지 않는 이유도 역시 얼마든지 생각할 수 있지만.

"손님, 여행객이십니까?"

택시 운전사가 나에게 말을 걸어왔다.

"네. 뭐, 그렇죠."

나는 그렇게 고개를 끄덕였다.

"여행이라기보다 출장입니다만. 업무 때문에 이 근처에 들르고 있습니다."

"허어, 업무라. 역시나. 어쩐지 손님은 도회적인 분위기가 있으니까요. 그렇지 않을까 하고 생각했습니다."

"그거 감사합니다."

도회적이라는 것은 빈말인지 아닌지 잘 알 수 없는 표현이었지만, 적어도 험담은 아닐 테니까 나는 그런 식으로 가볍게 인사했다.

"어떻습니까? 이 동네는."

그런 물음에 나는,

"재미있네요. 여러 가지로 스릴이 있어서."

라고 대답했다.

025

결국 택시를 타고 온 역에서 전철을 타지도 않고 호텔로 돌아가지도 않고, 그대로 곧바로 나는 원래 있던 마을로 돌아왔다.

미행을 경계한 것이 아니다. 그것은 이미 신경 쓰지 않고 있다. 직접적으로 피해를 입지 않는 한 무해하다고 판단하고 내버려 두기로 했다. 피해가 없으면 무해. 나는 그렇게 생각할 수 있는 인간이다.

그것보다도 신경 써야 할 일이 있었다. 센고쿠 나데코의 망가진 모습이다.

바보이고 미쳐 있든, 똑똑하고 미쳐 있든, 그런 것은 말하자면 그녀의 자유다. 하지만 아무래도 그 여자애의 뒤죽박죽인 모습은 보고 있다 보면 불안정한 기분이 든다.

그것은 백사로 실뜨기를 하는 꼴이 되어서 내가 완전히 동요해 버렸다는 것일지도 모르지만—남에게 보여 주고 싶다. 내가 가르쳐 준 대로 뱀의 끈으로 천진하게 빗자루를 만드는, 센고쿠 나데코의 웃는 얼굴을. 다행히 나는 그런 동요로 기억해 둔 실뜨기 수순을 잊지는 않았지만—어쨌든 멘탈이 불안정해졌다면 그것을 안정시켜 둬야만 한다.

그런 이유로 나는 다시 센고쿠 가를 방문했다.

다만 이번에는 인터폰을 누르고 현관으로 들어갈 생각은 없다. 그 부모에게 들을 이야기는 더이상 없다. 들을 것이 없는 이상, 이야기하고 싶지도 않은 상대다.

선량한 일반 시민.

뭐, 전혀 이야기하지 않을 수는 없겠지만….

나는 센고쿠 가 근처에서 휴대전화로 센고쿠 가에 전화를 걸었다. 참고로 센고쿠 가는 아라라기 가에서 그리 멀지 않은 위치에 있으므로 주위에는 항상 신경을 써야만 한다.

미행에 대해서도 경계해야 했지만, 그것보다 걱정해야 할 것은 이 근방에서 아라라기나 아라라기의 여동생인 카렌과 정통으로, 어이없이 마주치는 일이었다.

센고쿠입니다, 라고 전화를 받은 것은 아버지 쪽이었다.

나는 특기인 감언이설로 그를 꼬드겼다. 실종된 딸의 단서 같은 것을 찾았다. 그때 보여 준 방에서 나온, 가지고 돌아간 책과 대조해 보다가 새로운 사실을 알았다. 당신들의 판단도 들어 보고 싶은

데 전화로 할 수 있는 이야기가 아니어서 지금부터 말하는 장소에 부인과 함께 와 줄 수 있는가. 나는 그런 말을 아주 에둘러서, 요컨대 소극적인 느낌으로, 그러나 나름대로 거절하기 어렵도록 만들면서 그에게 말했다.

시간이 시간이라…. 벌써 9시다…. 센고쿠 나데코의 아버지는 떨떠름한 반응이었지만, 그러나 최종적으로는 응했다. 뭐, 행방불명된 딸을 생각하는 마음에 거짓은 없을 것이다.

전화를 끊고 잠시 눈치를 엿보고 있자, 이윽고 부부가 탄 차가 센고쿠 가의 차고에서 나왔다.

나는 그것을 확인하고, 그런 뒤에 센고쿠 가의 부지 안으로 들어갔다. 아주 신중하게. 이른바 주거침입이지만, 뭘 이제 와서 새삼스러운 소리냐는 느낌이다.

나는 현관을 그대로 지나 집의 뒤편으로 돌아 들어갔다. 역시나 현관 열쇠가 열려 있으리라고는 생각하지 않는다. 설령 열려 있다고 해도 나는 그곳으로는 들어가지 않을 것이다.

봐야 할 것은 2층의 창이었다.

센고쿠 나데코의 방 창문은 금방 찾을 수 있었다.

나는 한두 걸음 물러서서 도움닫기 할 수 있을 만큼의 거리를 잡고, 그런 뒤에 달리기 시작했다. 민가의 2층 정도 높이라면 인간에게 사다리나 로프 같은 도구는 필요 없다.

나는 수직 벽을 구둣발로 타고 오르며 2층 창문의 문턱에 손을 걸었다. 그다음부터는 록클라이밍을 하는 요령으로 기어 올라갔다.

그리고 창문을 열고 안으로 들어갔다.

어제 센고쿠 나데코의 방에 들어갔을 때에 커튼을 열거나 닫는 척을 하면서 창문의 자물쇠를 풀어 두었는데, 다행히도 그랬던 보람이 있었던 것이다. 다행히도, 라고 말했지만 당연히 우연이 아니라 계획적 범행이다.

이렇게 말하지만 반드시 다시 한 번 이곳에 올 생각이었기 때문은 아니었고, 자물쇠를 풀어 둔 것은 만일을 위해서 깔아 둔 포석 중 하나였지만—당연히 그 밖에도 포석은 이것저것 깔아 두었다—다만 일단 다시 한 번 와도 괜찮겠다 싶을 정도로 신경 쓰이는 것은 있었다.

그 옷장이다.

절대 열지 말라는 딸의 말을 듣고 센고쿠 부부가 절대 열지 않은 그 옷장. 나는 그것을 열러 온 것이다.

그렇기에 약속장소에 불러내서 부모를 집에서 치워 버린 것이다. 이런 수법은 한 번밖에 쓸 수 없고 게다가 나에 대한 센고쿠 부부의 인상을 현저하게 악화시키는 것이지만…. 뭐, 괜찮을 것이다. 이미 저질러 버린 일이다.

모든 것에 주눅 들어 있어서는 아무것도 할 수 없다.

모처럼 왔으므로 나는 옷장을 나중으로 돌리고 어두운 방 안에서…라기보다 새까만 방 안에서, 어제는 부모의 눈 탓에 할 수 없었던 본격적인 물색을 해 두기로 했다. 다만 이 사전 조사 같은 행위에 대해서는 유감스럽게도 허탕이었다고 말하지 않을 수 없다.

서랍 안에 있는 속옷류까지 뒤엎었지만 특별히 이렇다 할 것은 없었다. 비밀 일기장이라도 나왔더라면 좋았을 테지만.
혹시 모른다고 생각하고 공부 책상 위에 있던 노트를 팔락팔락 넘겨 본다. 수업 중에 한 낙서에서라도 그녀의 퍼스널리티를 찾아낼 수 있지 않을까 추측하고 한 행동이었지만, 애초에 센고쿠 나데코는 수업 중에 필기하는 습관이 별로 없었던 듯해서(그렇다면 언제 노트에 필기하는 걸까?) 그녀의 노트는 거의 백지였다.
아무래도 공부를 별로 좋아하지 않았던 것 같다.
센고쿠 나데코는.
나도 좋아하지는 않았지만, 이 아이는 너무 극단적이다. 그것이 백지 노트에서 볼 수 있는 개성이라고 말하면 개성이지만.
"그건 그렇고."
그리고 드디어 본론이다.
약속 시간을 조금 느지막하게 잡아 두고, '죄송합니다, 조금 늦어질지도 모르겠습니다만…' 이라는 말도 해 두었으므로 앞으로 한 시간 정도는 여기서 가택수색을 계속할 수 있지만, 그렇다고 해도 남의 집이다.
잘 알지 못하는 남의 집.
오래 있어 봤자 소용없는 건 확실하다.
나는 옷장에 손을 댔다. 미약한 저항이 느껴진다. 아무래도 잠겨 있는 것 같다. 그렇군, 부모는 잠겨 있으니까 이 옷장을 열 수 없었던 건가… 라고 납득할 리가 없었다.
그도 그럴 것이 자물쇠라고 해도 10엔 동전을 꽂아 넣고 돌리는 타입의 자물쇠니까. 자물쇠라고 부르기도 부끄럽다. '여기는 개인적인 공간이니까 보면 싫어요'라는 자그마한 주장. 깜빡 열려고 하는 이에게 그렇다고 알리기 위한 자물쇠였다.

자물쇠는 선한 사람을 위해서 채운다는 말이 있는데, 그야말로 이 자물쇠야말로 인간의 양심에 호소하는 그런 잠금장치였다. 당연히 선한 사람이 아닌 나에게 그런 호소가 통할 리 없다. 즉시 기각한다.

나는 주머니에서 잔돈을 찾았다.

오노노키의 초콜릿 청크 스콘을 샀을 때에 생긴 잔돈이 딱 그 주머니에 들어 있었다. 나는 10엔 동전을 골라 꺼내고 옷장 자물쇠를 열었다.

그 안에는 체인톱으로 갈기갈기 찢긴 중년 남성의 부패한 시체가 들어 있었다. …는 일은 없고, 언뜻 봐서 특별할 것 없는 광경이 펼쳐져 있었다.

그냥 행거에 걸려 있는 옷들이 들어 있었다.

하지만 그것뿐만은 아니었다.

그렇다기보다 그 옷은 카무플라주고, 그 안에.

"뭐야, 이건…?"

026

센고쿠 가를 나와 조금 떨어진 곳에서 적당한 시간을 봐서 나는 센고쿠 나데코의 아버지에게, 몸 상태가 안 좋아져서 갈 수 없게 되었다는 연락을 했다.

역시나 저쪽도 어른이므로 노골적으로 불쾌한 기색을 보이지는 않았지만, 그래도 기분이 상한 것은 확실한 듯했다. 예상은 하고 있었던 일이지만, 앞으로 그들과 커뮤니케이션을 취하는 것은 이제까지 해 오던 대로는 되지 않을 것으로 생각되었다.

다만 센고쿠 나데코의 방 창문의 자물쇠가 열려 있는 것을 그들이 언제 깨달을지 알 수 없었고, 시간이 지나면 지날수록 그들과의 커뮤니케이션이 위험해질 것은 확실하므로 만일 그 옷장 안을 뒤지려 한다면 요 며칠의 타이밍밖에 없었을 것이다.

그런 의미에서는 내 행동은 옳았지만, 그러나 결과로서는 허탕이었다.

그런 물건은.

그런 물건은 아무런 참고도 되지 않는다.

그저 조금 기분이 나빠졌을 뿐이다. 그리고 내 기분이 나빠지는 일 따위야 늘 있는 일이다. 결코 호들갑스런, 과장된 표현이 아니라 나는 돈을 보고 있을 때 외에는 대개 기분이 나쁘다.

그러니까 아무것도 아닌 일이었다.

금방 잊을 일이었다.

나는 이번에는 택시를 타지 않고 도보로 역까지 가서 전철을 타고 호텔로 돌아왔다. 아니, 엄밀히 말하면 중간에 딴 길로 샜다.

어째서 그런 짓을 했느냐고 질문을 받는다면 잘 설명할 수 없고, 오히려 나중에 왜 그렇게 바보 같은 짓을 했을까 하고 반성했다. 나는 일부러 아라라기 가 앞을 지나서 돌아갔던 것이다.

불이 켜져 있는 아라라기 가를 정면의 도로에서 곁눈으로 바라보며—뭐, 특별히 뭘 말하지도 뭘 하지도 않고 그대로 지나갔다.

왠지 모르게 2층을 보긴 했지만, 나는 어느 방이 아라라기의 방이고 어느 방이 여동생의 방인지 알지 못하므로 봐도 의미가 없다. 어쩌면 그들의 방은 1층에 있을지도 모른다. 어린애 방이 반드시 2층이라고만은 할 수 없을 것이다.

다만 불이 켜진 집을 보고,

"뭐, 입시 공부는 하고 있는 모양이군."

이라고 생각했을 뿐이다.

이것도 생각했을 뿐이고 그냥 어림짐작에 지나지 않는다. 밤늦게까지 불이 켜져 있는 방이 있다고 해서, 그 방이 아라라기의 방이었다고 해도 공부하고 있다고만은 할 수 없을 것이다.

슈팅 게임을 하고 있더라도 불은 켜져 있기 마련이다.

뭐, 운이 좋았다고 해야 할까, 당연하다고 해야 할까. 나는 아무 일도 없이 아라라기 가 앞을 지나서 그대로 역까지 걸어갔던 것이다.

그런 짓을 했다는 걸 들키면 센조가하라가 얼마나 화를 낼지 알 수 없다. 이것은 반드시 비밀로 해야만 한다고 생각하는 반면, 지금 당장 전화를 해서 그것을 고백하고 싶은 기분이기도 했다.

요컨대 나는 기분이 나쁜 것뿐만 아니라 몹시 짜증이 나 있는 것이겠지. 헛수고한 것에 화가 나 있는 것이겠지. 그리고 분을 풀 상대가 없어서, 자신을 위험에 노출시킴으로써 스트레스를 해소하고 있던 것일까.

그렇게 생각하니 웃음이 나온다.

자신의 섬세함에 웃음이 나온다.

뭐, 그런 파멸 행동과 파멸원망에 빠지는 것은 설령 어떤 위기에 처하더라도 나라면 어떻게든 살아남을 수 있을 것이라는 확고한 자신감이 있기 때문일 터이니, 내 자아도취도 참으로 대단하다고 생각한다.

그렇지 않다면 가엔 선배의 명령은 거부할 수 없었을까.

당연하겠지.

그렇게 생각하면서 나는 호텔로 돌아가서 묵고 있는 방의 문을 열었다. 그리고 깨달은 것이 있다. 잠가 두었던 호텔 방의 바닥, 욕실 앞 부근에 한 통의 편지가 떨어져 있는 것을.

"……?"

편지?

하얀 봉투다. 나는 등 뒤로 팔을 뻗어 문을 닫고, 그런 뒤에 천천히 신중하게 그 봉투에 다가가서 집어 들었다.

봉투 폭탄은 아닌 듯했다. 그것을 확인했을 즈음… 아니, 그 이전에 집어 들었을 즈음 나는 신중해져 있는 것에 질려서 조금 난폭하게 봉투를 뜯었다.

'손을 떼라'.

그런 간결한 문장이 세 번 접힌 종이에 적혀 있었다. 타이핑된 글자가 아니라 손으로 쓴 글자다. 필치로 봐서는 전혀 개성을 느낄 수 없다.

아마도 의도적으로 필체를 바꾸고 있는 것이다.

그렇기에 이 글자를 쓴 것이 어떤 인간인지 전혀 예상할 수 없었다. 적어도 내가 손을 떼기를 바라는 인간임은 틀림없을 테지만.

"……흠."

종이의 뒷장이나 봉투 안을 자세히 살펴보고 이 봉투에 담긴 메시지가 진짜로 그 네 글자뿐이라는 것을 확인했을 때, 나는 종이를 정중하게 원래대로 봉투에 집어넣고 정중하게 찍찍 찢은 뒤에 정중하게 쓰레기통에 버렸다.

아니, 쓰레기통에 버리는 것은 역시나 너무 부주의하다고 생각하고 화장실 변기에 내려 버렸다. 그런 뒤에 그대로 샤워를 했다. 화장실과 욕실이 같이 있는 구조였으므로 이동할 필요는 없었다.

나는 뜨거운 샤워를 좋아하지만 이때는 일부러 찬물로 했다. 겨울에 이런 짓을 하면 최악의 경우 감기에 걸릴 수도 있지만, 그러나 냉정해지기에는 딱 좋다.

몸이, 온몸이 자줏빛으로 변해가는 것을 느끼면서 나는 생각한다. 내가 이 호텔에 묵는 것을 아는 인간은 대체 어느 정도 있을까? 센조가하라는 알까. 어제 역까지 불러냈으니 내가 이 번화가에 숙소를 잡은 것은 추리할 수 있을지도 모른다. 다만 호텔이 번화가에 이곳 하나밖에 없는 것은 아니다. 알아내는 것은 불가능할 것이다.

뭐, 센조가하라가 나에게 '손을 떼라' 라는 말을 할 리도 없지만…. 자신이 부탁해 놓고 그런 지리멸렬한 짓을, 그 성미 급한 여자가 할 리가 없을 것이다.

그리고 나는 미행자의 존재를 떠올린다.

지금 생각하면 그것은 너무 예민해진 내 착각일 가능성도 있다. 그때 나는 호텔을 감시당할지도 모른다는 불안을 느끼고 있었을 것이다. 뭐, 그것은 불가능하지 않을 것이다. 내가 오늘에야 간신히 깨달았을 뿐이지, 계속 감시당하고 있던 것이라고 한다면….

애초에 가엔 선배 쪽 사람에게는 고생해 가며 감시나 미행을 하지 않더라도 오노노키 같은 초현실적인 존재의 힘을 빌리면 내 거처를 알아내는 것은 불가능은 아닐지도 모른다. 그 녀석은 늘 그런 식으로 나타나니까 나는 이제 그리 신경 쓰지도 않게 되었지만, 애초에 스타벅스에서 독서 중에 그 녀석이 갑자기 나타난 것은 너무나 뜻밖의 상황이다.

하지만 내 거처를 밝혀냈다고 해도 거기까지다. 잠긴 호텔 문 안에 편지를 놓아두는 것은, 메시지를 남기고 가는 것은 누구에게도 불가능하다.

그렇다, 오노노키도 물리적인 파괴를 동반하지 않으면 불가능할 것이다. 나도 조금 전에 센고쿠 가에 불법침입을 하고 온 참이니까 그리 당당하게 말할 수 없지만, 그러나 여기는 고층이므로 창문으로 기어드는 것도 당연히 할 수 없다. 이른바 붙박이 창이니까.

그렇다면 어디의 누가 어떻게, 이 방에 이 편지를 두고 갔는가 하는 문제가 되나? 설마 호텔 종업원 중에 적의 내통자가 있다든가…. —적?

적이란 뭐냐.

내가 지금 적으로 삼고 있는 것은 그 어린 신이 아니었던가?

"…나는 어쩌면 터무니없는 조직을 상대하고 있는지도 몰라."

소리 내서 말해 보았다. 말해 본 것뿐이다.

오노노키의 바보 같은 발언을 모방해서 말해 본 것뿐이라고 할 수 있다. 이제는 진짜로 얼어붙을 것 같았으므로 나는 샤워기의 온도를 조정해서 몸을 덥히기 시작한다. 적당히 데워졌을 무렵에 나는 몸을 씻고 욕실을 나왔다. 그리고 휴대전화를 집어 들었다.

한순간 도청을 경계했지만, 그것은 역시나 '과민반응' 이라고 판단하고 그대로 센조가하라에게 전화를 걸었다. 당연히 조금 전에 아라라기 가 앞을 지나 왔다는 보고를 하기 위해서…는 아니다.

[…저기, 카이키. 혹시 당신 쓸쓸한 거야? 이렇게 매일 밤마다 전화를 걸어와도 말이지….]

"센조가하라. 묻고 싶은 게 있다."

[뭐야…. 내 오늘의 속옷 색깔은 파란색이야….]

졸린 듯한 목소리…라기보다 아무래도 잠이 덜 깬 것 같다. 그 여자도 잠이 덜 깨는 일이 있구나 하고 생각하니 조금 의외였다. 늘 팽팽하게 긴장되어 있는, 베이스의 현 같은 녀석이라고 생각했는데.

"깨어나라. 센조가하라."

[깨어 있어…음냐음냐.]

"음냐음냐라고 말하지 마."

[ZZZZ.]

"그건 잠이 덜 깬 게 아니라 그냥 자고 있는 거라고."

[…뭐야. 또 호출이야? 좋아, 어디로든 가 줄게…. 어제와 같은 미스터 도넛에서 만나면 돼?]

"아니, 오늘은 오지 않아도 돼."

도청을 신경 쓰는 것은 과민반응이겠지만, 그래도 직접 만나는 것은 위험할지도 모른다. 내가 묵고 있는 방을 파악할 수 있는 인간이 센조가하라를, 즉 의뢰인에 대해 모를 거라고는 도저히 생각되지 않지만, 그래도 주의하는 의미에서 직접 접촉은 피하는 편이 좋을 것 같다.

"그런 게 아니라 묻고 싶은 게 있어."

[…뭐야. 진지한 얘기야?]

"나하고 너 사이에 진지하지 않은 이야기가 있나?"

[그건 그러네….]

간신히 본론에 들어가서 내 이야기를 들을 기분이 든 모양이다. 센조가하라는 [세수를 하고 올 테니 조금 기다려.]라고 말하고 일단 전화기를 내려놓더니 잠시 후에 돌아와서는,

[무슨 일인데?]

라고 물었다.

빠릿빠릿하다.

대단하다. 이 빠른 전환 속도는 정말 굉장하다고 할 수 있을 정도였다.

[일처리 계획은 다 끝난 거 아니었어?]

"으음. 그건 문제없어. 오늘도 센고쿠 나데코하고 만나서 친교를 깊게 하고 왔으니까."

그렇게 말한 뒤에 상황적으로는 '신앙을 깊게 하고 왔다'라는 말로 들렸을지도 모른다는 점이 어쩐지 얄궂다고 생각했다. 친교

도 신앙도 어느 쪽이나 나에게는 전혀 인연이 없는 말인데.

"그러니까 그쪽에는 문제가 없지만…."

가엔 선배나 오노노키에 대해서는 아직 말하지 않는 편이 좋을 것이다. 정보를 거기까지 전부 알려 줬다간 센조가하라를 괜히 불안하게 만들지도 모른다.

"…다른 문제가 생겼어. 그래서 묻고 싶은 게 있다."

[뭐든지 물어봐.]

역시나 동요하지 않는다. 이 빠른 정신의 전환 속도. 조금 전까지 잠이 덜 깨어 있었다는 것이 거짓말 같다.

"너…라기보다 너하고 아라라기 말인데. 그리고 오시노 시노부와 하네카와라는 녀석도 그럴까. 요컨대 그쪽 사람 중 누군가가 센고쿠 나데코에 대한 문제를 해결하려 하고 있을 때에, 즉 나에게 일을 의뢰하기 전에 누군가에게 방해받은 적은 있었나?"

[…….]

"방해라고 할까, 경고받거나 한 적이 없었느냐는 의미의 질문이라고 생각해도 돼. 예를 들면 '손을 떼라' 라고 적힌 편지가 왔다든가."

[…….]

내 질문을 듣고 센조가하라는 잠시 생각에 잠기듯이 침묵하고, 그런 뒤에 이쪽을 떠보듯이 질문했다.

[무슨 일이 있었어?]

그런 질문을 할 거라면 우선 그쪽의 의도를 밝히라는 이야기인 듯하다. 뭐, 센조가하라의 입장에서 보면 당연할 것이다. 오히려 이런 구체적인 질문에 대해, 있었다느니 없었다느니 하며 아무런 의문도 없이 대답해 버리면 내 쪽이 당황스럽다.

나는 업무 보고를 겸해서 오늘 있었던 사건을 센조가하라에게 알려 주었다. 그렇다고 해도 물론 전부 다는 아니다. 예를 들어 센고쿠 가에 대한 주거침입죄는, 업무상의 일이라고는 해도 감춰 둬야 한다. 까딱 내가 보고하기라도 했다간 센조가하라도 공범이 되어 버린다.

어디까지나 법에 저촉되는 행위는 내 독단적인 행동이라고 해 두는 것이 사기꾼으로서의 예의일 것이다. 유저 프렌들리에도 한도가 있다는 것이다.

책임과 의무를 부르짖는 시대라고 해도, 모든 것을 공개한다고 끝나는 것은 아니다.

다만 아직은 말하지 않는 편이 좋다고 생각한, 그렇다기보다 가능하면 감춰 두고 싶은 정보인 오노노키에 대한 것과 가엔 선배에 대한 이야기를 여기서는 말하지 않을 수 없었다.

[흐음…. 가엔 씨라.]

"얼마 전에 그 마을에 왔던 모양인데. 너, 만났었나?"

[아니, 나는 만나지 않았어…. 하지만 아라라기 군하고 하네카와가 각각 만난 적이 있어. 각각 다른 일로 말이야. 그렇다기보다 애초에 센고쿠 나데코가 신이 된 것이 가엔 씨의 부적 탓이지만…. 카이키, 그 정보는 당신에게는 이미 들어갔어?]

"그래. 뭐야, 너도 알고 있었나."

그런 중요한 정보를 어째서 감추고 있었느냐고 말하려 했지만,

애초에 내가 센조가하라로부터 자세한 사정을 듣는 것을 피하고 있었다.

개인적 감정이 들어가면 좋지 않을 거라며.

그렇다면 간신히 내가 그 지점까지 도착해서, 센조가하라는 전화기 너머에서 가슴을 쓸어내렸는지도 모른다.

"그러면 가엔 선배는 아라라기하고 하네카와…? 어쨌든 그쪽에게 이야기했던 건가? 나에게 했던 것처럼 '손을 떼라' 라고?"

[아라라기 군한테는… 말하지 않겠지. 그 말은 곧 넌 저항하지 말고 죽으라는 이야기잖아. 그게 말도 안 되는 요구라는 건 유치원생도 알 거야.]

"그거야 그렇지."

실제로 가엔 선배는 아라라기나 센조가하라는 밸런스를 위해서라면 죽어도 좋다, 살해되어도 좋다고 생각하고 있었겠지만 역시나 본인에게 직접 그런 말을 하지는 않을 것이다.

[다만 하네카와는 한 번 만나서… 그때에 뭔가 싫은 소리를 들은 것 같았으니, 아마도 아라라기 군도 그런 말을 듣지 않았을까. 싫은 소리를.]

"흠…."

[뭐, 그렇다고 해도 하네카와도 뭔가를 강요받지는 않았던 것 같지만. 본인이 말하길 충고 같은 느낌이었다고 했던가….]

"그렇겠지. 나에게도 강요는 하지 않았다."

절연당했지만.

그렇지만… 그렇다면 센조가하라의 친구라는 하네카와에게 이야기를 들어 보는 편이 좋을지도 모른다. 왠지 모르게 만나면 반드시 후회할 거란 예감이 들지만….

하지만 나는 오노노키라는 아주 눈이 촘촘한, 그냥 널빤지라고 말해도 좋은 필터를 통해서 가엔 선배의 의도를 들었으므로 도무지 그녀의 진의를 알 수 없었다. 가엔 선배로부터 직접 충고를 들은 듯한 하네카와라면 어쩌면 뭔가 파악하고 있을지도 모른다.

뭔가…라니, 하지만 뭐지?

뭔가가 무엇이라면 나는 납득할 수 있지?

[카이키. 만약 하네카와에게 이야기를 들어 보고 싶다면….]

그렇게 센조가하라가 말했다.

뭐야. 자기 주위 사람과 내가 관계되는 것을 병적으로 기피하고 있다고 생각했는데, 센조가하라는 하네카와를 나에게 소개해 줄 생각인가.

하지만 아니었다.

[그건 포기하는 편이 좋아. 이렇게 말하면 카이키, 성격이 꼬인 당신은 나 몰래 만나려고 하겠지만 그것도 불가능해. 그도 그럴 것이 하네카와는 지금 해외에 있거든.]

"해외…? 오시노를 찾아서?"

그러고 보니 1월 1일 만났을 때에 그런 소리를 했던 것 같은 기분이 든다. 하네카와는 해외까지 오시노를 찾으러 갔지만 찾을 수 없었다는 둥 하는 말을. 뭐, 오래 알고 지낸 내가 말하자면, 사실 그것은 조금 빗나간 행동이지만.

그 녀석은 일본 한정의 방랑자다.

그 녀석의 경우에 연구 테마라고 할까, 필드워크를 하는 필드가 일본 밖으로 나가는 경우가 없다. 어딘가에서 가치관의 대규모 전환이 일어나지 않는 한, 그 남자는 해외로는 가지 않을 것이다. 애초에 그 녀석은 나와 마찬가지로 여권을 취득할 수 없다.

가령 해외에서 발견할 수 있었다고 해도 그리 간단히 데리고 돌아올 수 없을 것이다.

"소용없는 짓을 하는군. 그 하네카와라는 녀석도."

[그렇지. 그럴지도 몰라. 소용없을지도 몰라. 다만 그래도 할 수 있는 일만큼은 해 두자는 하네카와다운 마음가짐이야. 고맙지.]

"그렇군. 고맙군."

나는 적당히 대답했다. 하네카와다운 마음가짐이란 말을 들어도, 나는 하네카와의 마음 따윈 모른다.

[뭐, 원래부터 하네카와는 고등학교를 졸업한 뒤에 세계일주 여행을 떠날 예정이었으니 사전답사라며 웃었지만…. 그래서는 이쪽의 괴로운 마음은 편해지지 않지. 사전답사는 사실 작년에 끝냈을 테니까.]

"…세계일주 여행이라니, 상당히 대담한 녀석이군."

[오시노 씨의 영향이라는 설도 있어.]

"롤모델을 넘어서고 있잖아…."

장래가 걱정되는 여고생이다.

그러나 그런 사정이라면 적어도 당장 하네카와에게 이야기를 듣는 것은 불가능하다는 건가. 전화나 메일로 접촉은 가능하겠지만, 만난 적 없는 인간으로부터 그것을 통해 제대로 된 이야기를 들을 수 있다고는 생각되지 않는다.

"언제 돌아오지?"

[알 수 없어.]

사실은 알고 있을지도 모른다고 생각했다. 최소한 메일이나 전화로 연락은 취하고 있을 테니까. 그러니까 하네카와가 설령 어디에 있더라도 끝까지 나를 소개할 생각이 없는 것이겠지.

두터운 우정이다.

물론 관계없을지도 모르지만, 만약 하네카와를 나에게 소개해서 가엔 선배의 생각을 조금 더 자세히 알 수 있다면, 자신의 목숨을 구할 확률이 높아질 가능성도 있는데.

이상한 관계구나, 이 녀석들.

"뭐, 그러면 됐어."

나는 이야기를 끝냈다. 센조가하라가 이야기할 생각이 없는 것을 추궁해서 들을 생각은 없다. 그 부분이 내가 그은 이번의 선이다.

"어쨌든 가엔 선배는 내가 실패하는 것을 두려워하고 있는 것 같아. 있을 리 없는 일이지만, 내가 너의 의뢰를 완수하지 못하고 센고쿠 나데코를 속일 수 없었다는 패턴을…."

[…그 경우에는 원래대로 나와 아라라기 군이 죽게 될 뿐이잖아? 가엔 씨가 봐서는 그냥 예정대로잖아.]

"아니, 요컨대 속이려고 한다는 책략 자체에 센고쿠 나데코가 분노하는 것을 두려워하고 있다는 의미라고 생각해. 뭐, 아라라기가 만나러 가거나 저항하거나 하는 것하고는 조금 다를 거라고. 속인다는 각도에서의 어프로치는."

[…뭐, 그건 어쩐지 알 것 같아.]

센조가하라는 좀처럼 납득하지 않은 눈치이긴 했지만 그런 식으로 끄덕였다. 그리고 아직 모호한 자신의 이해를 확실히 하기 위해서인지,

[즉, 고백해서 그냥 차이는 건 괜찮지만 고백했는데 '여자친구가 있으니까' 라는 거짓말을 듣고 차이는 것은 참을 수 없다, 같은 거구나.]

라는 예를 댔다.

연애로 예를 들어 봤자 나는 전혀 알 수 없었지만,

"응, 그렇지. 그 말대로다."

라고 동의했다. 센조가하라가 그것으로 납득할 수 있다면야 어떻게 되든 좋았던 것이다.

[…….]

센조가하라는 그런 나의 속마음을 꿰뚫어 본 것처럼 잠시 언짢은 듯한 침묵을 유지했지만,

[그래서 말인데, 카이키. 조금 전의 이야기를 듣기론 당신, 가엔 씨로부터 300만 엔이라는 큰돈을 제시받은 거지?]

이라며 하던 이야기로 돌아갔다.

[어째서 거절한 거야? 즉, 어째서 거기서 손을 떼지 않은 거야?]

"뭐야. 손을 떼 주길 바랐나?"

[그런 건 아니지만….]

잠시 말끝을 흐렸지만 그래도 센조가하라는 또렷하게,

[당신의 의도를 알 수 없는 건 불안해.]

라고 말했다.

심한 소리를 아무렇지도 않게 하는 여자다. 마음은 이해하지만.

[아니면 이리저리 잘 움직여서, 300만 엔 이상의 돈을 어딘가에서 가로챌 계획이라도 세운 거야?]

"……."

입을 다물어 주었다.

그러자 센조가하라는 간단히 물러서며,

[죄송합니다. 심한 소리를 했습니다.]

라고 말했다.

초라한 여자다.

[하지만 정말로 어째서야? 물론 일을 계속해 주는 것은 감사하지만, 이 상황에서 내가 불안해지는 건 이해하지?]

"300만 엔 이상의 돈을 뜯어낼 계획 따윈 세울 필요 없겠지. 나는 이미 그 돈을 손에 넣었으니까."

10만 엔 플러스 300만 엔. 310만 엔으로 300만 엔 이상이다.

[…뭐, 그건 그러네.]

"일을 계속하든 그만두든 똑같은 액수를 받을 수 있으니까, 그야 계속하지. 간단한 이론이다."

[같은 액수를 받을 수 있으면 일을 그만두지 않아?]

"그건 애들의 이론이지. 어른은 그렇게 간단히 일을 내팽개치지 않아."

그렇게 멋을 부리며 말해 보긴 했지만, 사기행위를 일이라고 말해도 좋을지 어떨지는 일반적으로는 판단이 갈릴 부분이란 점이 아쉬웠다.

센조가하라는 불쾌한 듯이 [어린애 취급하지 마.]라고 말했다.

027

"그렇다고 해도 가엔 선배에 대한 것은 이젠 됐어. 끝난 일이야. 그 사람은 내가 300만 엔만 받아 챙기고 손을 떼지 않았다고 해서 실력행사로 나올 타입은 아니야. 감시 정도는 붙일지도 모르지만."

나는 그 미행자를 염두에 두면서 그렇게 말했다.

"힘으로 내 사기를, 내 속임수를 방해하지는 않을 거야."

[정말로? 그건 자기 선배는 그 정도로 그릇이 크고 도량이 넓은 인간이라고 믿고 싶은 거 아니야? 그 사람은 무참하고 냉혹하게도 나하고 아라라기 군, 그리고 로리 노예를 그냥 죽게 내버려 두려고 하는 사람이야.]

"그런 말 듣지 않아도 가엔 선배가 내가 생각하는 정도로 그릇이 크고 도량이 넓은 인간이 아니라는 것 정도는 알고 있어. 어쨌든 최악의 경우에 마을이 하나 사라질 정도의 일로, 귀여운 후배와의 인연을 끊으려고 하는 매정한 녀석이라고."

[뭐….]

센조가하라는 뭔가 말하려고 하는 듯했다. 아마도 당신 같은 후배하고는 별일 없더라도 인연을 끊고 싶어지지 않을까, 라는 식의 말을 하려다가 '심한 소리' 라고 생각하고 그만둔 것이겠지.

아니, 이건 내 피해망상일지도 모른다.

요컨대 나는, 카이키 데이슈는 예상 이상으로 가엔 선배에게 절연 선언을 당한 것에 상처 입은 것인지도 모른다. 그렇다면 자신이 모르는 자신의 새로운 일면을 안 기분이라 조금 기쁘다.

[뭐, 하지만 나는 그 가엔이라는 사람을 이야기로밖에 모르니까, 그 부분은 당신의 말을 그대로 받아들여 두겠어. 가엔 선배는 힘으로 방해하지는 않는다고….]

"아, 그리고."

나는 말했다.

문득 휴대전화 배터리가 신경 쓰였다. 올해 들어서 아직 한 번도 충전하지 않았으니 어쩌면 통화 중에 전원이 꺼질지도 모른다.

충전기를 어쨌더라…. 요전에 또 버렸던가?

"같은 충고를 두 번 할 사람도 아니야."

[…….]

"그러니까 이상한 거야. 호텔의 내 방이 비어 있는 동안에 침입해서 똑같은 메시지를 쓴 편지를 놓고 간 캣츠 아이*는 대체 누구냐고."

[뭐, 누구인지는 모르겠지만, 캣츠 아이가 아니더라도 그 정도는 할 수 있을 것 같은데.]

※캣츠 아이 : 호죠 츠카사가 1981년부터 1984년까지 연재한 만화 『캣츠 아이』의 등장인물. 예고장을 보내고 미술품을 훔치는 수수께끼의 여도둑들.

“응?”

나는 센조가하라가 한 말의 의미를 한순간 이해하지 못하고 순수하게 반응하고 말았다.

“무슨 소리지? 혹시 너는 내가 묵고 있는 호텔의 보안이 어설프다는 걸 지적하고 있는 건가?”

아니, 센조가하라는 내가 묵고 있는 호텔의 이름을 모를 것이다. 모를 것이다…. 말하지 않았을… 텐데?

[호텔의 보안수준 같은 건 원래부터 그렇게 높지 않잖아. 숙박객은 자유롭게 드나들 수 있으니까….]

확실히.

고급 호텔은 엘리베이터를 움직일 때나 각 층에 들어갈 때에 카드 키가 필요한 경우가 있지만, 그것도 아파트의 오토 록과 마찬가지라서 누군가의 뒤에 붙어서 따라가면 간단히 들어갈 수 있다.

“하지만 호텔에 들어가는 것 자체는 용이해도 방 안으로 들어가는 것은 그리 간단하지 않잖아. 여벌의 열쇠일 가능성도 없어. 이 호텔은 비접촉형 카드 키니까. 그러니까 방 안에 들어가려고 생각하면 호텔 종업원 중에 내통자가 있든가, 혹은 컴퓨터 시스템을 외부에서 액세스할 수 있는 녀석이라든가….”

[그렇게 호들갑스럽게 생각할 건 없잖아. 캣츠 아이가 아니어도, 배후에 조직 같은 게 없어도, 나라도 할 수 있어.]

“뭐라고?”

[봉투 같은 건, 문 아래의 틈으로 밀어 넣으면 되잖아.]

“…….”

나는 센조가하라가 아무렇지도 않게 한 말을 곱씹고, 몇 번이고 몇 번이고 검토하고, 그리고 반론의 여지가 없음을 알았다.

생각해 보면, 확실히 욕실 앞에 봉투가 떨어져 있던 것은 이상하다. 만약 방 안에 누군가가 침입했다면 유리 테이블 위 같은 곳에 놓여 있어야 하지 않을까. 그렇다면 봉투가 바닥에 떨어져 있었다는 것은 센조가하라의 추리가 정곡을 찌르고 있음을 증명한다고 할 수 있다.

"그렇군. 검토할 만한 추리야."

이젠 거의 센조가하라의 추리가 틀림없다고 보지만 나는 신중하게 그렇게 말했다. 아니, 그냥 허세일지도 모른다. 아니, 그럴지도 모른다가 아니라 그냥 허세다. 어린아이를 앞에 두고 허세를 부리는 정떨어지는 어른이었다.

뭐, 확실히 나에게 정 같은 건 없다.

아아, 무정하다.

다만 센조가하라가 너무나도 간단하다는 듯 말해서 내가 상황을 호들갑스럽게 받아들인 것뿐이라고도 생각할 수도 있다. 하지만 호텔 방에 돌아왔는데 방 안에 편지가 떨어져 있으면 많은 사람들은 침입자를 상정하지 않을까.

문 주변에 떨어져 있다면 이야기가 다르겠지만 힘을 줘서 방 한 복판으로 밀어 넣으면, 문 아래에 있는 빈틈과 방 안에 떨어져 있는 편지를 금방 결부시킬 수는 없을 것이다.

적어도 허세로서는 큰 효과를 발휘할 것이다.

[당신이 묵고 있는 호텔을 알아내는 것 자체는 누구에게도 그렇

게까지 어렵지는 않을 것 아냐?]

그렇게 센조가하라도 내 허세를 그대로 넘기며 이야기를 진행시키기로 한 듯했다.

올바른 녀석이다.

[적어도 당신이 지금 하고 있는 일을 저지하고 싶다고 생각할 만한 사람이라면 못 할 일은 아닐 거야. 그 미행자란 것도 신경 쓰이고….]

"미행자는 이 건과는 전혀 관계없는, 다른 일에 관한 녀석일지도 모르지만."

[그렇지. 특히 당신은 이 마을에 이런저런 일을 했으니까. …무관계하다고 하자면 오히려 그쪽이 신경 쓰이지 않아?]

"늘 있는 일이야. 신경 쓰이지 않아."

나는 말했다. 물론 늘 있는 일이라고 할 정도로 나는 미행만 당하고 있는 것은 아니지만, 이렇게 말해두면 센조가하라도 다소는 안심할 것이다.

나라는 인간에게 일을 의뢰한 것만으로도 불안한데, 이 이상 불안요소를 늘리는 것은 역시나 참을 수 없었다.

"오히려 '늘 있는 일' 쪽이 나에게는 고맙지. 모처럼 간단하게 정리될 것 같은 일이 이제 와서 복잡하게 꼬이는 건 곤란해. …그래서 너에게 전화한 거다. 혹시 짚이는 게 있지 않을까 싶어서."

[아쉽게도 없어.]

서두가 길었던 것에 비해, 내 물음에 대한 센조가하라의 대답은 깔끔했다. 싱겁다고 말해도 좋을 정도였다. 내가 센조가하라의 동급생이었다면 미움받고 있는 게 아닐까 하고 불안해질 깔끔함이었다. 뭐, 센조가하라는 실제로 나를 리얼하게 싫어하고 있지만.

[애초에 나는 당신에게 의뢰한 것 자체를 누구에게도 말하지 않았으니까.]

“말하지 않아도 들키는 경우는 있겠지. 예를 들면 아라라기 가의 복도에서 나하고 이야기하던 것을 누군가가 엿들었다든가.”

[없어. 뭐… 가능성이 있다고 한다면 나 몰래 아라라기 군이 내 휴대전화를 체크하면 알 수 있을까…?]

“이봐, 이봐. 아라라기는 그런 짓을 할 녀석이 아니잖아.”

내 발언에 내가 놀랐다. 의외로 나는 아라라기 코요미라는 남자를 나름대로 높게 평가하고 있는 듯하다. 나에게 높이 평가받아 봤자 그 녀석은 전혀 기쁘게 생각하지 않겠지만.

[응, 그렇지. 그 말대로야. 게다가 만약 내 태도에서 뭔가를 눈치챘다고 해도, 가명의 편지를 보내는 번거로운 짓은 하지 않을 거야. 직접 담판을 지으려 하겠지.]

“그렇겠지.”

나는 간단히 수긍했다. 뭐지, 이 분위기는. 나는 혹시 아라라기의 이해자라도 되는 것일까. 그렇지만 만약 그랬다고 해도 예상이 되지 않는 일도 있다.

“센조가하라. 아라라기는 어떨까? 만약 내가 관여하고 있고, 게다가 해결까지의 전망이 섰다는 현 상황을 현시점에서 알면 실제로 어떡할 거라고 생각하지? 너는 비밀로 하는 것만 생각하고 있지만, 실제로 그 녀석은 직접 담판할 때 뭐라고 할 거라고 생각하지? 역시 그 녀석은 '손을 떼라' 라고 말할까?"

[…그렇지. 아니, 글쎄….]

"모르겠나?"

[나도 아라라기 군의 모든 것을 이해하고 있는 건 아니야.]

한순간, 그것은 그 녀석의 연인으로서의 패배선언이 아닌가 하고 생각했지만, 그러나 '남자친구에 대한 것이라면 뭐든 알고 있다' 라고 잘라 말하는 여자 쪽이 무서우므로 역시 센조가하라는 올바르다.

올바른지 어떤지는 모르겠지만, 솔직해서 좋다.

솔직한 인간은 호감을 가질 수 있다.

속이기 쉬워 보이고 말이야.

"뭐, 어쨌든 간에 만일을 위해 조사해 둘까…. 그 편지의 발신인은 가엔 선배와 달리 센고쿠 나데코를 속이는 것을 방해해 올지도 모른다고."

[그러네…. 손으로 쓴 거지, 그 편지?]

"응. 그래. 필적은 의도적으로 특징을 지운 느낌이었어."

[그래. …하지만 내가 보면 누구인지 알 수 있을지도 몰라. 역시나 오늘 밤은 불가능하겠지만, 내일이라도 보여 줄 수 있을까?]

"짚이는 데가 없는 거 아니었어?"

[만일을 위해서야.]

"그 신중함은 나쁘지 않지만…."

나는 어떻게든 얼버무리고 넘어갈까 하고 생각했지만, 그러나 센조가하라를 상대로 그것은 무리라고 포기하고 사실을 있는 그대로 전하기로 했다.

"불가능하지. 그 편지는 이미 찢어서 버렸어."

[어….]

"화장실 변기에 내렸으니 이어 붙이는 것도 불가능하지."

[…왜 그런 짓을 했어? 소중한 증거인데.]

"증거? 나는 경찰이 아니라고. 게다가 너는 잘 알고 있을 거야. 나는 필요 없는 것이나 불유쾌한 것은 가지고 있지 않고 얼른 버리고 있다고."

[응, 확실히 알고 있어. 그런 식으로 나도 버렸는걸.]

"뭐야. 너, 나에게 버림받은 거냐?"

[…실언이야.]

센조가하라는 노골적으로 혀를 차더니,

[깜빡, 아라라기 군하고 이야기하고 있다고 착각했어.]

라고 보충이 되는 건지 아닌지 잘 알 수 없는 소리를 했다. 만약 나를 상처 입히려고 했던 말이라면 대실패이고, 그 이상으로 엄청난 추태다.

뭐, 흘려들어 주지.

어린아이를 괴롭혀 봤자 소용없다.

애초에 증거 운운은 둘째 치고, 편지를 버린 것은 확실히 섣부른 판단이었다. 그 때문에 센조가하라는 아마도 그 편지가 왔었다는 내 말이 진짜인가 아닌가부터 의심할 수밖에 없게 된 것이다. 입장상, 한마디 빈정거리고 싶어질 만도 하다.

"뭐, 내 방, 즉 내 앞으로 보내온 편지야. 일의 일환으로서 내가 어떻게든 할 테니까, 너는 신경 쓰지 않아도 되고, 너는 아무것도 하지 않아도 돼. 아라라기하고 는실난실하고 있으라고."

[그렇게 할 수도 없어. 아니, 물론 당신은 당신의 일을 해 줬으면 하고, 그 부분은 완전히 맡기고 있지만, 나는 나대로 최대한 할 수 있는 일을 해야만 해.]

흠.

그것은 마음가짐이라기보다 내가 '손을 뗀다'는 상황이나, 혹은 배신하고 도망칠 경우를 상정하는 것이겠지. 현명하다.

뭐, 무엇을 하고 있는지는 묻지 않겠다.

게다가 다른 루트로도 해결을 모색하고 있다면, 이렇게 빈번하게 전화하는 것은 자제하는 편이 좋을까.

[그런데 카이키.]

"뭔데."

[당신, 정말로 거짓 없이 센고쿠 나데코에게 백번참배를 할 생각이야?]

"응. 아니, 거짓은 있어. 물론 100번이나 그 계단을 오를 생각은 없어. 나도 나이가 있으니까. 다만 1월 말까지는 매일 다니려고 생각하고 있어."

[매일….]

"그러니까 나가는 비용은 거의 30만 엔 정도겠지. 필요경비이긴 하지만, 가엔 선배에게 받은 돈으로 충분히 해결돼."

그리고 거스름돈은 내 호주머니 속으로 들어간다. 아주 짭짤하다.

[한 번 만날 때마다 1만 엔이라니…. 어쩐지 유흥업소에 다니는 사람 같네.]

평탄한 어조이기는 하지만, 어딘지 모르게 내심 언짢다는 듯이 센조가하라는 말했다.

유흥업소.

나는 그런 기믹의 저금통 같다고 생각했는데, 이렇게나 감성이 다른 법일까. 내가 서른을 넘은 중년이고 센조가하라가 꽃다운 여고생임을 생각하면, 대개 사용하는 비유는 반대가 될 것 같은데.

[솔직히 말하면, 그 점은 역시 불안해. 당신이 매일 만나는 동안에 센고쿠 나데코에게 농락당하는 게 아닐까 하고. 구슬려져서 그 여자 쪽 사람이 되는 게 아닐까 하고.]

"센조가하라. 뭐야, 너. 질투하는 거냐?"

전화가 끊어졌다. 농담이 지나쳤던 것 같다

직접 만나는 게 아니라 전화여서 다행이었다고 해야 할 것이다. 만약 미스터 도넛이었다면 가차 없이 물벼락을 맞게 되었을지도 모른다.

저쪽에서 전화를 다시 걸어오는 것을 기다릴까 했지만, 그러나 여기서는 어른으로서 내 쪽이 굽히기로 했다. 게다가 전화를 다시 걸자마자,

"조금 전엔 미안했다."

라고 내 쪽에서 사과했으니 나도 참 훌륭하다. 내 사죄 정도로 믿을 수 없는 것도 흔치 않지만.

[농담하는 게 아니야.]

센조가하라는 입 밖에 내서 용서한다고는 하지 않았지만, 그러나 계속 꽁해 있지도 않고 이야기를 재개했다.

[마성魔性이니까, 그 애는.]

"…너, 센고쿠 나데코하고는 이전부터 아는 사이였나?"

[아니, 전에도 말했는지 모르겠는데, 그 여자애는 아라라기 군의 지인이자 친구일 뿐이야. 나는 그 여자가 신이 될 때까지 존재조차 몰랐어.]

"그런데도 어째서 마성이라고 단언할 수 있나. 나는 그냥 바보라고 느꼈다고."

미친 바보지만.

[…그렇지. 그렇게 말했었지. 하지만 반대로, 나는 만나지 않았기에 말할 수 있는 거야. 사흘에 한 번 만나러 갈 생각이라고 말하는 걸 들었을 때도 과연 괜찮을까 하고 생각했는데, 매일 만나러 가려 한다면 나로서는 좀 생각해 보는 편이 좋을 거라고 충고하지 않을 수 없어.]

"……."

손을 떼라는 충고를 받고, 매일 만나러 가지 말라는 충고를 받고. 오늘은 이래저래 충고를 받는 하루다.

그리고 여기가 중요한 점인데, 나는 타인으로부터 충고를 받는 것을 몹시 싫어한다.

"알았어, 너의 고마운 충고, 잘 들어 두지. 그렇지, 매일은 가지 않는 편이 좋을지도 모르겠군."

[…뱀의 독에 중독성이 없다면 좋겠는데 말이야.]

센조가하라가 어쩔 수 없다는 듯 말했다.

전부 알고 있다는 목소리였다.

나는 당연히 흘려들었다.

서로 잘 자라는 인사를 하는 일도 없이 전화를 끊고, 이번에는 아무래도 버리지 않았던 듯한 충전기에 휴대전화를 끼워 콘센트에 연결한 뒤에 나는 하루의 마무리로서 노트 갱신을 시작한다.

일을 시작해서 3일째.

오늘은 많은 일이 있었다.

오노노키 요츠기, 가엔 이즈코. 뱀으로 실뜨기를 하는 센고쿠 나데코. 거기에 수수께끼의 미행자. 센고쿠 가에 불법침입해서 활짝 열었던 옷장. 그리고 방에 떨어져 있던… 아니, 누군가가 문틈으로 방 안에 밀어 넣었던 편지. 센조가하라와의 전화.

그것을 전부 일러스트를 곁들여서 나는 노트에 적어 간다. 작업에 걸린 시간은 약 한 시간 정도였다.

그리고 페이지를 넘겨서 나는 앞으로의 TODO 리스트를 만들어 두기로 했다. 전망은 섰고, 어떤 의미에서 불안요소도 알기 쉽게 모인 지금이야말로 TODO 리스트를 만들 때다.

『☆키타시라헤비 신사에 백번참배(1월 말까지)』

『☆미행자에 대한 경계(경계레벨 2)』

『☆편지의 발신자에 대한 조사(필요레벨 4)』

『☆가엔 선배의 생각을 파악한다(우선레벨 낮음)』

『☆아라라기 코요미에게 들키지 않는다(반드시)』

『☆아라라기 자매에게 들키지 않는다(노력의무)』

대충 이런 정도일까, 하고 생각하다가 황급히,

『☆실뜨기용 실 구입』

이라고 적어 넣었다.

우로보로스로 실뜨기 같은 건, 인생에서 한 번 경험해 보는 걸로 족하다.

028

그런 뒤에 한동안은 뱀신, 센고쿠 나데코가 계시는 키타시라헤비 신사에 다니는 수수한 날이 이어졌다… 라고 이쯤에서 이야기할 수 있으면 좋았겠지만, 유감스럽게도 그렇게 일이 풀리지 않아서 수수한 하루가 시작되기 전에 한바탕 말썽이 있었다.

그것을 말썽이라고 말할 수 있다면.

다음 날, 즉 1월 4일이다. 신년 연휴가 끝나고 간신히 세상이 통상영업을 개시한 날, 나는 우선 아침 식사를 하러 외출했다.

생각해 보면 그저께 밤에 미스터 도넛을 먹은 이래로 나는 아무것도 먹지 않았다. 나는 긴장을 풀면 식사를 잊어버리곤 한다. 아무래도 나는 공복 중추에 이상이 있는 모양이다. 식욕보다 금전욕이 앞서는 것뿐일지도 모르지만.

호텔 1층의 레스토랑에서 모닝 뷔페를 즐기고(뷔페의 그 분위기가 좋다. 그렇다기보다 뷔페라는 행위 자체를 좋아하는지도 모른다) 방에 돌아왔다.

그러고 나서 아침 샤워를 하고, 적당한 시간이 되었을 때에 나는 마을로 나갔다. 방을 나갈 때에 박스 테이프 같은 것으로 문 아래의 틈을 메울까 하고 생각했지만, 지금의 내 상황에서 그렇게까지 예민하게 이것저것 신경 쓰기 시작하면 끝이 없으므로 그것은 그만두었다.

호텔의 프런트에서,

“죄송합니다, 이 부근에 실뜨기 실을 파는 장소가 있습니까?”

라고 물어보았다. 도큐핸즈나 로프트에 가면 있을 거라고 생각하지만, 그러나 의외로 그런 가게는 뭐든지 팔고 있으면서 내가 원하는 것만 팔지 않는다는 신기한 징크스가 있어서(메이저한 가게이므로 사기꾼 거절 대책인지도 모른다) 주의를 기울여 봤던 것이다.

그러나 프런트 직원은,

“네?”

라며 고개를 갸웃거렸다. 호텔 종업원으로서는 문제가 있는 손님 대응이었지만, 그러나 마음은 이해했으므로,

“아뇨, 아무것도 아닙니다.”

라고 말하고 결국 나는 순순히 도큐핸즈로 향했다. 뭐, 실뜨기용 실 자체가 없더라도 공작용 물품 구역에서 실 정도는 살 수 있을 것이다.

만일을 위해서 주위를 신경 쓰면서, 미행이나 감시를 신경 쓰면서 번화가를 걸어 보았는데 아무래도 잘 알 수 없었다. 미행자가 있었을지도 모르지만, 없었을지도 모른다.

가엔 선배가 같은 충고를 두 번 하는 일은 없다고 알고 있어도, 어쩌면 만에 하나 정도의 확률로 오노노키가 나를 기다리고 있지는 않을까 생각하고 있었는데 그것도 없었다.

그렇다면 그 동녀는 지금쯤 아라라기와 놀고 있을지도 모른다. 전에 만났을 때는 그렇지도 않았지만, 생각해 보면 그 녀석도 상당히 자유로운 식신이 된 것 같다.

기쁘다고 하자면 기쁘다.

그런 의미에서는 아라라기에게 감사해 줄 수도 있다.

그리고 나는 겸사겸사 뭔가 사 들고 가기로 했다. 새전함에 1만 엔 지폐를 넣으면 그 뱀신께선 "나데코예요!"라며 즐겁게 등장하겠지만, 센조가하라로부터 그것에 대해 '유흥업소에 다니는 것 같다'는 말을 들은 것을, 어쩌면 나는 신경 쓰고 있는지도 모른다.

어디까지나 이것은 참배라는 것을 강조하듯이, 나는 어떠한 공물을 사 가기로 한 것이다.

어떠한 공물.

그러나 과일이나 꽃은 신사에 바칠 공물로서는 일반적이지만, 아무래도 그냥 유흥업소 이미지를 증진시킬 뿐이라는 생각이 들어서, 왠지 모르게 피하게 되었다.

너무 신경 쓰는 건가?

생각한 끝에 나는 일본주를 사 가기로 했다. 정취 있는 술가게를 발견했던 것이다. 유흥업소의 동경하는 여성에게 그 고장의 술을 사 가는 남자는 좀처럼 없을 것이란 판단에서다.

돈에 여유가 있기 때문에 가능한 장난이라고도 말할 수 있다.

여중생에게 일본주를 마시게 할 생각인가 하는 윤리적인 비난은 이 경우에 해당되지 않는다. 그 녀석은 이미 여중생이 아닌 데다 인간도 아니다.

신이다.

신주神酒를 마시지 않는 신은 없다고 한다. 오히려 이 일본주를 마시지 않는다면 그 녀석은 신으로서 실격이 되므로 어떤 의미에서 문제가 해결된다고까지 말할 수 있다.

그런 사심 가득한 술병을, 하필이면 눈길에서 넘어지는 바람에 깨뜨렸다는 멍청한 결말만은 피하고 싶었다. 그래서 눈 덮인 산길을 조심조심 올라서 키타시라헤비 신사에 내가 도달한 것은 딱 정오가 될 무렵이었다.

커다란 술병을 들고 등산하는 것은 꽤나 힘든 일이었다.

두 번 다시 하고 싶지 않지만, 이후로도 몇 번이나 하게 될 것이다.

나는 새전함에 1만 엔 지폐를 넣으려고 하다가, 거기서 문득 생각나서 1만 엔 지폐를 한 장 더 꺼냈다. 합쳐서 2만 엔이다.

1만 엔으로 그렇게나 재미있게 등장한 센고쿠 나데코이니, 2만 엔이라면 어떤 등장을 할까 하는 호기심이 있었던 것이다.

부정한 돈을 손에 넣으면 씀씀이가 헤퍼져서 좋지 않지만, 그러나 나는 돈은 쓰기 위해 있다고 생각하므로 이래도 괜찮다.

나는 새전함에 2만 엔을 집어넣었다.

"나… 나데, 데, 에에?!"

전에도 그랬듯이 힘차게 본당 안에서 나타나려고 하던 센고쿠 나데코는, 나타나자마자 동요하는 바람에 넘어지고 말았다. 그리고 새전함의 모서리에 머리를 강타했다. 죽었을지도 모른다고 생각했다.

그렇다고 해도 명색이나마 신이므로 특별히 대미지는 없었는지 금방 일어났다. 다만 동요는 완전히 감추지 못했다.

"2… 2만 엔?! 무, 뭐야, 카이키 씨. 실수한 거야?! 나 안 돌려준다?!"

"……."

아무래도 센고쿠 나데코의 감성으로 허용할 수 있는 것은 1만 엔까지였던 것 같다. 그래도 한 번 새전함에 넣은 돈은 돌려주지 않는다는 자세는 훌륭했다. 너는 요즘의 게임센터냐.

"상관없어."

"아…, 내일 치의 선불이라든가?"

"오늘 치야…. 그리고."

나는 술병을 새전함 위에 얹었다. 울퉁불퉁해서 밸런스가 안 좋았으므로 옆으로 뉘여 놓았다.

"공물이다."

"아! 술이다! 이거, 마셔 보고 싶었어!"

술을 꽤 하는 모양이다.

유감스럽게도 '신' 인 것 같다. 뭐, 신인 것뿐만 아니라, 기본적으로 요괴라는 것은 알코올을 좋아하는 법이지만.

다만 센고쿠 나데코의 그 말투는 조금 신경 쓰였다. 그건 마치 인간 시절부터 동경하고 있었던 것 같은 말투인데….

"아버지는 맥주밖에 안 마셨으니까…. 일본주는 처음 마셔 봐."

"……."

오케이. 깊이 추궁하지는 않겠지만 말하는 투를 봐서는 아무래도 센고쿠 나데코는 인간 시절부터 부모의 눈을 피해서 홀짝홀짝 마셔 보고 있었던 것 같다.

그것을 '겉모습만으로는 알 수 없다' 라든가 '그 사람답지 않다' 라고 생각하는 녀석들이 센고쿠 나데코를 여기까지 몰아넣은 것이라고 생각하니, 나는 아무 말도 할 수 없게 되었다. 뭐, 딱히 다소의 음주에 잔소리를 할 정도로 나는 모럴리스트는 아니다.

"카이키 씨, 일본주하고 맥주는 뭐가 다를까!"

"쌀로 빚은 것이 일본주, 보리로 빚은 것이 맥주야."

나는 대충 설명을 해서 이 이야기를 끝내고 공물…이라기보다는 선물인 실뜨기용 실을,

"자, 가지고 왔어."

라는 말과 함께 센고쿠 나데코에게 건넸다.

"이걸로 뱀을 쓰지 않아도 놀 수 있어. 예비용 실도 몇 개인가 준비해 왔으니, 이걸로 마음껏 시간을 때우며 놀라고."

"고마워! 이걸로 코요미 오빠를 죽여 버릴 때까지의 시간을 때울 수 있어!"

계속 같은 어조로 즐거운 듯 말해서, 오히려 이 아이가 지금 현재진행형으로 즐거워하고 있는지 어떤지를 알기 힘들었다. 즐거워 보이긴 해도 그것은 단순히 흥이 오른 것뿐, 분위기를 탄 것뿐이라고 생각되기도 했고, 그렇기에 갑자기 아라라기를 죽인다는 화제

같은 게 튀어나오면 등줄기가 오싹해졌다.

나는 모럴리스트가 아니고, 또한 사람의 죽음을 견디지 못할 정도로 멘탈이 약하지도 않다고 생각하고 있지만, 그러나 저렇게나 간단하게 '죽인다' 라는 단어를 제출받게 되면 태연히 있을 수는 없다.

물론 태연한 표정은 계속 지을 수 있다.

그것과 이것은 별개다.

"시간 때우기라고는 해도 말이지, 센고쿠. 실뜨기도 꽤 심오하다고."

그렇게 말하며 나는 어제 암기했던 『실뜨기 전집』의 기술 중에서 아직 센고쿠에게 알려 주지 않았던 기술을 알려 주었다.

괜히 이야기의 범위를 넓히기보다, 오늘은 이제 실뜨기만을 테마로 삼는 편이 좋을 것 같다고 판단했던 것이다. 그 뒤로 몇 시간 동안 센고쿠와 실뜨기로 놀고 나서, 나는 "내일 또 봐."라고 말하고 산을 내려왔다.

센고쿠 나데코가 뒤에서 손을 흔들고 있는 것을 알았지만, 나는 일부러 무시했다. 딱히 센조가하라가 한 말을 그대로 받아들인 것은 아니지만… 뭐, 성급하게 너무 사이가 좋아지면 센고쿠 나데코의 마성이란 것에 사로잡힐지도 모른다고 일단 주의한 것이다.

큰 술병 하나를 두고 왔으므로 돌아가는 길은 편했다. 그리고 내려간 곳에서다. 나는 여기에서 역까지 또 미행을 신경 쓰면서 걸으려고 정신을 바짝 차리고 있었는데, 그럴 필요는 없었다.

그 여자는.

신사로 가는 계단 입구에서, 알기 쉽게 나를 기다리고 있었던 것이다.

029

백과 흑.

그렇게 뒤섞인 느낌이었다. 아니, 그녀의 내면에 대해서 한눈에 내가 그렇게까지 통찰했다는 것이 아니라, 그것은 단순히 그 아이의 머리색이 칠흑과 백발이 섞여 있었다는 것에 대한 심플한 감상일지도 모른다.

투박한 더플코트에 귀마개. 겨울에 어울리는 부츠를 신은 그 아이가 누구인지, 당연히 나는 알 수도 없었으니까.

다만 아무것도 감추려고 하지 않는 그 당당한 태도에서, 이 아이는 어제의 '미행자'는 아닐 것이며, 또한 몰래 내 방에 편지를 던져 넣은 녀석도 아닐 것이라고 직감했다. 직감할 수 있었다.

아니…, 직감하게 되었다.

"안녕하세요, 카이키 데이슈 씨. 처음 뵙습니다. 저는 센조가하라와 아라라기의 동급생인 하네카와 츠바사라고 합니다."

그렇게 말한 그녀는, 하네카와 츠바사는 사기꾼인 나에게 깊이 고개를 숙였다. 고개를 숙인 순간, 당연히 그녀는 나에게서 눈을 뗀 것이므로 그 틈에 잽싸게 뛰어서 도주하는 것은 나에게 불가능한 일도 아니었을 것이다.

발 빠르기로는 그럭저럭 자신이 있다.

다만 유감스럽게도 눈길에서는 그럴 수 없었고, 또한 어째서인지 이 아이로부터는 그런 식으로 도망칠 생각이 들지 않았다.

나로서는 드물게도… 라고 할까, 나에게는 거의 있을 수 없는 감정이긴 했지만 이 아이를 앞에 두고 도주라는 비겁한 짓을 하고 싶지 않았던 것이다.

나는 지금까지 도망치는 것이 비겁하다고 생각한 적이 한 번도 없었는데.

"…나는."

조금 있다가 나는 말했다.

"카이키 데이슈라고 한다… 라는 자기소개는 아무래도 별 필요 없어 보이는군. 결국 센조가하라나 아라라기로부터 나에 대해 들었던 건가?"

"네."

하네카와는 고개를 들며 말했다.

성실해 보이는 얼굴이다. 그리고 단정한 이목구비에는, 왠지 모르게 압도되어 버릴 것 같은 분위기가 있었다. 나이에 어울리지 않는 박력을 가지고 있다는 의미에서는 센조가하라와 통하는 바가 있다.

비슷한 사람끼리 가까워진다는 것일까?

그렇지만 이것은….

"다만 솔직히 말씀드리자면, 그 두 사람에게 이야기를 듣기 전부터 저는 당신에 대해서 알고 있었습니다. 파이어 시스터즈의 조사에 협력했던 적이 있어서….”

“…어린애가 그렇게 격식 차린 말투를 쓰는 게 아니다.”

말을 막고 나는 말했다.

“어쨌든 나에게 할 이야기가 있는 거지? 들을게. 들려 달라고. 내 쪽도 너에게 할 이야기가 없는 것도 아니야.”

“…….”

하네카와는 “으음.” 하고 한 손으로 머리카락을 쓸어 올리는 몸짓을 하더니,

“말씀대로네요, 서서 이야기하기도 뭐하지요.”

라고 말투 자체는 정중했지만, 즉 풀어졌다고까지는 말할 수 없었지만 그래도 조금 부드러워진 태도로 나에게 고개를 끄덕였다.

“하지만 그 전에 묻고 싶은 것이 있는데, 네가 이렇게 나하고 만나러 온 것을 센조가하라나 아라라기는 파악하고 있나?”

“아뇨, 전혀.”

“그런가.”

이놈이고 저놈이고.

시곗줄과 머리빗의 이야기에 새로운 등장인물이 나타난 것 같은 이미지였다. 하지만 그렇다면 상사상애相思相愛의 커플 사이에 비집고 들어간 누군가의 등장은 어쩐지 광대 같았다.

물론 그런 의미에서는 내 지금 입장도 상당히 은밀히 움직이고 있으니, 하네카와에게 뭐라고 말할 수도 없다.

눈 내리는 도로변에 피에로가 두 명.

의외로 이 녀석과 나는 서로 비슷한 존재가 아닐까 하는 생각까

지 들었다.

"뭐, 그건 됐어. 어떻게 되든 상관없어. 고자질할 생각은 없으니까 안심해. 그 비밀로 너를 협박할 생각은 없어."

"…일부러 주석을 달지 않아도 그럴 걱정은 안 해요."

하네카와는 쓴웃음을 지으며 말했다. 뭐랄까, 여유라고 할까 풍만함이라고 할까, 포용력이 있는 웃음이었다.

공교롭게도 코트 위에서는 센조가하라가 말한 가슴의 크기 같은 건 측정할 수 없었지만.

"게다가 애초에 제 입장에서는 그렇게까지 철저하게 당신과 만난 것을 감추지 않아도 되지만요."

"뭐야. 그런가?"

손해 본 듯한 기분이었지만, 그야 그런가.

나는 눈길을 걷기 시작했다.

"하지만 나는 이 마을에서는 숨어 지내야만 하는 음지의 인간이거든. 특히 너하고 같이 있는 것은 들키지 않는 편이 좋을지도 몰라. 이 부근에서 택시를 잡아탈 생각인데, 괜찮겠나?"

"네, 상관없어요."

하네카와는 간단히 끄덕였다.

정면으로 당당하게 서는 정도라면 몰라도 사기꾼과 함께 자동차에 탄다는 것은 이미 배짱의 영역을 초월해 있다고 생각한다.

따라서 이해도 초월해 있다.

역으로 내 쪽이 그것을 피하고 싶어져 버릴 정도이지만, 직접 한 말이므로 취소도 할 수 없었다.

나하고 하네카와는 산을 벗어나서 택시를 잡아타고 역을 지나 곧바로 번화가 쪽으로 향했다. 경계가 너무 지나친 것인지도 모르지만, 하네카와 츠바사라는 이 소녀의 외모는 너무 눈에 띄었으므로 이 정도도 경계가 지나쳤다고 할 정도는 아니었을 것이다.

만약 내가 철저하게 안전을 신경 썼더라면 하네카와와 일단 헤어지고, 몇 시간 뒤에 다른 장소에서 만난다는 방법을 썼어야 했다.

다만 아무래도 센고쿠 나데코와는 달리, 하네카와 츠바사는 그 '귀여움' 이나, 혹은 '아름다움' 같은 것에 대해서 좋은 뜻으로도 나쁜 뜻으로도 별로 자각이 없는 듯했다.

"네. 확실히 눈에 띄죠, 이 머리는. 죄송해요, 학교에 갈 때에는 매일 아침 전부 새까맣게 물들이는데, 겨울방학 중이라 깜빡 잊어버려서."

그런 말을 했다.

부끄럽다는 듯이.

"……."

그것 말고 차 안에서 다른 이야기를 하면서, 잡담이나 농담을 하면서 왠지 모르게 생각했다.

이 아이는 별로 '귀여움받지 못하고' 자랐겠구나, 라고.

부모님이 엄격했던 걸까, 아니면 방임주의였던 걸까.

딱히 깊은 이야기를 한 것은 아니므로 결론은 내릴 수 없었지만, 묘하게 어린아이 티를 벗은 이 아이의 태도는 나에게 그런 과거를 연상하게 했다.

"나는 센조가하라에게 너는 지금 해외에 있다고 들었는데…. 그건 뭐지? 나하고 너의 접촉을 막으려고 하는, 요컨대 센조가하라의 거짓말이었다는 건가?"

"아뇨. 그건 거짓말이 아니에요."

우선 물어봐 두고 싶었던 내 질문에 하네카와는 대답했다.

"그렇다기보다, 센조가하라는 그걸 거짓말이라고 생각하지 않아요. 그 애하고 아라라기 군은 지금도 아직 제가 해외에 있다고 생각하고 있어요."

"호오…."

이 아이는 대체 무엇을 팔고 무엇을 선물하려고 하는 걸까, 하고 나는 신기하게 생각했다. 나와 접촉하는 것은 둘째 치고, 일본에 돌아왔다는 것을 비밀로 할 필요는 없을 텐데.

"아아…. 아니, 이건 거의 쓸데없는 노력이라고 할까, 정신적 위로를 대신한 수고 같은 거예요. 그런 페인트를 거는 것으로 돌파구가 열리지 않을까 하고…."

"…돌파구."

"네…. 뭐, 오시노 씨가 해외에 없다는 것도 저는 이미 왠지 모르게 알고 있었지만, 그래도 밑져야 본전이란 기분도 있었지만, 그 이상으로 일단 외국으로 나가는 것으로 뭔가 얼버무릴 수 있지 않을까 하고. 눈을 속일 수 있지 않을까 하고."

"눈을 속인다는 것은 누구의 눈을? 센고쿠 나데코인가?"

"그것도 그렇지만, 굳이 말하자면 가엔 씨 쪽일까요."

그렇게 말하고 나서 하네카와는 앗, 하고 깨달은 듯이,

"아, 죄송해요, 카이키 씨. 이런 표현을 써 버려서."

라고 나에게 사과했다.

"가엔 씨는 당신의 선배인데, 실례되는 말을 했어요. 죄송합니다."

"이미 선후배 관계가 아니야. 가엔 선배로부터는 절연당했다."

그렇게 말했지만 집요하게 선배라는 경칭을 붙이는 자신이, 이렇게 되니 조금 우스꽝스러웠다. 물론 나는 '선배' 라는 말에 경의 따윈 전혀 담지 않지만.

"그러니까 신경 쓰지 마. …그렇지, 너는 가엔 선배로부터 직접 충고를 받았다고 들었어. 뭐랄까…. 고생이 많았겠구나."

한순간 엉뚱하게 하네카와에게 사과할 뻔했지만, 가만히 생각해 보니 내가 사과할 이유는 없었다.

에헤헤, 하고 하네카와는 어째서인지 웃었다.

"제가 엉뚱한 행동을 하고 있다고 그 사람이 생각하길 바랐다고나 할까요. 그래서 잠깐 동안 이렇게 고국으로 돌아왔지만, 내일 아침에는 다시 날아갈 생각이에요."

"잠깐 동안 돌아와서… 그런 귀중한 시간 동안 나하고 접촉하는 것에 의미가 있는 건가?"

"네. 있어요."

하네카와는 강하게 끄덕였다.

이 아이가 그렇게 단언하니, 정말로 이 면회에는 귀중한 의미가 있는 것 같은 기분이 들기 시작해서 신기했다.

"뭐든지 아는 가엔 씨에게는 그런 건 별로 의미가 없어 보이지만, 하지만 제가 해외에 나간 것으로 센조가하라가 움직이기 쉬워져서 당신에게 연락을 취한 것은 잘된 일이라고 생각해요. 기쁜 오산이라고 해야 할까, 기쁜 계산대로였어요. 카이키 씨."

내 눈을 빤히 보며 하네카와는 말했다.

이렇게까지 똑바로 사람의 눈을 볼 수 있는 인간을, 나는 본 적이 없었다.

"센조가하라를 구해 주세요."

030

공짜로는 싫다고 말하고, 나는 우선 하네카와에게 택시비를 내게 했다. 하네카와는 믿을 수 없다는 듯한 얼굴을 하면서도 그 이상 반론하지 않고 신용카드로 대금을 지불했다.

고교생 주제에 신용카드를 쓰다니 건방지다고 생각했지만, 그러나 해외를 여행하려면 요즘에 그 도구는 필수일 것이다.

"고맙습니다."

그렇게 말하고 나는 택시에서 내렸다.

내리자 하네카와가,

"카이키 씨는 의외로 빠릿빠릿하시네요."

라고 말했다.

"응?"

택시비를 대신 내 놓고, 이 여자애는 무슨 소릴 하고 있는 걸까.

'약삭빠르시네요'를 잘못 말한 걸까?

"아뇨, 아무것도 아니에요. 그것보다 어디로 갈까요? 느긋하게 이야기할 수 있는, 가능하면 다른 사람의 눈에 띄지 않는 곳이 좋은데."

그것은 그럴 것이다.

몰래 일본으로 돌아온 하네카와는 긴박하지는 않더라도 나와 같을 정도로, 어쩌면 그 이상으로 몰래 숨어 다녀야만 하는 신분이다.

센조가하라가 알려 줬던 미스터 도넛이라도 괜찮지만, 그런 가게는 낮에는 나름대로 붐비니까.

"괜찮다면 제가 묵고 있는 호텔에서 이야기하고 싶은데, 괜찮으실까요? 값싼 방이니까 분명히 카이키 씨하고는 다른 호텔이겠지만, 저도 지금 이 근처에서 묵고 있어요."

"…나는 상관없는데, 그렇지만."

"아, 괜찮아요. 저는 그런 건 별로 신경 쓰지 않아요. 게다가 남자 보는 눈은 있거든요."

나는 그렇게 말하며 미소 짓는 하네카와에게 그래도 뭔가 말하려고 생각했지만, 의논하면 할수록 나만 혼자 켕기는 기분이 들 것 같아서 그만두었다.

뭐, 내가 묵고 있는 호텔의 방보다는 하네카와가 숙박하는 호텔 방 쪽이 체면상으로는 그나마 나을 것이다.

그러나 사기꾼을 앞에 두고 보는 눈이 있다는 말을 하다니, 어지간한 자부심이 없으면 할 수 없는 대사라며 나는 조금 감탄했다.

"Frank인 건지, Open인 건지."

그렇게만 말하고, 나는 하네카와의 뒤를 따라 그녀의 호텔까지 안내받았다.

조금 좁은 느낌의 싱글 룸에서 나는 하네카와와 마주 앉았다.

"룸서비스로 뭔가 주문할까?"

"아뇨…. 저기, 제 방의 룸서비스를 멋대로 쓰지 마세요. 신용카드를 가지고 있지만, 저는 부자가 아니니까요."

"그런가."

싸구려 방이라고 했었지, 그러고 보니.

"눈물겨운 노력을 해서, 정말로 그런 티켓이 합법적으로 존재하는지 의심이 드는 값싼 티켓을 찾고 최저가 투어 같은 것을 최대한 이용해서 그걸로 어떻게든 세계를 돌고 있어요."

"흐음."

나는 고개를 끄덕였다.

프리미엄 패스 300을 자랑해서 놀라게 해 줄까 생각했지만, 그것은 이미 어른스럽지 않은 수준의 이야기가 아니므로 그만두었다.

아니, 어른스럽지 않아서 그만둔 것이 아니다.

이 박학다식해 보이는 하네카와는 이 카드가 300만 엔짜리라고 자랑해도,

"아, 하지만 그건 일률적으로 20만 마일이 등록되는 구조니까, 그걸 에디*로 전환하거나 티켓으로 바꾸거나 한다고 생각하면 실질적으로 300만 엔보다 이득이네요."

라고 시시콜콜한 소리를 할 것 같다.

애초에 내 경우에는 씀씀이가 헤프다기보다는 부당한 수단으로 번 돈은 헤프게 쓰게 된다는 쪽에 가까우므로, 아마도 견실하게 켕기는 것 없이 태양 아래를 걷고 있는 하네카와 츠바사에게는 어떤 의미로도 이길 수는 없는 것이다.

오히려 그런 '눈물겨운 노력' 이야말로 나에 대한 자랑 이야기였다. 올바르게 살고 있는 인간은 그것만으로 올바르게 살고 있지 않은 인간을 깊이 상처 입힌다는 것을 알아야 한다.

그렇게 트집을 잡아 보고 싶다.

"올바르게 사는 인간은 그것만으로 올바르게 살고 있지 않은 인간을 깊이 상처 입힌다는 걸 알아야만 하지."

잡아 보았다.

그러자 하네카와는 코트를 벗어서 옷장 안에 걸고 난 뒤에 진지한 미소를 지으며,

"그러네요. 그런 사고방식도 있을지 모르겠네요."

라고 말하는 것이었다.

한 대 때려 줄까 생각했지만, 그 뒤에 뒤탈 없이 사태를 수습할 자신이 없었으므로 자제했다.

"저기, 하네카와. 너는 나에게 할 이야기가 있고 나도 너에게 할 이야기가 있어. 그러니까 그것에 대해 이야기를 하는 건 싫지 않아. 그렇다기보다 바라던 바인데, 그 전에 의사를 통일시켜도 될

※에디 : 라쿠텐 에디(樂天Edy). 일본의 라쿠텐Edy 주식회사에서 제공하는 선불식 전자화폐.

까?"

"의사를 통일시킨다고요?"

"그래. 아무래도 이번 일에는 다양한 녀석들이 다양한 생각을 하고, 이런저런 의도가 교차하고 있는 것 같아서 말이지."

게다가 거기에 '미행자'가 있는(지도 모르는) 상황이고, 수수께끼의 편지의 발신자도 있다(이것은 확실히 있다).

"나 같은 일을 생업으로 하는 사람에게는 사람의 마음이 가장 소중하거든."

"허어, 그렇군요."

물론 내 생업이 사기꾼이라는 걸 알고 있을 하네카와 츠바사는 그야말로 성의 없는 대답이랄까, 이보다 더 성의 없을 수 없는 맞장구를 쳤다.

상관없다. 이런 일에 마음이 꺾이면 사기꾼은 할 수 없다. NO를 백만 번 들어야 비로소 한 사람의 사기꾼이다.

"그러니까 알고 싶어. 하네카와, 너의 입장은 센조가하라와 아라라기를 '구한다'는 방향이면 되는 거지?"

"당연한 얘기잖아요. 조금 전에 구해 달라고 부탁드렸잖아요?"

"하지만 그건 뒤집어 보면 나에게 구하라고 시켰지만 자기는 구할 생각이 없는 것으로 받아들일 수도 있어. 타인에게 맡기고 자신은 부탁만 한다는 식으로도 말이야. 혹은 해외에 오시노를 찾으러 갔다는 것도, 센조가하라나 아라라기보다 먼저 오시노와 만나고 오시노를 속여서 절대 일본에 돌아오지 말도록, 혹은 좀 더 직접적으로 두 사람을 구할 수 없게 하려고 부탁할 생각이었을지도 모르지."

"…그렇게까지 사람을 의심하면서 지금까지 용케 살아오셨네요."

약간 창백하게 질리면서 하네카와는 말했다. 아무래도 이 정도의 의심조차 그녀에게는 컬처쇼크였던 것 같다.

그런 시선을 받은 기억은 없는 거냐.

얼마나 솔직하게 살아온 거냐.

그렇지만 아무래도 번듯한 인간인 듯한 하네카와 츠바사는, 친절하게도 내 스타일에 맞춰 주기로 한 모양이었다.

"저는 센조가하라나 아라라기 군을 구하고 싶어요. 하지만 구하는 건 꼭 제가 아니어도 괜찮아요. 저는 그 두 사람이 죽기를 바라지 않는 것뿐이에요. 그러니까 구하는 건 누구라도 괜찮아요. 저라도 좋고, 오시노 씨라도, 당신이라도."

"신에게 맹세하겠나?"

나는 물었다. 센고쿠 나데코를 상대로 하고 있는 지금 상황에서 이것은 일종의 재치있는 농담이었지만, 하네카와 츠바사는 진지한 얼굴로,

"고양이에 맹세합니다."

라고 대답했다.

뭐야, 그건. 내 지식 속에 있는 표현이 아닌데, 혹시 요즘 여고생의 은어일까? 위험하다, 요즘 유행을 따라가지 못하고 있다. 뒤처지고 있다.

"…너는 묻지 않는 거냐?"

"네?"

"너는 나에게 아무것도 묻지 않는 거냐? 내 입장이라고 할까, 내 마음이라는 것을. 의뢰인인 센조가하라 본인은 아주 신경 쓰고 있다고. 너는 그걸 나에게 확인하지 않는 거야? 어째서 내가 센조가하라의 의뢰를 받았는가, 그리고 정말로 그 의뢰를 완수할 생각이 있는가 어떤가를."

이런 트집 잡는 듯한 말을 했다고 해서, 막상 실제로 되물어 왔을 때를 대비한 멋들어진 말을 준비하고 있던 것은 아니다. 그래서 만약 여기서 하네카와가 "어째서인가요?"라든가 "물어보면 알려주실 건가요?" 하고 물으면 나는 대답이 궁해져서, 기분이 상해서 전부 내팽개쳤을지도 모른다.

센조가하라 히타기도 센고쿠 나데코도 내팽개치고, 이젠 추운 곳은 질색이라는 듯이 오키나와로 날아갔을지도 모른다.

어른은 그렇게 간단히 일을 내팽개치지 않는다고 센조가하라에게 말했던 것 같은 기분도 들지만, 그것은 어디까지나 어제 이야기지 오늘 이야기가 아닌 것이다.

하지만 하네카와의 대사는 그 어느 쪽도 아니었다.

이 여자는 빙그레 웃으며 이렇게 말했던 것이다.

"안 물어요."

"……."

"어디 보자…. 그러면 본론으로 들어가고 싶은데요…."

"잠깐. 어째서 묻지 않는 거지? 내 마음 따윈 훤히 다 알기라도 한다는 건가?"

조금… 아니, 상당히 짜증이 난 나는 열 살 이상은 연하일 소녀에게 시비를 거는 듯한 말투로 되물었다.

그러나 하네카와는 여전히 웃는 얼굴을 하고 있다.

연상의 남자에게 밀실 안에서 위협받고 있는데도 주눅 드는 기색도 없다.

“그런 얘긴 물을 것도 없다는 건가…. 흠. 아가씨, 너는 뭐든지 알고 있나 보구나.”

“뭐든지는 아니에요. 알고 있는 것만.”

하네카와는 웃는 얼굴을 유지하며 그렇게 말했다.

나는 그 말에 입을 다물게 되고 말았다. 가엔 선배를 연상시키는 그 대사에 압도되어 버렸다…는 것은 아니다.

전혀 아니다.

가엔 선배와 달리, 하네카와에게는 다른 누군가를 압도할 만한 분위기는 없었다.

그렇지만 그래도, 그런데도 나는 입을 다물어 버린 것이다. 뭐랄까, 우스워져 버렸다. 일일이 경계하거나 속을 떠보거나 하는 짓이 멋지게 상대화되어 버린 기분이었다.

“…좋아.”

“네?”

“본론으로 들어가자. 서로 정보 교환을 해 보자고, 하네카와. 그렇게 말해도 너는 너대로 나나 센조가하라와는 다른 루트로 해결을 꾀하고 있겠지? 그것을 위한 정보를 내가 주지. 그러니까 너도 알고 있는 모든 것을 이야기해라.”

031

이렇게 나는 간신히, 이 몇 달 사이에 그 마을에서 일어난 이런 저런 일들을 정확하게 파악하게 된 것이었다.

하네카와에게 들은 덕분에, 적어도 센조가하라에게 들은 것보다는 사태를 객관적으로 파악할 수 있었다. 센고쿠 나데코가 신이 된 경위나 그때 일어난 피해 등도 자세히 알 수 있었다.

그리고 가엔 선배가, 가엔 이즈코가 그 마을에서 무엇을 했는지도. 설마 그 뱀파이어 하프, 에피소드까지 끌어들였을 줄이야. 완전히 엉망진창이다.

오히려 유감스럽게도 내 쪽에서 하네카와에게 뭔가 유효한 정보를 제공했다고는 말하기 어렵다. 유감스러운 것은 하네카와이지 내가 아니므로 이것은 상관없지만.

게다가 하네카와는 그녀에게 이 만남이 별로 이득이 아니었다는 결과가 되어도, 그렇게 낙담한 듯한 기색도 보이지 않았다.

인간이 되어 있다.

부럽다. 그런지도 모른다.

뭐, 하네카와는 내가 구하든 누가 구하든 그 두 사람이 살아나면 그것으로 족하다는 입장을 취하고 있으므로, 나에게 유익한 정보를 제공했다는 것만으로 충분할 것이다.

"흠…."

모든 것을 듣고서 나는 끄덕인다.

"…뭐랄까, 그렇군. 그 이야기를 듣기로는 키스샷 아세로라오리온 하트언더블레이드가 왔기 때문에 그 마을이 영적으로 흐트러졌다기보다, 그 마을이 영적으로 흐트러져 있어서 키스샷 아세로라오리온 하트언더블레이드가 끌려왔다고 보는 편이 맞을 것 같아."

"적어도 가엔 씨는 확실히 말하지 않았습니다만, 그렇게 생각하고 있었던 것 같아요. 그러니까 그 키타시라헤비 신사에 새로운 신을 하나 두려고 했죠."

그렇게 하네카와는 말했다.

"그걸 아라라기 군이 거절했던 것이 결과적으로 죄 없는 한 명의 여중생을 신으로 만들게 되어 버린 걸까요."

"죄 없는 한명의 여중생이라…."

"무슨 말씀인가요?"

"아니, 아니야."

의논해 봤자 소용없는 상황이었으므로 나는 하네카와가 되묻는 말에 대해 고개를 젓는 것만으로 응하고, 그런 뒤에 물었다.

"그러고 보니 너는 센고쿠 나데코와 접점을 가지고 있나? 가지고 있다고 한다면, 어떠한 인상을 받았지?"

"접점…이라고까지는 말할 수 없다는 느낌이죠. 면식은 있지만 어디까지나 아라라기 군의 친구라고 할까…. 친구의 친구죠. 나이 차이도 났고."

"흠."

나이 차이가 났다고 해도 고교생과 중학생이니 고작 네 살 정도

일 거라고 생각하지만. 그러나 10대 시절에 네 살은 상당한 차이로 봐야 할 것이다.

내가 보기에 센조가하라나 하네카와, 아라라기가 아주 어린아이로 보이듯, 센조가하라나 아라라기는 센고쿠가 아주 어린아이로 보일 것이다.

"하지만 만난 적은 있구나. 그때의 인상이라도 좋아, 들려줘."

"…기가 약하다든가, 내성적이라든가, 낯을 가린다든가, 얌전하다든가."

하네카와가 그런 식으로 이야기하기 시작해서 뭐야, 평범하네, 라고 생각했다. 그런 인상이라면 센고쿠 나데코의 부모에게 이미 들었다.

나의 입을 다물게 한 하네카와라면 좀 더 다른 시점에서의 의견을 이야기해 주지 않을까 생각했는데, 그리 일이 쉽게 풀리지는 않을 것 같다.

그야말로 어린아이에게 너무 기대했는가 하고 생각했지만, 그러나 하네카와 츠바사는 확실히 하네카와 츠바사였다.

그녀는 거기서 말을 한 번 끊은 뒤에,

"…뭐, 그런 인상은 받지 못했어요."

라고 말했던 것이다.

그런 인상은 받지 못했어요, 라고.

"많은 사람들은 그 애를 보고 그런 식으로 생각하겠지만… 그것 자체를 부정할 생각은 하지 않지만, 하지만 제가 그 애에게 받은 인상은 '상대받지 못하고 있다' 였어요."

"상대받지 못하고 있다?"

나는 고개를 갸웃거리고,

"반에서 무시당하고 있을 것 같다든가 하는 얘긴가?"

라고 확인했다.

확실히 앨범이나 사진을 보기로는 괴롭힘당하고 있을 만한 분위기를 가진 아이이기는 했다. 신이 된 지금은 그런 분위기는 티끌만큼도 없지만.

"아뇨, 그런 게 아니에요. 상대받지 못하는 건 제 쪽이에요. 저나 다른 사람들 쪽."

"……."

"그 애의 세계는 철저하게 닫혀 있어요. 누가 무슨 말을 해도 그 말은 전해지지 않아요. 오시노 씨도 그 애를 상당히 신경 쓰고 있는 눈치였는데…. 그것도 결국 전해지지 않았어요. 이건 지금이니까 할 수 있는 말인데요, 그 애는 아라라기 군을 좋아했다고 말하고 있지만, 그래서 아라라기 군하고 센조가하라를 죽일 생각인 것 같지만, 그렇지만 그 애는 사실은 누구도 좋아하지 않는다고 생각해요. 그 애는 아무도 보고 있지 않아요."

"……."

뭐, 혜안慧眼을 가졌군.

다만 그것으로 센고쿠 나데코를 나무라는 것도, 그런 그녀의 인간성을 공격하는 것도 사리에 어긋난 일이다. 센고쿠 나데코를 그런 인간으로 만들어 버린 것은 그 녀석을 '귀엽다, 귀엽다' 하고 얼러 대며 마스코트 캐릭터로 취급한, 부모를 포함한 주위 모두의 책임이기도 하다.

물론 하네카와도 거기서 센고쿠 나데코를 나무랄 생각은 없는지,

"저는 어떻게든, 그 애를 구해 주고 싶은데요."

라고 덧붙였다.

"…그건 나에게 기대하지 마라. 내가 받은 의뢰는 센고쿠 나데코를 속이는 거다."

"알고 있어요. 그건 제 생각일 뿐이에요."

"하지만 아라라기 녀석도 그렇게 생각하고 있는 거 아닌가?"

"생각하고 있겠죠. 다만 당면한 문제는 그 애로부터 두 사람을 향하는 살의이니까 그것을 해결하는 것이 먼저겠죠. 꼭 모두를 한 번에 구할 필요는 없어요."

이상주의를 구가하면서도 합리적인 소리를 한다.

이런 학생을 앞에 두면, 분명 담임교사는 몹시 애를 먹게 되겠지.

뭐, 열심히 노력해 줬으면 한다.

나는 내 일을 할 뿐이다.

"다만 센고쿠 나데코를 구한다는 것이 센고쿠 나데코를 인간으로 되돌리는 것을 의미한다면, 한 번 생각해 둬라, 하네카와. 너는 신이 된 센고쿠 나데코와 아직 이야기한 적이 없을 텐데, 말이야. 그 녀석은 지금 행복해 보였다고."

"…본인이 행복하다고 생각하고 있으면 행복한 거라고는 할 수 없겠죠."

"그런가?"

"네. 저는 그렇게 생각해요."

그렇게 생각하는 모양이다. 완고하게, 그렇게 생각하는 모양이다. 뭘까, 체험담일까?

하네카와도 여러 가지로 괴이에 휘말리고 매료되었다고 들었는데, 그때에 그런 교훈을 얻었는지도 모른다.

그렇다면 그것은 귀중한 교훈이다.

소중히 하라고 내가 말할 것도 없이, 하네카와 츠바사는 분명히 교훈을 소중히 하고 있겠지만.

"뭐, 그렇게 생각한다면 그렇게 생각하고 있으면 돼. 내가 그 녀석을 속인 뒤에 그 녀석을 구해 줘."

"…어라? 그건 제가 할 일의 난이도가 높아진 거 아닌가요?"

하네카와는 너스레를 떨 듯이 말했다.

"졸업하고 나서 바로 방랑 생활을 할 생각이었는데, 좀처럼 생각대로는 안 되네… 으음."

"……."

오시노 흉내 같은 것은 안 내는 게 좋다고 충고해야 할지 말지 나는 조금 망설였지만, 쓸데없는 참견이라고 생각하고 그만두었다.

쓸데없는 참견이라고 할까, 내가 알 바 아니다.

어떤 인생을 보내더라도 그건 개인의 자유다. 신이 되는 것도 자유라고 나는 생각하지만, 그 의견으로 하네카와와 입씨름하는 의미는 없다.

대신에 나는,

"마음을 닫고 있는 인간이란… 뭐, 내 직업상 만나는 일이 상당히 많아. 확실히 네 말대로 '타인을 상대하고 있지 않다' 고 해야겠지."

라고 말했다.

"결국 그런 녀석은 자기밖에 생각하지 않아. …내 입장에서 보자면 그런 녀석은 나에게 당해도 싸다고."

일부러 악당 같은 대사를 하고 하네카와의 반응을 살펴보려고 하는 의도가, 이 발언의 뒤에 없었던 것은 아니다. 진심이기는 했지만, 그러나 그 진심을 이용해서 속을 떠본 것이다.

그러나 역시 하네카와는,

"당신에게 속일 수 없는 사람은 없는 거 아닌가요?"

라며 흘려 넘길 뿐이었다.

"신은 어떤지 알 수 없지만요. …이거, 어쩌면 실례가 될지도 모르는 질문인데요, 카이키 씨."

"뭐야. 이 상황에 새삼 실례고 뭐고 없잖아."

"그 애를 제대로 속여 줄 수 있다고 생각하시나요?"

"…이상한 표현이군."

속여 줄 수 있는가, 라니.

그건 마치 내가 센고쿠 나데코를 배려해서 자상한 거짓말을 해주는 것 같지 않은가. 어이없다.

"센조가하라에게도 말했는데, 그 계집애를 속이는 건 손쉬워. 걱정하지 마, 하네카와. 나는 그 어떤 서류에도 도장을 찍지 않는 남자이지만, 그것만큼은 확인 도장을 찍어 줄 수 있어."

"그런가요…. 그렇다면 좋아요. 아뇨, 저도 엄밀히는 그것 자체를 걱정하고 있는 건 아니에요. 다만… 그."

갑자기 말투가 모호해졌다. 하네카와는 나에게 뭔가를 말하려고 하다가 그것을 그만두고, 다시 한 번 뭔가를 말하려고 하다가 역시 그만둔 듯했다.

난감한 태도다. 억지로라도 듣고 싶어진다. 물론 여고생을 상대로 폭력을 휘두를 생각은 없지만.

그리고 그것이 정말로 하려고 하던 이야기인지는 알 수 없지만, 하네카와는 나를 보더니,

"카이키 씨. 오시노 씨의 가족에 대해서 알려 주실 수 있나요?"

라고 물어 왔다.

그것은 너무나 예상치 못한 방향에서 날아온 화살이었다.

이번 일과 뭔가 관계가 있다고는 도저히 생각할 수 없었다. 아니, 혹시 오시노를 찾기 위해서 오시노의 친족부터 접촉해 볼 생각일까?

확실히 그것은 수순으로서는 올바를 것이다

소식불명의 인물을 찾을 때, 오시노 메메 이외의 인물이라면.

"그 녀석에게 가족 따윈 없어."

"……."

"나에게도 없지만 말이야. 그게 왜?"

"아뇨…. 그러면, 저기…."

하네카와는 질문할 말을 찾는 듯했다. 뭐지, 그렇게까지 오시노

의 가족에게 희망을 걸고 있었던 걸까? 그런 방랑자가 제대로 된 가정을 가지고 있다고 생각했다면, 그것은 역시 너무 낙관적이라고 말하지 않을 수 없지만.

"예를 들면… 조카, 같은 애는요?"

"조카…?"

그것도 역시 갑작스럽다. 조카란 말할 것도 없이 형제자매의 아이라는 이야기가 되는데…. 오시노에게 형제? 자매?

대체 무슨 발상일까.

나는 솔직하게 대답했다. 아는 한, 아마도 정직하게.

"그 녀석에게는 형도 남동생도 누나도 여동생도 없어. 없다고. 원래 있던 가족이 없어진 게 아니라, 집을 나왔다는 그런 게 아니라 그 녀석은 천애고아야."

"……."

"그게 왜?"

"아뇨…. 저기, 카이키 씨. 돈을 드릴 테니까 지금 제가 그런, 오시노 씨의 개인사에 관련된 질문을 했다는 것을 누구에게든 비밀로 해 주실 수 있을까요?"

"이봐, 그런 매수 같은 짓은 좋지 않은걸. 어릴 적부터 그래서는 장래가 걱정된다고."

그렇게 말하면서 나는 하네카와에게 오른손을 내밀었다. 하네카와는 말없이 그 손 위에, 지갑에서 꺼낸 500엔 동전을 놓았다.

"500엔인가."

"죄송해요…. 가진 현금은 별로 없어서."

"상관없어."

그렇게 말하며 나는 주머니 안을 뒤져서 적당히 집히는 잔돈을 건네주었다. 어쩌면 500엔보다 많이 줬을지도 모르지만, 그렇다면 그래도 괜찮다.

"…이건 뭔가요?"

"거스름돈하고… 그것하고 여러 가지로 알려 줬으니까. 정보료다."

"저는 돈 같은 건… 이라고 사양할 정도의 액수는 아닌 것 같네요."

하네카와는 손바닥 위의 동전 개수를 세고서 말했다.

"정말로 빠릿빠릿하시네요, 카이키 씨."

"빠릿빠릿한 사기꾼 같은 게 어디 있겠어. 성실한 것뿐이야."

여전히 하네카와가 하는 말의 의미를 잘 알 수 없었지만, 이번에는 반응을 할 수 있었다.

그 뒤로도 한동안 나와 하네카와는 대화를 나누었다. 밤이 될 때까지다. 그것은 단순한 잡담이었지만, 앞으로의 일에 도움이 될 만한 잡담이었다.

잔돈이 아니라 만 엔짜리 지폐로 돈을 내는 쪽이 좋을 정도의 내용이었지만, 그러나 그것이야말로 유흥업소 같은 행동이었으므로 자제하기로 했다.

참고삼아 내 호텔 방에 편지('손을 떼라')를 집어넣은 누군가의 정체에 대해 짚이는 것은 없냐고 물어보았지만,

"잘 모르겠어요."

라고 했다.

뭐든지 아는 것은 아니라는 이야기겠지.

원래대로라면 나는 편지의 발신인이나 미행자가 하네카와 츠바사일 가능성을 의심했겠지만, 이상하게도 이야기를 나누는 사이에 그런 의심은 완전히 사라져 있었다.

보기 드문 일도 다 있다.

하지만 딱히 처음은 아니다. 예를 들면 나도 한 달에 한 번 정도는 다음 날 아침에 제대로 일어날 것을 의심하지 않고 잠드는 일이 있으니까.

"하지만 글쎄요, 카이키 씨. 그런 일이 있었다면 호텔을 옮기는 편이 좋지 않을까요?"

"그렇지…. 뭐, 원래 호텔은 일주일 뒤에 체크아웃할 예정이었으니 그런 방법도 있을까. 다만 옮긴 곳에서 같은 일이 있을지도 모르니까. 그런 식으로 과잉반응을 하면 상대가 우쭐할지도 몰라."

"흠…. 그러네요."

다만 또 편지를 넣는 일이 있다면 그 방법도 고려해야만 한다고 생각했다.

"아, 맞다. 카이키 씨."

그러고 보니 잡담 도중에 이런 대화가 있었다.

"아라라기 군이 말했는데요, 센고쿠의 방에는 '열리지 않는 옷장'이라는 게 있다는 모양이에요. 뭐가 들어 있는지 알 수 없는, 게다가 센고쿠가 '아주 좋아하는 코요미 오빠' 조차도 '절대 열어서는 안 돼' 라고 말할 정도의 옷장이라고 하던데. 카이키 씨, 센고쿠 가에 있는 센고쿠의 방에 들어가셨죠? 보셨나요?"

"아니."

당연하지만 불법침입한 일에 관해서는 센조가하라에게 그랬던 것처럼 하네카와에게도 비밀로 해 두었다.

나는 어떤 흉정에서도 불성실하다.

"그런 것이 있었나? 옷장이라. 깨닫지 못했군."

"그런가요."

"뭐가 들어 있었을까?"

"모르겠어요. 하지만 그렇게 감추려고 할 정도이니, 뭔가 아주 중요한 물건이 들어 있지 않을까요?"

그렇지 않다.

아무 도움도 되지 않는 시시한 물건이다.

하마터면 그렇게 말할 뻔하다가 나는 직전에 멈췄다. 이상하다, 어째서 말할 뻔했을까.

그런 시시한 것.

032

그런 뒤에 한동안은 뱀신 센고쿠 나데코가 계시는 키타시라헤비 신사에 다니는 수수한 나날이 이어졌다, 라고 간신히 말할 수 있다.

그런 뒤에 한동안은 뱀신 센고쿠 나데코가 계시는 키타시라헤비 신사에 다니는 수수한 나날이 이어졌다.

나는 매일처럼…이라기보다 정말로 매일 키타시라헤비 신사에 가서 센고쿠 나데코와 놀아 주었다. 참배인데도 놀아 주었다고 말하는 것은 아주 불손한 표현이지만, 그 표현이 가장 적확하다는 기분이 드니 어쩔 수 없다.

실뜨기도 이젠 손에 익기 시작해서, 혼자 하는 실뜨기에 머무르지 않고 2인 실뜨기까지 발전했다. 나하고 센고쿠 나데코의 2인 실뜨기는 언제까지나 계속되었다.

실뜨기에 관련된 책도 그 뒤로 몇 권이나 더 읽고 암기하게 되었다. 그렇다고 해도 그렇게 하루 종일 놀고 있어도, 계속 놀고 있어도 센고쿠 나데코는(공평하게 말하자면 나도), 어느 영역 너머로는 나갈 수 없었다.

실뜨기도 심오하다.

도라에몽의 노진구 정도는 좀처럼 될 수 없다는 이야기다. 다만 센고쿠 나데코는 그런 벽에 부딪쳐도 나처럼 진절머리 내지 않고, 내팽개치지 않고 마냥 즐거운 듯이 실뜨기를 계속하는 것이었다.

시험 삼아 다른 놀이 도구(팽이나 나무 블록 같은, 요컨대 전기를 사용하지 않고 오랫동안 즐길 수 있는 장난감)을 가지고 갔는데, 그것으로 놀기도 하지만 결국은 실뜨기로 돌아가는 것이었다.

뭔가 생각하는 바가 있는지도 모른다. 어쨌든 상관없지만. 나로서는 센고쿠 나데코와 커뮤니케이션을 취하는 데 있어 이야깃거리가 될 만한 뭔가가 있기만 하면 되니까.

이건 역시나 매일 그럴 수는 없었는데, 아무래도 센고쿠 나데코는 일본주가 마음에 든 모양이라 나는 며칠에 한 번꼴로 커다란 술병을 들고 신사로 향했다.

나는 알코올에 관해서는 양주 쪽을 좋아하므로 별로 마시진 않았지만, 센고쿠 나데코는 꽤나 호쾌하게 술을 마신다.

그렇다기보다 이것은 잔이나 그릇을 준비해 가지 않았던 내가 잘못한 건지도 모르겠는데, 그녀는 병으로 나발을 불 듯 마시는 것이었다.

겉보기(라기보다 뱀의 머리카락까지 포함해 버리니까 사이즈라고 말해야 할까)에는 여중생이므로 술병을 들고 나발을 부는 모습은 뭐랄까, 좀처럼 볼 수 있는 것이 아니라서 나로서는 눈이 호강한다고 말할 수 있었다.

돈을 내도 괜찮겠다는 생각이 들 정도다.

역시나 신인 만큼 센고쿠 나데코는 술고래라 불러도 될 정도로 술을 마구 마셨는데 취하지 않는 것은 아닌지 일본주를 다 마신 뒤에는 평소보다도 더욱 쾌활해졌다. 그렇게 되면 나는 역시나 지쳐 버려서 일찍 돌아오기로 하고 있었다.

그때마다 더 이상 술은 가지고 가지 않는 편이 좋아 보인다고 생각했지만, 그러나 결국은 쾌활한 그녀를 보고 싶어져서 며칠에 한 번꼴이긴 해도 나는 비교적 빈번하게 술을 가지고 가는 것이었다.

뭐, 그런 생활을 한 달간 계속했다.

산길을 오르고.

1만 엔을 내고.

실뜨기로 놀고, 잡담을 하고.

가끔씩 술을 마시고.

특별한 트러블도 없었고 누군가에게 방해받지도 않았다. 호텔의 내 방에 두 통째의 편지가 놓여 있는 일도 없었다.

다만 편지가 오지 않는 건 오지 않는다고 쳐도 한 달 이상 계속 같은 호텔에 숙박하는 것은 어쩐지 수상하므로 나는 결국 예정대로 일주일째에 호텔을 옮겼다. 그러나 옮긴 곳에서도 특별히 이상한 일은 없었다.

미행의 기운을 느낀 적은 그 뒤에도 없는 것은 아니었지만… 뭐, 그것도 큰 문제없었다. 이쪽이 굳이 정체를 찾으려고 하지 않았기 때문인지, 저쪽도 깊이 들어오지는 않은 것 같다. 그렇다기보다, 미행자에 대해서는 역시 내 기분 탓일지도 모른다. 상황으로 봐서는 내가 너무 예민하게 생각했던 것뿐이었을 가능성 쪽이 높았다.

그 외에 특기사항 없음.

굳이 말하자면, 이런 사건이 있었다.

하네카와로부터 오시노가 마을에 머무르고 있었을 때에 숙소로 삼고 있었던 학원 옛터가 있는 듯하다는, 정확히 말하면 '있었던' 듯하다는 이야기를 듣고, 나는 1월 중순쯤에 잠깐 시간을 내서 그 장소를 방문했다.

새하얀 광장이었다.

눈이 쌓여 있었고, 건물은 사라져 있었다. 작년 8월인가 9월인가에 화재가 나서 전소되었다고 한다.

그 일에 가엔 선배와 에피소드, 그리고 아라라기 코요미와 오시노 시노부가 얽혀 있었다고 한다. 그것도 이번 일의 간접적인 원인이 된 듯했다.

어쨌든 아라라기는 그때 센고쿠 나데코가 신이 되기 위한 중요 아이템을 가엔 선배로부터 받았다고 하니까. 가엔 선배로서는 그것을 오시노 시노부에게 써 주기를 바랐겠지만.

그 자리에 있지 않았으므로 아라라기의 판단이 옳았는지 어떤지는 나는 알 수 없다. 그렇다기보다, 알 생각은 고사하고 나에게는 그걸 생각할 생각도 없다.

나는 아라라기가 아니고, 오시노 시노부도 아니거니와 센고쿠 나데코도 아니고, 그리고 가엔 선배도 아니다. 즉 그것은 나에게는 일절, 관계없는 이야기니까.

가엔 선배의 의도는 하네카와의 이야기를 듣고 어느 정도 추측해 버린 부분이 있지만, 그렇다고 해도 나에게는 그 선악이나 옳고 그름을 판단할 생각은 전혀 없었다.

그래서 그 학원 옛터…의 부지를 찾아간 것은 일단 뭔가 일을 하는 데에 힌트 같은 것이 있으면 좋겠다는 마음이 없었던 것은 아니지만, 기본적으로는 흥미 반 재미 반이었다.

오시노가 어떤 곳에서 지내고 있었는지 알아서 손해될 건 없다고 생각했던 것이다. 다만 건물 자체가 없어져 있었으므로 그 목적에 관해서 말하면 그리 만족스러운 결과였다고 말할 수는 없었지만.

다만 재미있는 우연이 있었다.

그것이 사건이다.

나는 공터가 된 그 장소에서 우연히 지인인 누마치 로카라는 소녀와 만났던 것이다.

몇 년쯤 전에 다른 마을에서 만난 아이인데, 이 마을 사람이었나.

그것은 언젠가 도움이 될 것 같은 정보였다.

예를 들면 장래에, 칸바루 스루가와 관계를 가질 때라든가 말이야.

그리고 1월은 끝났다.

'1월은 가고 2월은 도망가고 3월은 떠난다' 라는 말이 있는데, 끝나 보니 눈 깜짝할 사이의 30만 엔…이 아니라 30일이었다. 의뢰를 받은 날을 포함하면 31일인가.

계획표나 기록, TODO 리스트를 정리한 노트도 열 권 정도가 되어 버렸다. 일이 끝나면 찢어 버릴 물건일 뿐이지만, 그래도 호텔에서 밤마다 자기 전에 그것을 다시 읽어 보면 '일을 했구나' 라는 충실감을 느낄 수 있었다.

사기꾼의 충실.

센조가하라와는 이 한 달간 전화로 몇 번이나 대화를 했지만, 직접 만난 것은 그날 밤의 미스터 도넛이 마지막이다. 필요경비를 이후에 청구할 필요도 없어 보이니, 이대로 만나지 않고 일을 끝마칠 수 있으면 좋을 것이다. 서로에게.

하네카와는 그 다음 날, 즉 1월 5일에 다시 해외로 출발했다. 그렇다기보다 이것은 거짓말일지도 모른다. 그렇게 말하고 아직 일본에 머무르거나, 혹은 다시 금방 몰래 일본으로 돌아와서 오시노를 찾고 있거나 다른 해결방법을 알아보고 있을지도 모른다. 어쨌든 그녀에 대해서는 별로 신경 쓰지 않는 것이 좋아 보인다. 나는 내 일을 할 뿐이고 하네카와는 하네카와의 스타일을 관철할 뿐이다.

센고쿠 부부하고는 그 뒤로 한 번도 연락을 취하지 않았다. 저쪽으로부터의 연락도 없다. 이 일이 이후로 어떻게 굴러가더라도 나는 앞으로 평생, 그 선량한 부부와는 관계를 가질 일이 없을 것이다.

그러고 보니 대학 입시에 앞선 일제고사가 있었던 것 같다.

내가 '백번참배'를 하고 있는 동안 부정출발하듯 센고쿠 나데코를 찾아오는 경우가 있다던 아라라기와 한 번도 조우하지 않았던 것은, 아무래도 그것 때문에 녀석의 입시 공부가 본격화했기 때문인 듯하다.

참고로 센조가하라의 이야기에 따르면 아라라기는 시험을 제대로 치르긴 했지만 만족스러운 성적을 얻지는 못했다고 한다.

목숨이 위기에 처한 지금, 그것은 당연한 결과라고 말할 수 있었다. 적어도 그런 핑계를 댈 수 있다. 내가 센고쿠 나데코를 멋지게 속일 수 있다면(하네카와의 표현을 쓰자면 '속여 줄 수 있다면') 2차시험에서는 그런 핑계는 통하지 않게 되므로, 그것을 위해서라도 노력하자며 나는 모티베이션을 높였다. 예비고사에서 떨어지지 않았으면 좋겠는데.

그리고 1월이 끝났다.

2월이 되었다.

예정일이다.

033

[그래. 그러면 드디어 오늘이구나.]

“응, 드디어. 그런 거다.”

호텔을 나오기 전, 이른 아침에 나는 센조가하라에게 전화를 걸었다—이미 겨울방학은 끝나고 3학기가 시작되어 있다. 그래서 전화를 거는 시간은 이른 아침이었던 것이다—다만 3학년인 센조가하라는 꼭 출석해야만 하는 것은 아닌 듯하지만,

이상한 부분에서 성실한 녀석이다.

성실하지만 이상한 녀석이라고 할 수도 있다.

[괜찮을까? 역시나 긴장되는데.]

“긴장하지 않아도 돼.”

나는 여유로운 어조로 말했다. 물론 나도 일이 오늘로 완료된다고 생각하면, 오늘로 완수라고 생각하면 그야 긴장 같은 마음이 없는 것도 아니다. 하지만 그런 상황에서 여유를 보이는 것이 어른이다.

“오늘 밤에 전화를 걸지. 그것이 마지막 보고가 될 거야. 그 뒤로는 아라라기하고 축배를 들 준비라도 하고 있으라고.”

[축배라….]

센조가하라는 어떤 심경인지, 한숨을 쉬는 느낌이었다. 아무래

도 그냥 긴장하고 있는, 바짝 긴장해 있다기보다는 그냥 기운이 없는 느낌이었다. 어째서일까?

나는 조금 신경이 쓰여서 물었다.

"무슨 일이라도 있었나?"

설마 가장 중요한 장면을 앞둔 이때에 뭔가 상황이 바뀐 걸까. 그것은 실제로 자주 있는 일이기도 했다. 일이란 것은 아슬아슬하고 가장 중요한 장면을 앞둔 상황에서, 기본적이라고 해도 좋을 정도로 뒤엎어지는 법이다.

[아니, 아무것도 아니야…. 그냥, 카이키. 당신하고 이야기하는 것도 이것을 포함해서 앞으로 두 번이라고 생각하니 조금 쓸쓸해진 것뿐이야.]

센조가하라는 명백히 마음에도 없는 소리를 했다. 그런 것으로 나를 속일 수 있다고 생각하기라도 하는 걸까. 그렇게 어쩐지 모욕당한 듯한 기분이 들어서 나는,

"그건 나도 같은 기분이군. 너하고 이렇게 몰래 연락을 취할 수 있는 것은 2년 전을 떠올리게 해서 꽤나 즐거웠어."

라고 마찬가지로 마음에도 없는 말을 했다.

그러기는커녕 마음 없는 말일지도 모르지만.

저쪽에서 바로 전화를 끊어도 어쩔 수 없다고 생각했지만(이 한 달간 몇 번이나 있었다. 내 쪽에서 끊는 일도 있었고, 센조가하라 쪽에서 끊는 일도 있었다. 용케 오늘까지 일이 취소되지 않고 유지되었다) 센조가하라는,

[쿡.]

하고 웃었다.

기분 나쁘다. 그렇게 웃는 녀석이 아닌데. 아니, 그것은 2년 전 일까.

이미 다른 것이다.

다른 사람보다도 다르다.

[물론 아라라기 군하고 축배를 들게 될 거라고 생각하는데, 카이키. 당신에게 뭔가 감사인사를 해야만 하지 않을까 싶어. 마지막에 한 번, 만날까?]

"아니, 그럴 필요는 없어. 웃기지도 않는 농담은 하지 마. 가엔 선배 덕분에 필요경비를 청구할 필요도 없어져서 내 수입도 플러스로 끝났고, 감사받을 이유도 없어. …아, 하지만 이건 사후 서비스는 아닌데 말이지, 센조가하라."

[왜.]

"1월 초에 했던 말, 제대로 기억하고 있나? 만일을 위해서 반복해 두겠는데, 너, 아라라기에게는 잘 말해 두라고. 지금은 입시 공부로 바쁜지 모르겠지만, 내가 센고쿠 나데코를 속여 놓더라도 나중에 그 녀석이 키타시라헤비 신사에 센고쿠 나데코와 만나러 가기라도 했다간 그때는 모든 것이 물거품이야."

[…그 부분이지.]

당연히 센조가하라도 그 문제점은 깨닫고 있는지 곤란한 듯이 말했다.

[결국 문제는 그 부분이야. 모든 것을 정직하게 이야기한다면 당신이 관련되어 있는 것도 이야기해야만 하니까…. 그렇게 되면 아

라라기 군은 오히려 고집을 부리며 센고쿠 나데코를 만나러 갈지도 몰라.]

"연인이잖아. 그러니까 달리 방법이 없다면 정말 농담이 아니라. 나를 위해서 참아 달라든가, 나하고 센고쿠 중에 누가 소중한가 하는 식으로 어리광 부리며 설득하라고."

[…그러니까 그런 식으로 말할 수 있었으면 내 인생은 이렇게 되지 않았어.]

그야 그렇겠지. 하지만 그래도 목숨과 관계되는 일인데, 무리를 해도 그 정도의 연기는 할 수 없는 법일까?

[아니, 할 수 있다 없다는 얘기가 아니라 할 수 있다고 해도 아라라기 군에게는 들킬 거라는 얘기야. 내 연기력은 뛰어나지만, 그래도 갑자기 그런 말을 하면 노골적으로 부자연스러우니까.]

"그렇겠지. 그렇다면 갑작스럽지 않게 말하면 돼. 내가 한 달을 통째로 써서 센고쿠 나데코를 구워삶은 것처럼, 너는 두 달을 통째로 써서 아라라기를 구워삶으면 돼."

[구워삶다니….]

센조가하라는 기가 막힌다는 듯 말했다.

[당신에게 인간관계는 흥정일 뿐이구나.]

"흥정 따윈 한 적 없어."

순간적으로 부정해 버렸지만, 그러나 이 대화 자체가 견해에 따라서는 흥정이라고도 할 수 있었다. 나는 흥정이 통하지 않는 인간이고자 하는 마음가짐을 갖고 있지만, 그것은 내가 흥정을 하지 않는다는 뜻은 아니었는지도 모른다.

"뭐, 어쨌든 타임 리밋은 없어졌어. 만약 센고쿠 나데코를 구하고 싶다고 말한다면, 그것은 너희들이 대학생이 되고 나서 해도 늦지는 않겠지."

하네카와와 만난 것은 당연히 센조가하라에게는 비밀로 하고 있지만, 그러나 나는 그녀의 발언을 염두에 두면서 그렇게 말했던 것이다.

"그러니까 아라라기에 대해서는 설득할 수 없다고 해도, 산에 다가가지 않을 만한 적당한 이유를 만들어 내야겠지. 목숨이 걸려 있으니, 그 정도는 해 줘."

[그러네…. 목숨이 걸려 있으니까.]

그렇다.

센조가하라의 목숨도 걸려 있고 아라라기의 목숨도 걸려 있는 것이다. 어떤 식으로 말하더라도 그것은 불성실한 행동은 되지 않을 것이다.

아니, 되는 건가?

어떠한 이유가 있더라도 연인에게 비밀을 가져서는 안 되는 걸까?

나로서는 알 수 없었다. 정말로 알 수 없었다.

"저기, 센조가하라. 한 가지 물어봐도 될까?"

[뭔데.]

"너, 아라라기의 어디를 좋아하지?"

[당신이 아닌 부분이야.]

센조가하라로서는 재치 있는, 그리고 비아냥거리는 답을 나에게 했다고 생각했을지도 모른다. 그렇지만 그래서는 소거법적이라고 해도 연인의 선정기준이 나에게 치우쳐 버린다는 것을 깨달은 듯,

[아라라기 군이기 때문이야.]

라고 고쳐 말했다.

[아라라기 군이 아라라기 군이 아니었다면 분명히 좋아하게 되지 않았겠지.]

"잘 모르겠군."

나는 말했다.

"너는 지금은 그런 식으로 열기를 띠며 아라라기를 위해서라면 자기 목숨도 희생할 정도로 몰입하고 있는 것 같은데, 어차피 대학생이 되면 간단히 헤어질 거라고, 너희들은."

[…….]

"어쩌면 그건 사회인이 되고 난 다음인지도 모르지. 고교생 때에 이루어진 커플이 그대로 골인하는 일은 좀처럼 없잖아. 어차피 시시껄렁한 연애놀이다."

[…뭐, 흘려들어 줄게. 나도 이 마당에 와서 모든 것을 뒤엎을 정도로 계산이 안 되는 여자는 아니야. 다만 어째서 그렇게 심술궂은 소리를 하는지 알려 주겠어?]

받아치지 않고, 오히려 그런 기특한 태도로 말하는 것은 예상 밖이었다. 그리고 그 말을 듣고 보니 어째서 나는 고교생 어린애에게 이렇게 심술을 부리는 걸까.

연애놀이든 뭐든, 본인들이 즐거우면 그걸로 족하지 않은가. 나는 왜 깐죽거리며 트집을 잡고 있는 걸까?

말하자면 놀이터의 모래밭에서 소꿉놀이를 하는 유치원생들에게 '실제 결혼 생활은 그런 게 아니야!' 라고 말하는 것이나 다를 바 없지 않은가.

나는 자신을 부끄러워했다.

그래서 대답도 하지 않고, 반강제로 이야기를 끝내기 위해서,

"어쨌든 축하한다."

라고 말했다.

"좋아하는 아라라기 군하고 함께 살아남을 수 있어서 잘됐구나."

[…성급하네. 아니면 자신감이 넘치는 거야? 오늘 잘되지 않으면 맨 처음부터 잘되지 않았던 것하고 마찬가지인데. 설마 당신, 벌써 성공했다고 생각하는 거야?]

"생각하지."

나는 손쉬운 센고쿠 나데코 설득과정을 다시 한 번 머릿속에서 시뮬레이션하고 나서 더욱 자신감을 담아 그렇게 말했다.

방심하고 있는 것은 아니다. 역시나 긴장은 하고 있지만, 그것을 센조가하라에게 전달할 필요는 없다.

"걱정할 필요 없어. 네가 학교에서 돌아올 무렵에는 모든 것이 해결되어 있을 거야."

[…그래. 그럼.]

그럼 이만, 이라고 말하며 센조가하라가 전화를 끊을 거라고 생각했다. 그러나 그 뒤에 말이 이어졌다.

[저기, 이런 걸 성공한 뒤에… 즉, 당신의 일이 성공한 뒤에, 당

신이 나를 구해 준 뒤에 말하면 느낌이 나쁠 거라고 생각하니까 먼저 말할게.]

"뭔데."

[나를 구했다고 해서 우쭐하지 마.]

"……."

[아니, 물론 감사는 하고 있어. 감사인사를 할 거고, 만약 당신이 마음을 바꿔서 추가요금을 요구한다면 그걸 지불할 생각도 있어. 시키는 대로 전부 하지. 다만 이것으로 내 옛 원한이나 불화를 잊을 수 있다고는 생각하지 마. 나는 평생, 당신을 원망할 거야. 계속 미워할 거야. 싫어… 싫어할 거니까.]

"응…?"

나는 고개를 끄덕였지만 그것은 어정쩡한 몸짓이 되어 버렸을 것이다. 이 녀석은 뭘 당연한 소리를 하고 있는 거지? 일부러 그런 식으로 새삼 이야기할 만한 것은 아닐 텐데.

잘 알 수 없는 녀석이다.

정말로 잘 알 수 없는 녀석이다.

돌이켜 보면 2년 전부터 그런 부분이 있는 녀석이었지만.

[약속도 유효해. 이 일이 끝나면 평생, 내가 사는 마을에 들어오지 마. 내 앞에, 나와 아라라기 군 앞에 두 번 다시 모습을 보이지 마.]

"안심해, 나는 약속을 깬 적이 없어."

어쩔 수 없이 적당히 대답하자, 센조가하라는 [그랬지.]라고 극히 무감정하게 말했다.

"옛날에도 지금도, 당신은 나에게 거짓말을 한 적은 없었어."

034

전화를 끊고, 그런 뒤에 나는 그대로 체크아웃하고 호텔 밖으로 나왔다. 노트나 갈아입을 옷가지 등, 생활하는 동안에 상당히 짐이 늘어나 버려서 빈손으로 체크아웃하지는 못하고 구입한 캐리어를 질질 끌면서 체크아웃하게 되었다.

설마 캐리어를 들고 눈 덮인 산길을 오를 수 있을 리도 없으니, 나는 그것을 역의 코인로커에 넣었다. 아니, 지금은 코인로커라고 부르지 않던가. 실제로 나도 휴대전화의 IC칩으로 로커의 문을 잠갔으니까.

어쨌든 오늘로 일이 끝나면 그 캐리어의 내용물은 거의 처분해야 하므로, 차라리 캐리어까지 통째로 주변 어딘가에 버려도 괜찮지만. 뭐, 인생에 무슨 일이 일어날지는 알 수 없다.

'집에 돌아갈 때까지가 소풍'이라는 말은 가만히 생각해 보면 주의 깊다기보다 약간 병적이지만, 그래도 마음가짐으로서는 옳다.

실제로 내가 이날, 키타시라헤비 신사에 갈 때까지는 한 가지 과정이 더 있었다. 무슨 일이 일어날지 알 수 없는, 그것은 확실한 예상이었다.

캐리어를 로커에 넣고, 전철에 타고 그들이 사는 마을로 향하는 도중, 그야말로 그 전철 안—러시아워를 피한 시간을 택했으므로 텅텅 빈 차량 안—의 내 옆에 동녀가 앉았다.

식신 소녀, 오노노키 요츠기다.

"예~이."

그렇게 가로로 피스 사인을 하며 나타났다.

무표정하다.

"…이제 와서 무슨 용무지?"

나는 옆을 보지 않고, 정면을 향한 채로 그녀에게 말을 걸었다.

"나는 가엔 선배에게는 절연당했을 텐데."

"아니, 당신하고의 인연을 끊은 것은 어디까지나 가엔 씨지 나는 아니야. 나에게 카이키 오빠가 오빠인 것은 흔들림 없어."

"흔들리라고, 그 부분은."

카이키라고 불러, 라고 말했다.

오노노키는 알았어, 라고 대답하고는,

"하지만 그렇다는 것은 정말로 가엔 씨에게 거스를 생각이구나."

라고 말을 이었다. 무감동하게. 극히, 그리고 극단적으로 무감동하게.

"가장 중요한 장면을 앞둔 상황에서 그 결단을 뒤집을 생각이 아닐까 하고 생각했는데…. 기대했는데."

"가엔 선배의 말을 듣고 온 거 아니야?"

"으응? 아니야. 나는 귀신 오빠네 집에 놀러 가던 것뿐이야."

"……."

귀신 오빠라는 것은 아라라기 코요미의 닉네임일까. 오노노키치고는 꽤나 빼어난 네이밍 센스다.

"날 귀여워해 주거든. 그러니까 카이키하고 여기서 만난 건 우연이야."

"…이런 우연이 있다니, 세상이란 참으로 신기하군."

"응. 신기해. 새빨갛게 신기해."

나는 생각했다.

평범하게 생각하면 오노노키는 그런 말을 들었던 것뿐이고, 가엔 선배는 아니라고 해도 카게누이라든가 누군가의 명령을 듣고 나에게 최후의 충고를 하러 왔다고 봐야 할 것이다.

다만 정말로 우연인지도 모른다고 생각했다.

평소의 나라면 그런 일은 절대 없다고 생각했겠지만, 이때만큼은 그렇게 생각했다.

어쩌면 오노노키가, 자신의 의지 따윈 거의 가지고 있지 않을 이 시체의 츠쿠모가미가 개인적인 동기로 나에게 충고하러 왔을지도 모른다고, 그렇게 생각했다.

있을 수 없지만, 있어도 좋다.

그렇게 생각했다.

"300만 엔. 가엔 씨를 거역하는 보수로서는 너무 싸다고 생각하는데…. 가엔 씨가 그럴 생각이 없더라도, 카이키 당신은 이제부터 이 업계에서 살아가기 힘들어질 거야."

"이 세상을 살기 쉽다고 생각한 적은 한 번도 없어. 자기 인생을 싸구려라고 생각한 적은 몇 번인가 있지만."

"……."

"가엔 선배도 적대세력이 없는 것도 아니야. 그 녀석들을 적당히 속이면서 한동안은 버텨 나갈 거야."

"…그렇게 소중한 걸까, 남의 여자친구가."

오노노키는 이상하게 돌려 말했다. 역시 고약한 인간과 가까이 지내면 성격이 꼬여 버리는구나.

"남의 여자친구가… 그리고, 옛 여자가."

"아무래도 뭔가 오해하고 있는 것 같군. 정정할 생각은 없지만."

사람의 착각은 그냥 내버려 둬야 한다.

괴이의 착각도.

착각하는 오노노키는 그 어긋난 착각에 따라 계속해서 말했다.

"당신답지 않아, 카이키. 자기답지 않은 짓을 하면 정말로 변변한 일이 없다고. 그런 실패를 예전에 경험한 적이 없는 것도 아닐 텐데."

"……."

"아, 하지만 자기답지 않다고 말할 것도 없나. 2년 정도 전이었던가? 카이키가 꽤나 커다란 규모의 종교단체에 사기를 쳐서 망하게 만들었던 것 말인데."

"……."

"간접적이라고 해도 나도 거들었으니 기억하고 있어. 그것도 센조가하라를 위해서였지? 그 애의 어머니가 빠졌던, 그렇다기보다 빠지게 되어 버린 악덕 종교단체를 당신은 큰돈도 되지 않는데 그 애를 위해서 망하게 만들었잖아? 뭐, 결국 그 애의 어머니는 더 상위 계열의 단체로 옮겨 갔을 뿐이라 아무런 해결도 되지 않았지만."

"…재미있는 견해를 가지고 있군, 너는. 나는 그저 지나가던 김에, 일하는 중에 찍어 뒀던 내 몫을 가로채려고 했던 종교단체에 훼방을 놔 봤을 뿐인데. 하지만 뭐, 큰돈은 되지 않았던 것도 사실이었고, 어떻게 생각하든 상관없어. 그런 착한 녀석으로 여겨진다고 내가 손해를 보는 것도 아니야. 그건 일로서는 실패였어."

"그리고 이번에도 실패하는 거 아니야? 가엔 씨가 정말로 걱정하고 있는 건 그거야. 인연도 연고도 없는 모르는 마을이 아니라, 가엔 씨는 당신의 몸을, 당신의 심신을 염려하고 있는 거야. 또 카이키답지 않은 일을 하는 게 아닐까 하고."

"그런 선배가 선배인 체하는 건 마음에 안 드는걸."

"센조가하라 가의 가정을 붕괴시킨 것도, 결과적으로 이혼할 수밖에 없는 상황으로 몰아넣은 것도 그 방법밖에 없었기 때문 아냐? 어머니를 센조가하라로부터 떼어 놓지 않으면 외동딸에게 미래가 없다고 판단했기 때문 아냐?"

"아아, 그래. 맞아. 그 말대로 사실 나는 아주 좋은 녀석이었다고. 그렇게 어린애를 아끼는 마음씨 고운 녀석이었어. 나쁜 녀석인 척하는 것뿐인 녀석이었어. 훤히 꿰고 있네. 잘 알고 있구나, 너. 하지만 남에게 말하지 마, 부끄러우니까."

"그것도 실패였지. 당신은 어머니를 생각하는 딸의 마음을 이해하지 못하고 있었어."

"그래, 맞아. 그랬지. 이야~, 이해를 못 했었지, 그 무렵의 나는.

같은 실패를 반복하지 않도록 조심해야겠는걸. 응, 인생은 기니까 이제부터라도 노력해 나가야지."

"…당신, 평생 그런 성격이야?"

"그래. 나는 평생 이런 성격이다."

"자신도 자신이 뭘 하고 있는지, 사실은 모르는 거 아니야?"

"자신도 자신이 뭘 하고 있는지 모르는 녀석이 어디 있어. 너도 어째서 나하고 이런 이야기를 하고 있는지, 어째서 나에게 그런 이야기를 하는지 모르는 거 아니야?"

"성공률은 아주 높다고 생각해. 분명히 카이키는 센고쿠 나데코를 간단히 속일 수 있겠지. 그냥 생각하면 그렇게 돼. 하지만 당신은 이런 때에 반드시 실패해. 그래 왔어."

"……."

"적어도 가엔 씨는 그런 식으로 생각하고 있는 게 아닐까. …내가 말할 수 있는 건 그 정도야."

"그런가."

그것만 말했다. 특별히 반응하지 않고 감상도 말하지 않았다.

그 뒤에는 전철이 목적한 역에 도착할 때까지 카게누이의 근황 같은 것을 들었다. 그 여자는 여전한 듯하다. 여전히 자기답게 살고 있는 듯하다.

035

센조가하라 히타기를 처음 만났을 때. 즉 2년 전에 나는 그녀를,
"연약해 보이는 꼬마로군."
이라고 생각했다.
물론 그 무렵 센조가하라는 기이한 병에 걸려 있었다. 그래서 신앙심 두터운 어머니에게, 당시 고스트버스터를 표방하고 있던 내가 불려 왔던 것이다. 하지만 기이한 병 운운하는 것을 제쳐 두더라도 나는 그녀를 '연약해 보인다' 라고 생각했다.
그 감상은 지금도 변함없다.
'연약해 보인다'.
기이한 병이 나은 지금도, 남자친구가 생긴 지금도, 개심했다는 지금도 '연약해 보인다' 고 생각한다. 센고쿠 나데코가 '망가져 있는' 소녀라고 한다면 센조가하라 히타기는 '망가질 것 같은' 소녀였다.
약하고, 위태로워 보인다고 생각했다.
그래서 지금의 그 녀석은 기적이라고 생각한다. 기이한 병이 아닌 기적이다. 그렇게나 부서지기 쉬워 보이던 인간이 2년 전에도, 지금도, 18년이나 계속 부서지지 않고 살아왔다는 것은.
어머니는 부서졌다.
하지만 딸은 부서지지 않았다. 앞으로 어떻게 될지는 알 수 없지만, 그러나 적어도 지금 이때에 부서질 일은 없다.
내가 센고쿠 나데코를 속이기 때문이다.
"나데코예요!"
1만 엔 지폐를 새전함에 넣자 평소처럼, 지난 한 달간 매일 봤던

것처럼 센고쿠 나데코는 등장했다. 재미있는 포즈도 역시나 질렸다고 할까, 조금 식상한 느낌이었다.

그렇다고 해도 그런 센고쿠 나데코를 보는 것도 오늘이 마지막이라고 생각하면, 쓸쓸하게 느껴지기도 하니 신기하다.

아니, 잠깐. 호텔에서 체크아웃해 버렸는데, 백번참배라고 말한 이상 나는 앞으로도… 앞으로 70일 정도, 이 신사에 계속 다니는 편이 좋은 걸까?

센고쿠 나데코에게 거짓 정보를 주고 속이자마자 내빼면, 그 정보의 신빙성이 낮아져 버릴지도 모른다.

흠…. 그렇다면 70일까지는 아니더라도 30일 정도는… 어이, 이봐.

이래서는 정말로 센고쿠 나데코와의 작별을 아쉬워하는 것 같지 않나. 포기를 못 하는, 물러설 때를 모르는 남자라고 할까….

물론 오늘로 끝내는 편이 좋다.

다니는 쪽이 좋다는 견해도 물론 있지만, 접촉이 많아지면 내 거짓말은 들키기 쉬워진다. 어차피 '좋아하는 코요미 오빠'가 손을 댈 것도 없이 죽었다는 쇼킹한 정보를 알면, 나에 대해서는 어떻게 되든 상관없어질 것이 틀림없다.

"와아! 1만 엔, 1만 엔!"

"……."

나는 센고쿠 나데코의 기묘한 움직임에 조금 질려 있었지만, 센고쿠 나데코는 새전 1만 엔에 아직 질리지 않은 듯 평소대로 기뻐하고 있다.

뭐, 돈으로 기뻐하는 인간은 솔직해서 좋다.

현시점에서 합계가 이미 30만 엔을 넘고 있으므로, 그 점만 보면 역시 돈이 많이 드는 여자라고 해도 되겠지만….

갑자기 본론으로 들어가는 것도 뭣하므로 우선은 평소대로 실뜨기로 놀거나 술을 마시게 하거나 하며 시간을 보냈다.

그리고 어디서부터 이야기를 꺼낼까 하고 계기를 찾던 중,

"맞다! 카이키 씨!"

라고 센고쿠 나데코가 손뼉을 쳤다.

그때 실을 뜨던 내 손안의 다리 모양이 무너졌지만, 센고쿠 나데코는 그것을 보려고도 하지 않고 말했다.

"이제 그만 알려 줘!"

알려 달라고 말해도 무슨 말인지 모르겠다. 뭘까, 실뜨기의 새로운 기술을 말인가? 이제 내가 알고 구사할 수 있는 기술은 전부 전수해서, 거꾸로 뒤집고 털어도 아무것도 안 나오는데….

하지만 그런 것이 아니었다.

센고쿠 나데코가 말하는 것은, 나에게 알려 달라고 요구하는 것은 내가 백번참배를 하면서까지 이루고 싶어 하는 소원의 내용이었던 것이다.

"아아…, 소원."

"그래! 어쩐지 이래서는 나데코, 그냥 돈을 받기만 하는 것 같아서 마음이 불편해! 나데코, 신이 된 지 얼마 안 되어서 제대로 할 수 있을지 알 수 없지만, 카이키 씨. 소원을 그냥 한 번 말해 봐!"

"……."

아차. 실수하고 있었다. 생각하지 않았다. 나중에, 나중에, 하며 미루는 동안에, 게다가 애초에 백번참배를 달성할 생각도 없었기 때문에 나도 머릿속에 후보가 없다. 사업번창이라고만 말해 두었는데, 그런 말을 하지 않을 걸 그랬다. 설마 내 사업에 대한 자세한 이야기를 할 수 있을 리도 없다.

허를 찔린 기분이었다. 어떡하지.

나는 생각하지 않은 대로,

"하지만 소원이란 건 남에게 말해 버린 순간 이루어지지 않게 된다고 하지."

라고 우선 말을 이었다. 속으로는 열심히 얼버무리려 하고 있지만, 그래도 표면상으로는 아무런 변화도 나타나지 않았을 것이다.

"어?"

그렇게 센고쿠 나데코는 고개를 갸웃거렸다.

"무슨 얘기야?"

"이 신사의 예법이 어떤지는 이제부터 네가 정하겠지만, 하츠모데 같은 데서는 자기가 빈 소원은 남에게 알려 주지 않는 법이야. 말하면 소원이 이루어지지 않게 된다면서."

"응? 어째서 다른 사람에게 말하면 소원이 이루어지지 않게 돼?"

"말 같은 건 신용할 수 없기 때문이겠지."

발원發願에 관한 좀 더 구체적인 이유가 있던 것 같은 기분이 들지만, 나는 여기서는 일부러 지론을 이야기하기로 했다. 센고쿠 나데코로부터의 생각지도 못한 기습이 있었지만, 그렇다면 그 부분을 계기 삼아서 나는 본론에 들어가기로 했던 것이다.

"이야기를 해서 누군가에게 말해 버린 순간, 그것은 마음과는 엇갈려 버려. 말 같은 것은 전부 거짓말이고 전부 사기야. 어떤 진실이라도 말한 순간에 각색이 들어가지. 말은 표현이니까, 거기에 불순물이 섞여 버리는 거야. 있는 그대로, 그냥 있는 그대로 소원을 빌고 싶다면, 그냥 바라고 싶다면 그 소원을 결코 입 밖에 내서는 안 돼."

"…어, 하지만."

센고쿠 나데코는 당황하듯이 말했다.

"그러면 나데코는 카이키 씨의 소원이 뭔지 알 수 없으니까 이뤄 줄 수 없고…. 게다가 나데코는 지금까지 자기 소원을 많이 말해 버렸어."

걸렸다. 혹시나 내가 은근슬쩍 암시한 그 점을 깨닫지 못하는 게 아닐까 하고 가슴 졸였는데, 그 정도의 현명함은 있는 것 같다. 어쩌면 센고쿠 나데코는 무당벌레보다는 현명한지도 모른다.

"코요미 오빠나 그 연인이나 노예를 죽이고 싶다고, 계속 말해 버렸어."

"그렇지. 그러니까…."

나는 말한다. 연출 가득히, 각색 가득히.

거짓의 말을, 평범한 말을, 센고쿠 나데코에게 말한다.

"…그러니까 그 소원은 이루어지지 않는다. 네가 그런 소원을 계속 말했으니까 이제 그 소원은 이루어지지 않아."

"…무슨 얘기야?"

"나는 오늘 그 이야기를 해야만 해. 그걸 너에게 알려 줘야만 해. 네가 죽이고 싶다고 말하던 아라라기 코요미는, 게다가 센조가하라 히타기도 오시노 시노부도 어젯밤에 교통사고로 죽었어."

센고쿠 나데코는 깜짝 놀란 듯이 눈을 크게 뜨고.

그리고 그녀의 머리카락도, 10만 마리 이상의 백사도 전부 눈을 크게 뜨고. 그리고….

"카이키 씨도 '나'를 속이는구나."

그렇게 말하며 빙그레 미소 지었다.

036

나의 일처리는 완벽했다. 그렇게 말할 만큼의 자신감은 있다. 한 달에 걸쳐서, 한 달간 매일, 자칫하다간 조난당할지도 모를 산길을 오르며 이 신사에 다녔다. 오늘 이날을 위한 사전 작업에 공을 들여 왔다.

그런데도 불구하고 센고쿠 나데코가 이렇게나 간단히 내 거짓말을 간파한 것은, 애초에 이 녀석은 나 같은 건 전혀 신용하지 않았다는 뜻이다.

믿지 않았다.

의심도 하지 않았지만, 믿지도 않았다.

그러니까 속이고 뭐고 없었던 것이다. 그런 의미에서는 내 쪽이 센고쿠 나데코에게 속았다고 말해도 좋을까.

지능적으로는, 현명하다든가 그런 관점에서 보면 센고쿠 나데코를 속이는 것은 확실히 쉬웠을 것이다. 무당벌레와 비교하는 것은 아무리 그래도 과장이었다고 해도, 그래도 그녀를 속이는 것은 사기꾼에게 식은 죽 먹기였을 것이다.

하지만 그런 것이 아니라, 나는 좀 더 마음의 문제를 중시했어야 했다. 결코 경시했다고 생각하지 않았지만, 그래도 이렇게까지 이 여자애가 마음을 닫고 있었다고는 생각하지 않았다.

마음의 어둠…이 아니라, 어둠의 마음이었다.

아무도 상대하고 있지 않다.

하네카와가 했던 말이 이제 와서야 새삼 내 머릿속에 메아리친다. 한 달간 실뜨기나 새전이나 술 같은 것으로 아주 조금이라도 신뢰관계 같은 것이 생겨나 있다고 생각했던 나는, 센고쿠 나데코로부터 신용을 얻었다고 생각했던 나는 엄청난 바보 이외의 아무것도 아니었다.

나는 센고쿠 나데코의 신자 제1호일지도 몰라도, 센고쿠 나데코는 나를 전혀 믿지 않고 있었다.

믿지도 의심하지도 않고.

단지 나를, 단순한 나로 보고 있었다.

실뜨기의 실이 되어 있던, 한 마리의 백사를 떠올린다. 자신이 자신을 먹고 있는 우로보로스를. 자신밖에 상대하지 않는 그 뱀을.

"정말로… 정말, 거짓말쟁이. 다들 하나같이, 정말 거짓말밖에 안 해."

샤아, 하고.

샤아샤아, 하고.

샤아샤아샤아샤아샤아샤아샤아… 하고.

키타시라헤비 신사를 품고 있는 산이, 뱀으로 변해 간다. 아니, 그렇게 표현하면 마치 옛날이야기나 신화에서처럼 산 자체가 한 마리의 커다란 뱀이었다는 듯한 이미지가 되어 버리는데, 물론 실제로 그런 것은 아니었지만 받은 인상으로서는 그 표현이 가장 가까웠다.

신사의 경내로부터도 본당 안에서도 새전함 안에서도, 신사 주변의 바위 아래서도 눈 속에서도 나무 그늘에서도 계속해서 하얀 뱀이 속속 대량으로 출현했던 것이다.

어둠에 빛이 비치듯이.

빛이 어둠에 삼켜지듯이.

공간에 계속해서 뱀이 출현했다. 10만 마리 정도가 아니다. 크고 작은 다양한 뱀이, 하얀 눈 속에서 꿈틀거리며 눈앞 전체를 채워 간다.

뱀, 뱀, 뱀, 뱀.

눈 깜짝할 사이에 아무것도 보이지 않게 되었다. 신사의 본당도 토리이도, 땅바닥도 나무도 풀도, 모든 것이… 하얀 뱀으로 뒤덮였다.

그곳에 간신히 보인 것은.

센고쿠 나데코의 모습뿐이다. 아니.

그녀 자신이 누구보다도 뱀이었으니, 역시 내 시야는 뱀으로 파묻혀 있는 것이다.

그런 환경 속에서, 센고쿠 나데코는.

역시 빙그레 미소 짓고 있다.

"…으."

기분 나쁘다든가 무섭다든가 하는 레벨을 이미 아득히 초월해 있다. 모습도 전혀 다르고 똑같이 취급하면 화내는 사람도 있을지 모르겠는데, 언젠가 어딘가의 바다에서 스쿠버 다이빙을 했을 때를 떠올렸다. 그렇다, 지금의 기분은 온통 눈앞에 펼쳐진 산호초를 봤을 때의 기분과 비슷했다. 너무나 장절해서 나는,

"아름답다."

라고.

그렇게 생각했던 것이다.

당연하게도 그 대량의 뱀은 내 몸도 사정 없이 구불구불 휘감아 간다. 그렇다기보다 내 옷 안에조차 하얀 뱀은 나타났던 것이다. 내 입안에서도 나오는 게 아닐까 하고 생각될 정도로, 어디에서나 어디에서랄 것도 없이 백사는 나왔고, 어디에서나 나타났다.

가짜라고 해도, 사기라고 해도 나도 고스트버스터를 자칭하던 몸이다. 이제까지 다양한, 그리고 수많은 기괴 현상을 목격해 왔다.

도시전설도 가담항설도 도청도설도.

나름대로 체험해 왔다.

센조가하라의 기이한 병도 그 한 가지 예이고, 그 일환이다. 그래서 나는 이렇게 되었을 경우의 패턴도 전혀 생각하지 않은 건 아니었다.

가엔 선배가 충고해 줄 것도 없이, 오노노키가 걱정해 줄 것도 없이, 하네카와가 염려해 줄 것도 없이 실패했을 경우도 생각하고는 있었다.

자신 있더라도 세상에는 무슨 일이 일어날지 알 수 없다는 것을 나는 알고 있다. 예를 들면, 내가 설령 만전을 기했다고 해도 누군가(미행자든 누구든)의 방해가 들어올 가능성은 있었다.

그러므로 센고쿠 나데코가 이런 식으로 폭주할 가능성을 전혀 경계하지 않았던 것은 아니다. 의심 많은 내가 그것을 경계하지 않을 리가 없다.

하지만 그 예상이 조금도 의미를 갖지 않을 정도로 센고쿠 나데코의 '폭주'는 상식을 넘어서고 있었다. 시야를 전부 뱀으로 채울 정도의 기괴 현상이라니, 나는 들은 적도 없다.

이 뱀이 진짜 뱀인지 이미지로서의 뱀인지조차 나는 판단할 수 없다. 그리고 무엇보다 두려운 것은 이것이 센고쿠 나데코의,

'폭주'

가 아니라는 사실이다.

지극히 정상적인 정신상태에서, 즉 아무런 감정의 기복도 없이 이만한 일을 해낸 것이다.

내 거짓말에 화를 내지도 않는다.

그것은 그녀가 처음부터 알고 있었던 일이니까.

"정말로 거짓말뿐이야. 정말로 거짓말뿐이야. 정말로 거짓말뿐이야…. 세상이란, 세계란, 이 세계란 정말로 정말로 정말로 정말로 정말로 정말로, 거짓말거짓말거짓말거짓말거짓말뿐이야…."

센고쿠 나데코는 말하면서.

자기 주위에 대량의 뱀을 뛰게 한다. 춤추게 한다.

산이 뱀으로 변해 가는 것 같은, 그렇다기보다 이미 막대한 뱀의 체적은 산의 체적을 넘어서고 있는 것으로 생각되기까지 했다.

가령 '실패' 했을 때를 위해 준비하고 있던 나의… 뭐, 작전 같은 것이라고 할까. 센고쿠 나데코에 대한 폭력적인 강공책이거나, 강제적인 타도법 같은 것이 간단히, 자기 안에서 눈 녹듯 사라져 가는 것을 통감했다.

아아.

이래서는 틀렸군.

어쩔 도리가 없다는 건 이런 걸 보고 하는 말이다.

센조가하라는, 게다가 하네카와도 오시노 녀석을 찾으며 마치 오시노라면 어떤 상황이라도 해결해 줄 거라고 생각하고 있는 것 같았지만, 마치 오시노를 슈퍼맨이라고 생각하고 있는 것 같았지만 이런 존재는 설령 오시노가 있다고 한들 어떻게도 되지 않았을 것이다.

당초의, 오시노 시노부를 뱀신으로 만든다는 계획과 어긋난 결과가 되었는데도 그 가엔 선배가 '손을 뗐다' 는 것도 고개가 끄덕여진다. 이 소녀의 원념은.

멘탈은.

전설의 흡혈귀, 모든 파라미터가 규격 외라고 이야기되는 철혈이자 열혈이자 냉혈의 흡혈귀, 키스샷 아세로라오리온 하트언더블레이드조차 초월했는지도 모른다.

"정말로 진짜, 거짓말쟁이라니깐!"

"하. 누구에게 하는 소리야."

실소하면서 그런 식으로 입을 여는 자신이 믿기지 않았다. 얼마나, 어디까지 허세를 부릴 셈이지, 나는. 그러나 이 상황에서, 이제 와서 나를 거짓말쟁이라고 부르는 센고쿠 나데코는 어린아이인 것을 제쳐 두더라도, 갓 신이 되었다는 점을 제쳐 두더라도 너무나도 어리숙해서.

실소하지 않을 수, 쓴웃음 짓지 않을 수 없었다.

"그리고 무슨 소리를 하고 있는 거야. 마치 자기는 거짓말을 한 적이 한 번도 없는 것 같은 말투잖아. 너도 주위의 전부를 속여 왔으면서."

"……."

센고쿠 나데코의 미소는 흔들림 없다.

내 말이 전해지지 있지 않다.

말이 전해지지 않으면 속일 수 있을 리도 없다. 어떤 의미에서 그녀는 계속 자신을 속여 오고 있으므로, 그 상황에서 다시 한 번 내가 그녀를 속일 수 있을 리도 없다.

그러니까 나의, 이런 발버둥 같은 말이야말로 꼴사나웠다. 온몸을 덮쳐오는 뱀의 중량에 짓이겨질 것 같은 상황에서도, 그래도 필사적으로 쿨한 체하는 내 쪽이 훨씬 어린애 같았는지도 모른다.

"내가 거짓말쟁이면 너는 거짓말쟁이의 왕이라고. 좋아하는 사람을 죽이려고 한다니, 넌 알기 쉽게 엉망진창이야. 거의 파탄 나 있다고 말할 수 있을 정도야."

이런 식으로 자신이 정론을 말하기 시작하면 이제 끝장이라는 뜻이기도 하다. 어쩔 수 없이 휘두르는, 마지막의 마지막에 날리는 비수라고 할까…. 그러나 이것은 자해용 무기나 마찬가지였다.

"코요미 오빠가 좋다느니, 아주 좋아한다느니, 거짓말하지 마. 그냥 싫어할 뿐이잖아? 그냥 짜증 난다고 생각하고 있을 뿐이지? 너는 자기를 가장 좋아해 주지 않는, 다른 여자를 연인으로 삼은 코요미 오빠가 밉고 싫어서 견딜 수가 없는 거잖아? 그렇다면 그렇게 말하면 될 텐데, 그런 식으로 남을 미워하거나 싫어하는 자신이 되고 싶지 않으니 '좋아한다'는 것으로 해 두고 있을 뿐이잖아? 결국 네가 좋아한 것은 코요미 오빠가 아니라 너 자신이야. 너에게 있는 것은 자기애뿐이야."

자기애自己愛뿐이다.

자애自愛뿐이다.

세상이, 혼자서 닫혀 있다.

그러니까 나라도, 오시노라도, 가엔 선배라도, 아라라기라도 이 여중생을 구원할 수는 없는 것이었다.

아무도 구할 수는 없는 것이었다.

말하자면… 그렇다. 오시노가 학생 시절에 자주 말했던 그거다. 사람은 사람을 구할 수 없고, 자기가 알아서 살아날 뿐이다.

현재 이미 행복한, 자기애에 가득 찬, 뱀으로 가득 찬 센고쿠 나데코는 이미 자기구제를 이루었고 그렇기에 그곳에는 타자가 들어갈 여지가 없었다.

"너는 누군가의 소원을 이뤄 줄 수 없어. 아무리 신인 척해도,

실제로 신이라고 해도 궁극적으로 자기밖에 생각하지 않으니까. 자기밖에 믿지 않으니까 말이야. 타인의 심정을, 타인의 신조를 생각해 줄 수 있을 리가 없어."

다른 사람도 아닌 내가 그런 말을 하는 건가.

애초에 나는 무슨 말을 하고 있는 걸까.

이런 말을 하고 있을 여유가 있다면 그 사이에 목숨을 구걸해야 하는 것이 아닐까? 이미 어떤 행동을 취하더라도, 어떠한 언질을 하더라도 상황은 거의 끝나 있다.

센고쿠 나데코의 신호 하나로 주위를 가득 채운, 주위를 어지럽히는 무한한 뱀이 내 온몸에 이빨을 박아 넣을 것이다. 그리고 독이 온몸에 퍼질 것이다.

불사신의 흡혈귀인 아라라기 코요미조차 잠시도 버티지 못한 독이다.

평범한 인간인 나 따위는 한순간도 버티지 못할 것이다.

아니, 내 경우, 센고쿠 나데코는 독을 사용할 필요조차 없을지도 모른다. 이대로 뱀이 무한히 늘어 가면 그 무게만으로 나를 짓이겨 버릴 수 있을 것이다.

현시점에서 이미 양어깨나 머리에 얹힌 뱀의 중량으로 내 몸은 한계에 가깝게 삐걱대고 있다. 뱀은 그 긴 몸통으로 작은 동물을 휘감아서 뼈를 부러뜨린 뒤에 삼킨다고 하는데, 그런 느낌이었다.

그러니까 나는 말해야 했다.

'용서해 줘' 도 '그만해 줘' 도 '미안합니다' 도 '잘못했어' 도 괜찮으니 자존심 같은 건 버리고, 어른으로서의 체면도 버리고 뭐하다면 무릎을 꿇고 엎드려서 그녀를 속이려고 했던 자신을 진지하게 반성해야 했다.

분수를 몰랐던 것을 부끄러워하며.

자신의 어리석음을 부끄러워하며.

살려 줘, 라고 빌어야 했다.

"너는 어리석어. 바보야. 나는 너를 미쳤다고 생각하고 있었지만, 아니었어. 너는 그냥 어리고 순진한 것뿐이야. 너는 자기밖에 생각하지 않는, 흔히 볼 수 있는 민폐덩어리일 뿐이야. 너, 신이 되었다고 해서 자신을 특별한 존재라고 착각하고 있는 거 아니냐?"

그런데도 나는 그런 말은 하지 않고 오히려 센고쿠 나데코를 나무라는 말만 한다. 성격 한번 단단히 꼬였다는 느낌이다.

용서를 구걸해야 하는데, 어째서 그렇게 하지 않는 걸까. 그것은 아마도 내가 센고쿠 나데코를 용서할 수 없기 때문이다.

참을 수 없기 때문이다.

이런 녀석에게, 목숨을 구원받고 싶지 않기 때문이다.

이 녀석에게만큼은.

구원받고 싶지 않기 때문이다.

"…싫다는 얘길 들었어."

내 말이 전혀 들리지 않는, 자기 세계에 틀어박혀 있는 센고쿠 나데코는 여전히 히죽거리는 채로 입을 여는 것이었다.

"'나' 처럼 '귀여운 꼬맹이' 는 싫다고. 들었어. 저기… 누구에게 들었더라…. 누구였더라…. 코요미 오빠였던가…."

"……."

아라라기는 입이 찢어져도, 설령 신이라도 연하의 여자아이에게 그런 말은 하지 않을 것이다. 말한 녀석이 있다면 센조가하라다.

지금 내가 절체절명의 상황하에 있으면서도 센고쿠 나데코에게 욕설을 하고 있는 것처럼, 그 녀석은 센고쿠 나데코에게 독설을 토했을 것이다.

그 녀석의 입이 험한 것을 나는 잘 알고 있으므로, 다름 아닌 내가 그 녀석의 입을 더 험하게 만든 구석이 있으므로 그 점은 잘 안다.

그리고 무엇보다 센조가하라는.

독설이라든가 험담 같은 게 아니라 그냥, 아라라기에 대한 문제가 없었더라도 센고쿠 나데코를 싫어할 테니까.

잘 안다.

"하지만 그건, 어떡하면 되는 걸까?"

"……."

"나는 확실히 '귀여운 꼬마' 이지만, 하지만 그건 기본적으로 내 탓이 아니잖아. 그걸로 싫어해도 어쩔 수 없잖아. 나도 이런 나는 싫어. 하지만 이게 나니까, 이것이 나니까 어쩔 수 없잖아."

"……."

"자기애 같은 게 아니야. 자애 같은 게 아니야. 나는 자기밖에 생각할 수 없고 자기밖에 믿지 않지만, 나도 나 같은 건 정말 싫어."

센고쿠 나데코는 말했다.

어디까지 진심인지 알 수 없는 말을 실실 웃으면서 한다.

"하지만 그래도 그런 나라도 나니까 좋아할 수밖에 없잖아. 싫어하는 나도 사랑하게 되는, 어떤 나라도 사랑하게 되는 신 같은 사람이 될 수밖에 없잖아."

"그렇…."

그렇구나, 라고 말하려고 했다.

비위를 맞추려고 한 것이다, 자기를 낮추려고 한 것이다. 그러나 내 감성으로는 그것이 불가능하다. 온몸을 눌러 오는 뱀의 무게에 끝내 서 있을 수 없게 되어서, 나는 무릎을 꿇었다.

무릎을 꿇은 앞에도 뱀이 있고.

물컹, 하는 기분 나쁜 감촉이 느껴졌다.

"그렇…지는 않지."

"……."

"그럴싸한 핑계 대지 마. 이야기는 들었다고, 너 같은 건 그냥 상황이 흘러가다 보니 어쩌다 신이 되어 버린 것뿐이잖아. 딱히 되고 싶었던 건 아닐 거 아냐. 신이 되기 위해서 노력한 게 아니잖아. 되고 싶어서 된 게 아니잖아. 안 그래?"

"되고 싶었…던 건 아니야. 되고 싶었던 게 아니야. 아하, 뭐, 그건, 그건 그렇지만 말이지…."

"그냥 되는 대로 살다보니…라기보다 그냥 돌발사고 같은 거잖아. 그런데도 거기에 사상思想이라든가 뭐라든가, 그런 것이 있었던 것처럼 행동하지 마. 너는 지금 행복할지도 모르지만, 행복하겠지만, 그건 어쩌다가 산 복권이 당첨된 것이나 다를 바 없어. 아니, 당첨된 것은 산 것도 아니라 누군가에게 받은 복권이지."

결국, 이라고 단락을 구분 지으며 말했다.

나는 말한다. 이때에 이르러, 센고쿠 나데코를 도발하는 듯한 말을.

"결국 너는 지금에 와서도 아직, 신이 되어서도 여전히 옛날과 마찬가지로, 인간이었던 무렵과 마찬가지로 주위에 계속 휘둘리고 있을 뿐이야. 귀엽다, 귀엽다 하며 추어올려지는 것처럼 신이시여, 신이시여, 하며 추어올려지고 있을 뿐이야."

귀여움받고, 어리광을 받아 주는 것처럼.

모셔지고, 찬양받고 있을 뿐이다.

"네가 인형인 것은 예나 지금이나 조금도 달라지지 않았어. 그런 부분, 내가 아는 여자는 달랐다고."

"……?"

센고쿠 나데코는 내 말에 처음으로 미간을 좁혔다. 난처한 듯안 미소라고 해야 할지도 모른다. 내가 보기에 센고쿠 나데코가 어리게 보이듯이, 센고쿠가 보면 내 쪽이 어쩔 도리 없이 어리석은 골칫덩이로 보일 것이다.

하지만 계속한다. 나는 계속한다.

"그 녀석은 신에게 구원받는 것을 거부했다고. 편해지는 것을, 행복해지는 것을 거절했어. 나는 말이지, 그 녀석은 그대로가 낫다고 생각하고 있었어. 모처럼 신이 소원을 이뤄 주었으니까, 그대로인 편이 좋다고 생각하고 있었어. 어째서 그 녀석이 그 기이한 병에서 나으려고 하고 있는지 이해할 수 없었어. 오히려 그 녀석이 병이 나으면 더 괴로워질 거라는 것을, 나는 알고 있었어."

"……."

"그런데도 그 녀석은 어디까지나 신에게 의지하지 않고 살아가는 걸 선택했어. 그러길 바랐던 거야. 일의 흐름이라든가 돌발사고라든가, 누구 탓이라든가, 뭔가 때문이라든가…. 그런 마음 편해질 수 있을 법한 것들을 전부 부정해 왔어. 여러 가지로 신경 써 준 나를 오히려 원망하더라니까. 어때, 너하고는 천지차이 아냐?"

그야, 상성이 맞을 리 없다.

끔찍이 싫다는 말을 들을 만하고, 센고쿠 나데코도 그 녀석을 죽이고 싶다고 생각할 것이다.

연적 운운하는 이유를 제쳐 두더라도, 센조가하라 히타기를.

센고쿠 나데코는 죽이고 싶을 정도로 미워할 것이다

"…그렇지. 천지차이일지도 몰라. 누구를 어떤 마음으로 이야기하는지 모르겠지만. 하지만 말이야."

센고쿠 나데코는 말했다.

"그래도 현실적으로 봐서 누군가의 탓이기는 할 거 아냐. 돌발사고를 당한 것이라도, 그때그때 되는 대로였다고 하더라도, 내 경우에는 오기 씨 탓이라는 이유가 확실히 있으니까."

"오기?"

오기?

뭐야…. 누구야, 그건. 사람 이름인가?

그러고 보니 알 수 없는 점이 있었다. 센고쿠 나데코가 신이 된 경위는 궁지에 몰린 상태의 도피 행동에 가까웠다고 하는데, 어째서 그녀가 아라라기가 가엔 선배로부터 받았다던, 위탁받았던 '신의 바탕'이 있는 곳을 알고 있었던 걸까. 그걸 나는 알고 있었던 게 아니라 우연히 발견한 것뿐이라고 생각했었지만… 이 말투는.

설마 그걸 재촉한 누군가가 있었다는 건가?

센고쿠 나데코를 신으로 만든, 누군가가.

그러고 보니 센고쿠 나데코는 조금 전에 "카이키 씨도 '나'를 속이는구나."라고 말했다.

카이키 씨 '도'.

그렇다면 그 밖에도 센고쿠 나데코를 속이려고 했던 누군가가 언제 어딘가에 있었다는 이야기다. 그것은 아라라기나 센조가하라라고도 해석할 수 있지만, 녀석들의 행동은 속이려고 하던 것이 아니다.

다른 누구도 센고쿠 나데코를 속이려고 했던 것이 아니다. 그냥 귀여워하고 있었을 뿐이다.

그렇다면 누구냐.

센고쿠 나데코를 속이고.

귀여워하지 않고 신으로 만들어 버린 누군가는…. 오기?

오기?

"…크윽."

나는 뭔가 중요한 힌트를 누군가에게, 예를 들면 가엔 선배 쪽에 전해야 할 중요할 정보를 쥔 것 같은 기분이 들었지만, 그러나 그 이상으로 생각을 하지 못하게 되고 말았다.

타임업.

이젠 무릎으로 서 있을 수도 없게 되어서, 나는 엎드리는 자세로 무너져 간다. 뱀의 무게 때문에 상반신을 일으키고 있을 수가 없다.

뱀들 속에 가라앉아 가는 나는, 이미 숨을 쉬는 것만으로도 필사적이었다.

"뭐…, 어떻게 되든 상관없지만."

"……."

"아니, 어떻게 되든 상관없지는 않은가. 저항하는 것은 어쩔 수 없지만, 하지만 코요미 오빠가 나를 속이려고 하는 것은 좋지 않지. 나에게 거짓말을 하는 건 좋지 않아."

"…아라라기는 내 행동하고는 상관없다고."

몸을 짓누르는 무게에 신음하면서, 나는 말한다. 이것은 극히 정직한 대사이지만, 그러나 성실함은 결여되어 있었다. 아라라기 본인에게 부탁받은 것은 아니라고 해도 내 행동이 녀석을 구원하기 위한 것이었음은 틀림없었으니까.

그 부분은 센고쿠 나데코에게도 논쟁할 것도 없는 점인 듯,

"이건 페널티를 줘야겠지."

라며 멋대로 이야기를 진행시켰다.

"약속은 지켜. 졸업식까지는 기다려 줄 거야. 하지만 조금 더 죽여야지. 벌로써, 조금 더 죽여야지. 코요미 오빠의 관계자를, 앞으로 다섯 명 정도 죽여 버릴래. 코요미 오빠의 눈앞에서…."

"……."

다섯 명인가.

뭐, 마을을 전부 박살 내는 게 아닐까 하는, 가엔 선배가 상정한

최악의 예상보다는 상당히 낫다고 할 수 있을 것이다.

나는 실패했지만, 그렇게 참혹한 일은 벌어지지 않고 끝날 것 같다. 그 사실에 가슴을 쓸어내린다. 안도한다. 충고해 준 가엔 선배나 오노노키에게 "봐, 내가 뭐랬어?"라는 말을 듣는 것은 땅속에 묻힌 뒤에라도 참을 수 없으니까 말이야.

하지만 다섯 명인가.

이대로 여기서 처치될 나는 제쳐 놓고, 누가 죽게 될까.

"역시 츠키히하고 카렌 씨는 확실할까. 츠키히는 친구지만 어쩔 수 없을까. 그도 그럴 것이 코요미 오빠 탓인걸. 그다음에는 하네카와 씨…. 그리고 만난 적은 없지만 코요미 오빠가 가장 사이가 좋은 친구라고 하는 하치쿠지 마요이? 그리고 이것도 조금 싫지만, 아주 싫지만 칸바루 씨일까."

"……."

흐음.

뭐, 인선으로서는 그 정도겠군.

여섯 명이라면 거기에 오시노가 추가되거나, 네 명이었다면 하치쿠지란 녀석이 빠지거나 할 것이다. 그러나 반대로 말하면 그 정도인 것이다.

아라라기와 센고쿠 나데코의 교우관계는 그 정도인 것이다. 그렇게나 아라라기 코요미에게 구애되고 있는 것으로 보였으면서도, 센고쿠 나데코는 아라라기 코요미에 대해서 아무것도 모른다.

아무리 그래도 아라라기의 관계자가, 친구 관계가 고작 다섯 명 정도일 리는 없을 것이다. 요컨대 이 여중생은 아라라기에 대해서 아무것도 모르면서 좋다든가 아주 좋아한다든가 하는 말을 하고 있는 것뿐이라고 나는 생각했다.

그 정도의 마음에, 그 정도의 관계인 것이다.

후우, 하고.

나는 땅바닥에서…라기보다는 뱀의 융단 위에 뒹굴면서 생각한다. 생각보다도 피해는 적게 끝날 것 같으니 나는 이대로 쓰러져 버려도 상관없는 것은 아닐까 하고 생각한다.

아무래도 내 본심이란 녀석은 목숨을 구걸하고 싶어 하지는 않는 것 같지만, 그렇다면 그 마음도 그 마음으로서 존중해서, 그것은 그것대로 타협해서 여기서 죽은 척을, 기절한 척을 하면 살아남을 수 있지 않을까 하고 생각했다.

나는 센고쿠 나데코를 속이려고 하긴 했지만, 그것은 센고쿠 나데코에게는 어떤 의미에서 '빤한 일' 이었으며, 처음부터 알고 있었던 일이었으므로 나에게 화난 것은 아니다.

계속 미소 짓고 있다.

분노나 페널티 같은 것은 전부 다른 방향을 향하고 있다. 다른 인간을 향하고 있다. 아라라기 코요미나 센조가하라 히타기를 향하고 있다.

그렇다면 알 바 아니라고 반항적으로 나오는 것이 내 스타일이 아닌가. 센고쿠 나데코를 속일 수는 없었지만, 이대로 죽은 척을 해서 이 상황을 넘기는 거다.

그리고 두 번 다시, 정말로 두 번 다시 이 마을에 오지 않는다. 다섯 명인가 일곱 명인가, 여덟 명인가가 죽어 버리겠지만, 그 뒤에 이 마을은 영적으로 안정되어 모두 평화롭게 지낼 수 있었습니다.

그렇게 행복하게 잘 살았답니다…. 어찌 봐도 거짓말 같은 행복이지만. 뭐, 이야기 같은 건 전부 거짓말이니 됐다고 치자. 좋다고 해 두자.

업무를 달성할 수 없었던 것, 일을 의뢰해 온 센조가하라가 죽게 되는 것, 그리고 거기에 휘말려서 칸바루 스루가가 죽는 것.

그쯤이 마음에 걸리지만 그런 건 한동안 시간을 두고 일이 진정되었을 무렵에 다시 돈을 벌면 틀림없이 깨끗하게 잊어버릴 수 있을 것이다.

그렇게 생각해도, 나는 더 이상 자신을 속일 수 없었다.

여중생 한 명 속일 수 없는 사기꾼 실격인 나는, 더 이상 자신에게 거짓말을 할 수 없었다.

"센고쿠."

나는 처음으로 센고쿠 나데코의 이름을 불렀다. 성만으로 불렀다.

신이 아니라, 뱀신도 아니라.

속일 대상도 아니라.

한 명의 여중생으로서 불렀다.

"너, 신 같은 건 되고 싶지 않았다고 말했지."

"그렇게 말했는데?"

"되고 싶어서 된 게 아니라고."

"말했어. 그게 왜?"

"그러면 너, 만화가가 되고 싶냐?"

037

갑자기 뜬금없는 말을 해서 상대의 방심을 찌르고, 혹은 허를 찌르고, 그리고 그대로 틈을 찌른다는 것은 화술의 기본이다. 점술, 혹은 사기의 테크닉에서는 그것을 콜드 리딩이라고 한다. 요컨대 누군가를 만나자마자, '당신, 오늘은 몸 상태가 안 좋군요?' 라는 말을 하면, 들은 쪽이 혹시 몸 상태가 다소라도 좋지 않을 경우에는(언제나 완벽한 컨디션을 유지할 수 있는 사람은 존재하지 않는다) 진실을 맞힌 것으로 여기고, 말하자면 '흠칫' 하는 것이다.

그리고 만약 들은 쪽이 건강한 사람이었다고 해도 그렇게 빗나간, 말하자면 의미를 알 수 없는 말을 들으면, 역시 그것은 그것대로 '흠칫' 한다. 그런 빗나간 말을 들은 의미를 생각하지 않을 수 없다.

몸 상태가 안 좋아? 어째서 몸 상태가 좋은데도 나쁘다고 지적받는 걸까? 혹시나 나는 뭔가, 자신은 깨닫지 못한 병을 앓고 있는 걸까?

그런 식으로 생각하게 된다. 그런 식으로 생각하게 되면, 그것은 의식이 딴 곳으로 빗나가 있는 것이므로 아무 생각이 없는 것과 같은 상태가 되어, 역시 파고들 빈틈이 된다.

뭐, 조금만 심리학에 대한 지식이 있다면 이런 초보 중의 초보적인 테크닉은 알고 있기 마련이므로, 사용할 상대를 잘 고르지 않으면 사기꾼으로서의 실력이 들통나게 될 뿐이다.

다만 이때 내가 센고쿠 나데코에게, 센고쿠에게 그런 말을 한 것은 결코 콜드 리딩이 아니다.

그것이 진실이라는 걸 알고서 한 말이었다.

훤히 꿰뚫어 보고 있었다.

그 증거로, 센고쿠는 내 말을 듣고 '깜짝 놀라지도' '생각하지도' 않고….

"아…으, 으, 으…. 으가아아앗!"

그렇게.

노성을 질렀다.

얼굴을 새빨갛게 물들이고, 눈을 크게 뜨고, 귀여운 그 얼굴을 한껏 찡그리고… 분노에 그 목을 울리고 있었던 것이다.

갑자기 센고쿠와 나와의 사이를 메우고 있던 뱀의 무리가 둘로 갈라졌다.

완전한 통솔.

그야말로 신의 위업이었다.

그러나 센고쿠가 그 뒤에 한 행동은 빈말로도 신답다고 할 수 있는 것이 아니었다. 뱀 색깔의 머리카락을 흐트러뜨리면서, 센고쿠 나데코는 내가 있는 장소까지 전력을 다해 뛰어왔던 것이다. 신다운 유연한 태도 따윈, 태연한 태도 따윈 티끌만큼도 없다. 실제로 뱀의 무게에 짓눌릴 것 같았던 내 근처에 도달할 때까지 센고쿠는 세 번 정도, 뱀의 열기에 녹아 미끌미끌해진 눈 바닥에 호되게 넘어졌다.

원피스 속이 이쪽에서 훤히 보여 꼴사납기 이를 데 없다. 그러나 센고쿠는 그런 것도 상관하지 않고, 흐트러진 옷매무새를 고치려고도 하지 않고 내가 있는 곳까지 달려오나 싶더니….

"와, 아, 아, 아, 아아, 아아아아아, 아아아아아아아, 아, 아아, 아아아, 아아아아, 아아아아, 아아아아, 아아아아, 아아아아아아!"

그렇게 꽥꽥거리는 듯한 노성과 함께 내 얼굴을 주먹으로 후려쳤다. 따귀 같은 게 아니라, 촙 같은 것도 아니라 꽉 움켜쥔 주먹으로.

물론 아프다.

그러나 몸의 중심도 안 잡고 여중생이 팔 힘만으로 때리는 펀치다. 수라장을 거쳐 온 나로서는 조금 얼굴을 기울이는 것만으로 충분히 위력을 줄일 수 있었다.

그러나 센고쿠는 나에게 대미지가 있는지 없는지 따윈 전혀 상관하지 않고, 이번에는 반대쪽 주먹으로 내 얼굴을 때렸다.

허리에 힘을 넣어 자세를 잡으려는 생각도, 손을 제대로 쓰려는 생각도, 아무것도 없다.

그냥 그것뿐인 펀치다.

"어…, 어째서 알고 있는 거야, 어째서 알고 있는 거야, 어째서 알고 있는 거야, 어째서 알고 있는 거야! 아, 우와아아아아아앗!"

뱀에게 육체를 짓눌리고 있기 때문에 저항이라고 해봤자 고개를 기울이는 것 정도밖에 못 하므로 계속 신나게 맞을 수밖에 없다.

모든 위력을 줄일 수 있을 리 없으므로 그 대미지는 조금씩 축적되어 간다. 하지만 그것은 센고쿠 쪽도 마찬가지였다.

주먹으로 사람을 때리면,

주먹도 파괴된다.

아니, 이 경우엔 센고쿠 쪽이 대미지의 축적량이 많을 것이다.

신이 되든 신격神格을 얻든, 아무리 강력한 힘을 사용하고 대량의 뱀을 조종하든 어차피 싸움에 익숙하지 않은 여중생.

육탄전에는 약하다.

뭐, 그 부분은 요 한 달간 시간을 들여서 차분하게, 실뜨기를 하면서 '계획'을 짜고 있었기에 단언할 수 있는 것이다. 다만 그 부분에는 '기이한 병'이 있다.

부서진 주먹은 잠시 놔두면 저절로 나아 버리겠지만, 그러나 센고쿠는 치유 쪽에 자신의 힘을 쓰려고 생각하지 못할 정도로 격앙하고, 화를 내고, 흐트러져 있었다.

자신이 직접 때리지 말고 뱀에게, 독사에게 나를 습격하게 하면 눈 깜짝할 사이에 처치할 수 있을 테지만 자신이 때리지 않으면 분이 풀리지 않는 듯하다.

"그… 그렇다는 건!"

피투성이가 된 주먹을 휘두르면서 센고쿠는 외친다.

얼굴을 시뻘겋게 물들이며 외친다.

"봐… 봤구나! 봤구나봤구나봤구나봤구나봤구나!"

"그래, 봤지."

콜드 리딩이 아니라고는 했지만, 나는 초능력자도 영능력자도 아니므로 당연히 오시노처럼 훤히 꿰뚫어 본 것 같은 소리는 하지 못한다.

그 녀석의 '꿰뚫어 보기' 와는 달리, 내 간파에는 당연히 트릭이 있다.

그렇다, 꿰뚫어 본 것이 아니라 그냥 본 것이다.

"봤어."

나는 말했다. 이가 닿아서 너덜너덜해진 입안을 의식하면서.

"10엔 동전 넣고 빙글 돌려서, 자물쇠를 열고 말이야."

돈이란 건 말이지.

역시 소중하구나, 하고 웃었다.

한껏 니힐하게, 성의를 담아서.

"아… 아아아아아아아! 저…, 절대로 열면 안 된다고 말했는데, 코요미 오빠한테도 보이고 싶지 않았는데!"

"잘 그리던데, 그림."

나는 말했다.

그렇다. 그것이 센고쿠의 방에 있던 열리지 않는 옷장의 내용물이었다. 내가 불법침입을 하면서까지… 라고 할 정도로 나에게 불법침입은 드문 일이 아니지만, 어쨌든 그런 일을 하면서까지 조사한 그 옷장의 내용물은 센고쿠 나데코를 '속이는 데' , 혹은 센고쿠 나데코를 '찾는 데' 아무런 도움도 되지 않는 물건이었다.

그것은 노트였다.

한두 권이 아닌, 수많은 노트였다.

뭐, 누구나 어릴 적에 연습장이라든가 대형 노트에 네모 칸을 그려 놓고 만화가 흉내를 내는 법이다.

부끄럽지만 나도 그린 적은 있다.

스포츠에 청춘을 바치고 있으면 다를지도 모르겠지만, 만화를 좋아하는 어린애가 만화가 흉내를 내지 않을 리가 없다. 초기 투자 따윈 제로에 가까운, 노트와 연필만 있으면 가능한 일이니까.

센고쿠의 옷장에 가득 차 있던 것은 그런 노트의 산이었다. 시시한 물건이지만, 시시한 물건이기에 당연히 남에게 보이고 싶지 않을 것이다.

창작물을 남에게 보인다.

그것은 사춘기 어린아이에게 일기를 보이는 것보다 부끄러운 일이다.

초등학생 무렵이라면 그나마 낫지만 중학교 2학년이나 되어서, 지금도 현역으로 그런 꿈에 젖어 이런저런 것을 그리며 놀고 있다니.

자신의 망상을, 자신의 내면을 보이다니.

죽고 싶을 정도로 부끄러운 일이다.

"게다가 그 내용이 굉장하더란 말이지…. 뭐냐고, 그 녹아 버릴 것 같은 편의주의적 러브코미디는. 80년대 만화냐? 그런 남자가 현실에 있겠냐고, 어이가 없어. 게다가 전개로 보면 꽤나 야하기도 했고 말이야."

"우, 와아아아아아아아아!"

"설정자료집도 상당히 두툼해서 압도되었다고. 하지만 설정이 너무 많잖아, 그건. 조금 더 스마트하게 정리하는 편이 사람들에게

먹힐 거라고 생각해, 나는."

"주, 죽일 거야! 죽일 거야, 죽일 거야, 죽일 거야. 너를 죽이고 나도 죽을 거야!"

센고쿠는 자신의 내면을 흙발로 짓밟힌 굴욕과 수치에 얼굴을 시뻘겋게 물들이면서 계속 나를 때렸다.

이거 참.

그건 그렇고, '너' 라고 불렀단 말이지.

간신히 대등하게 봐 주고 있구만.

아무도 상대하지 않고, 아무도 믿지 않고, 마음을 닫고 있던 센고쿠 나데코 씨가 말이야.

"나를 죽여도 소용없어. 나도 노트를 쓰는 버릇이 있거든. 그날 있었던 일을 비교적 극명하게 기록해 뒀어. 그러니까 만약에 내가 죽어도 그 노트가 밝혀지면, 너의 '작품' 에 대해서도 밝혀질 거야."

실제로는 그렇지 않다.

내 노트는 어느 정도 암호화되어 있으므로 그렇게 간단히 해석할 수 없다.

"그래도 생각해 보지 않았나? 아무리 너를 끔찍이 귀여워하던 너의 부모님이라도, 행방불명 상태가 계속되면 언젠가는 그 옷장을 열어 볼 거라고. 그때 안에 가득 차 있는 노트를 읽지 않고 불태워 줄 거라고 생각하기라도 했어?"

"……!"

말을 잃는다.

역시나 바보, 거기까지 머리가 돌아가지 않았던 것 같다.

"뭐, 하지만 지금 바로 신을 그만두고 인간으로 돌아가서 방으로 돌아가면 문제없이 자기 손으로 처분할 수 있지 않을까? 들키는 것이 그렇게 부끄럽다면…."

"~~웃기는 소리 하지 마! 그런 바보 같은 이유로 신을 그만둘 수 있을 리 없잖아!"

"그런 이유로, 란 말이지."

나는 말한다. 아니, 얻어맞고 있는 중이었으므로 잘 말할 수 없었는지도 모른다. 그래도 하고 싶은 말을 전할 수 있으면 된다.

"그러면 너, 어떤 이유라면 신을 그만둘 수 있는 거지?"

"……!"

"누구에게 물어봐도 말이야…. 센조가하라에게 물어봐도, 하네카와에게 물어봐도, 부모님에게 물어봐도 네가 그런 취미를 가지고 있다는 정보는 없었어. 아무도 그런 이야기는 하지 않았고, 아무도 그런 생각은 하지 않고 있었어. 그런 것을 암시하는 묘사는 어디에도 일절 없었어. 흐릿한 복선도 깔려 있지 않았어. 네가 아라라기를 좋아한다는 것을 아는 녀석은 한가득 있었지만, 네 노트의 내용을 아는 녀석은 한 명도 없었어. 아라라기도 몰랐을 테고, 그렇다는 얘기는 아라라기의 여동생도 몰랐겠지. 그렇게까지 너는 고집스럽게, 그 부끄러운 창작물을 계속 감춰 왔어."

얼굴을 계속 얻어맞으면서 나는 말했다.

"너는 누구에게도 말하지 않았어. 그건 즉 너에게 그것이 진짜 꿈이기 때문이겠지."

꿈.

그 부끄러운 말을 입 밖에 내려니 조금 주저가 되었다. 나 같은 인간이 입 밖에 내면, 그런 말은 갑자기 거짓말처럼 들리게 되기 때문이다.

그러나 거짓말처럼 들린다고 해서.

그것이 거짓말이라고만은 할 수 없다.

"진짜 소망은 타인에게도, 신에게도 말하지 않는 법이니까. 네가 좋아하는 후지코 후지오 선생님도 만화가가 되고 싶다는 꿈은 파트너 이외의 누구에게도 이야기하지 않았다더라고."

뒷부분은 그냥 거짓말이다. 모른다. 거짓말 같은 거짓말이다. 이 상황에서도 거짓말을 해 버리는 자신의 혀가, 이때만큼은 미웠다.

"신이 된 너는 행복하겠지. 즐겁겠지. 그럴 거라 생각해. 나는 그런 너를, 신의 자리에서 끌어내리려고는 생각하지 않아. 하지만 너, 신이 되고 싶어서 된 게 아니잖아?"

상황이 흘러가다 보니 된 거라고.

되는 대로 지내던 중에 생긴 돌발사고 같은 것이라고 말하고 있었다. 그것은 사고 같은 것이며 가령 누군가의 의도가 얽혀 있었다고 해도, 그 의도는 센고쿠의 의도가 아니다.

"너는 지금 행복하겠지. 하지만 행복을 즐거워하는, 그것뿐이야. 고작 반년 기다린 것 정도로, 실뜨기에 푹 빠져 버릴 정도로 남는 시간을 주체 못 하고 있잖아? 아라라기를 죽인 뒤에는 대체 뭘 할 생각이지? 계속 시간을 때울 건가? 말해 두겠는데 이런 신사에는 아무도 오지 않을 거라고, 아무리 행복하더라도 썩어 가는 것을 지켜보는 파수꾼일 뿐이라고, 너는. 너는 마을의 평화를 떠맡게 된 관리인일 뿐이야. 꽝을 뽑은 거야. 노후 생활이잖아, 그런 건. 꽃다운 여중생이 그걸로 만족하는 거냐? 첫 번째 인생을 끝내기도 전에 제2의 인생을 시작하는 거냐?"

"……."

꽝을 뽑았다는 말이 강하게 꽂혔는지, 센고쿠는 입을 다문다.

입을 다물고, 나를 걷어찬다.

"너는 신이 되고 싶은 것도 행복해지고 싶은 것도 아니었어. 만화가가 되고 싶었던 거지? 그렇다면 왜 되지 않는 거야."

그런 모습이 되어 버리고.

그런 꼴이 되어 버리고.

너는 대체 뭘 하고 있는 거야, 센고쿠.

"하아, 하아, 하아, 하아, 하아, 하아…."

체력이 달리기 시작한 모양이다.

센고쿠는 간신히 나를 때리는 것을 멈췄다. 그러나 머리는 전혀 식지 않았는지, 눈이 시뻘겋게 충혈된 채로 나를 노려보고 있다.

"바… 바보 아냐? 그런 건, 단순한 낙서야. 서툴고 부끄러우니까 보이고 싶지 않았던 것뿐이야. 꿈이라니…. 바보 같은 소리 하지 마."

숨을 몰아쉬면서 말한다.

"그런 건 쓰레기야. 버리고 싶지만 버리는 것도 부끄러워서 그곳에 숨겨 두고 있었던 것뿐이야. 당연하잖아."

"자기가 만든 것을 그런 식으로 말하는 게 아니다, 센고쿠."

나무라는 어조로 나는 말했다. 아니, 조금 분노도 담았는지 모른다.

"창작은 부끄러운 것이고 꿈도 부끄러운 것이야. 그건 어쩔 수 없어. 당연한 일이야. 하지만 적어도 그런 식으로 스스로 비하해도 되는 건 아니라고."

"……."

"게다가 그림도 잘 그리던데. 전개나 설정이나 캐릭터 같은 건, 솔직히 아저씨인 나는 따라갈 수 없었지만, 그래도 그림을 잘 그리고 못 그리고 정도는 알아. 그렇다기보다, 조금 전에도 말했지만 나도 꾸준히 노트를 쓰고 있고, 그리고 그림…이랄까, 일러스트를 그리고 있으니까. 응, 적어도 나보다는 잘 그려."

빈말이랄까, 이것은 뭐, 분위기를 이끌기 위한 아첨의 부류다. 내 쪽이 더 잘 그린다고 자부할 수 있다. 그렇지만 그 자부가 있기에 센고쿠의 그림 실력이 나름대로 있다는 것은 보증할 수 있었다.

"재능이 있는 거 아냐, 너?"

"그럴 리 없잖아."

즉답이었다. 하지만 즉답이었기에.

"게다가, 되려고 생각한다고 될 수 있는 게 아니잖아."

"하지만 되려고 생각하지 않으면 될 수 없는 법이라고. 신이라든가 행복 같은 것하고 달리."

"……."

"…게다가, 신이면 될 수 없지."

인간이 아니면 말이야, 라고 말했다.

인간이 아니면 될 수 없는 것이다.

내가 보기에도 심한 논리였다. 신은 만화가가 될 수 없으니까 신 같은 건 그만두는 게 어떠냐고, 요컨대 나는 그런 식으로 센고쿠에게 강요하고 있는 것이다.

뱀에게 짓눌려 찌부러질 것 같은 상황에서.

어린아이에게, 어른이 말하고 있는 것이다.

"치정 문제로 아라라기나 센조가하라를 죽이는 것은, 신이라면 할 수 있겠지. 해낼 수 있겠지. 하지만 그건 네가 하고 싶었던 일이냐? 네가 되고 싶은 것이야? 사실은 그런 거, 너는 어떻게 되든 상관없는 일 아니었어? 그렇기에 나불나불, 그런 식으로 나에게 이야기했던 거 아니야? 너에게 중요한 것이 아니라서 그렇게나 떠벌렸던 거 아니야?"

이것은 트집 잡기다.

중요한 것이라도 자기도 모르게 깜빡 말해 버리는 경우는 있을 것이다. 수다를 떨면서 스스로를 고무하는 일도 있을 것이다.

실제로 아라라기를 좋아한다고 어필하고 있던 무렵의 센고쿠는… 뭐, 공언하고 있던 것은 아니라고 해도 그렇게 해서 자신을 '구석에 몰아넣고' 있었음은 틀림없다. 그렇게 해서 구석에 몰렸던 것은 틀림없다.

그것은 그것대로 꿈이다. 나는 그것을 부정하지 않는다.

그리고 그 꿈은 깨졌다.

그 꿈은 인간이든 신이든 이룰 수 없는 것이 되었다. 그렇다고 해서 다른 꿈까지 다 포기할 필요가 어디에 있지?

"센고쿠. 나는 돈을 좋아해."

"……."

"왜냐하면 돈은 모든 것을 대신할 수 있기 때문이야. 온갖 것들의 대용품이 되는 만능 카드이기 때문이야. 물건도 살 수 있고, 목숨도 살 수 있고, 사람도 살 수 있고, 마음도 살 수 있고, 행복도 살 수 있고, 꿈도 살 수 있어. 아주 소중한 것이고, 그런 데다 무엇과도 바꿀 수 없는 존재도 아니니까 좋아해."

나는 말했다. 이런 식으로 돈에 대해서 이야기할 수 있는 것은 생각해 보면 좀처럼 없는 일이었다. 중학생 무렵에, 그야말로 센고쿠와 같은 나이였을 무렵에 말했던 적 이래로 처음인지도 모른다.

"반대로 말하면 나는 말이지, 무엇과도 바꿀 수 없는 것이 싫어. '이것' 이 없으면 살아갈 수 없다든가 '그것' 만이 살아갈 이유라든가 '그것' 이야말로 자기가 태어난 목적이라든가…. 그런 희소가치에 화가 나서 견딜 수 없어. 아라라기에게 차이면 너는 가치가 없어지는 거야? 네가 하고 싶은 일은 그것뿐이었어? 너의 인생은 그것뿐이었어? 저기 말이지, 센고쿠."

말을 거는데 센고쿠는 나를 걷어찼다. 아라라기의 이름을 그런 식으로 언급해서 더욱 격앙했는지도 모른다.

그리고 걷어차면 주먹을 다치지 않는다는 것을 센고쿠는 깨달은 듯했다. 하지만 그것은 나에게 좋은 소식이었는지도 모른다.

적어도 그것을 깨달을 수 있는 정도까지.

나는 센고쿠의 정신을 되돌렸던 것이다.

그 증거로, 한 번 찼을 뿐이고 센고쿠는 두 번 세 번 계속해서 나를 차지는 않았다.

"저기 말이지, 센고쿠."

그래서 나는 다시 말했다. 계속했다.

"아라라기하고 사귄다는 귀찮은 일은 대신 어딘가의 바보가 맡아 줄 거야. 그러니까 너는 그런 귀찮은 일은 끝내고, 다른 귀찮은 일을 하면 돼. 하고 싶은 일도 이루고 싶은 일도 그 밖에 얼마든지 있잖아. 있었잖아. 아니야?"

"하고 싶은 일… 이루고 싶은 일."

"모든 것을 내던질 정도로 괴로웠어? 정말로 그랬나? 교복을 입어 보고 싶었던 고등학교는 없었어? 좋아하는 월간지의 최신호를 읽고 싶지는 않았어? 드라마의 다음 내용이, 영화의 개봉이 기대되지 않았어? 저기 말이다, 센고쿠. 너에게 아라라기 이외의 일은 어떻게 되든 상관없는 시시한 일들이었어? 부모님은, 그 선량한 일반 시민들은 좋아하지 않았어? 네 안의 우선순위는 아라라기 말고는 전부 쓰레기야?"

"…아니야."

"그렇다면 어째서야. 어째서 아라라기만이 특별취급이지? 그 녀석은 너의 분신 같은 거라도 되나?"

"…카이키 씨가 뭘 알아."

센고쿠는 차분히 자세를 잡은 뒤에 축구공이라도 차듯이 정확히 노리고는 내 얼굴을 찼다. 역시나 그 정도의 기세로 공격하면 다소 얼굴을 비틀어 봤자 대미지는 변하지 않는다. 나는 이대로 걷어차여 죽을지도 모른다.

"카이키 씨는 나에 대해서 아무것도 모르잖아."

"여러 가지로 조사했어. 하지만 그렇지, 아무것도 몰라. 중요한 것은 아무것도 몰라. 너에 대한 것은 너밖에 모르니까, 그러니까 너는 너밖에 소중히 할 수 없는 거라고."

그리고… 라고 나는 말했다.

아마도 이제 곧 최후의 발언일 것이다.

이가 몇 개인가 부러졌다. 이를 해 넣는 건 상당히 비쌌지… 젠장.

"그리고 네 꿈도 너밖에 이룰 수 없어."

"…그렇게 이리저리 갈아타는, 이게 안 되면 저걸로 가 보자는 식의 무책임한 짓을 해도 괜찮은 거야?"

인간은, 이라고 센고쿠는 말한다.

나는 피를 토하면서 명료하지 못한 발음으로 대답했다.

"괜찮아, 인간이니까. 무엇과도 바꿀 수 없는, 대신할 수 없는 건 없어. 내가 아는 여자는 말이지, 내가 잘 아는 여자는 말이야, 지금 하고 있는 사랑이 늘 첫사랑이란 느낌이야. 정말로 사람을 좋아하게 된 것은 지금이 처음이라는 느낌이라고. 그리고 그것이 옳아. 그래야만 해. 유일한 인간 따위, 무엇과도 바꿀 수 없는 것 따윈 없어. 인간은, 인간이니까 얼마든지 다시 설 수 있어. 얼마든지 다시 살 수 있어. 우선…."

나는 눈을, 신사의 본당 쪽으로 향했다.

정신이 들고 보니 어느샌가 수많은 뱀은 사라져 있었다. 내 몸 위에 올라가서 나를 짓누르고 있을 것이 틀림없다고 생각하고 있던 뱀도 없어져 있었다. 단순히 나는 이미 몸을 움직일 수 없을 정도로, 스스로는 일어날 수 없을 정도로 만신창이 상태인 것뿐인 듯하다.

정신이 들고 보니, 당연한 신사 풍경이 펼쳐져 있었다.

새로 지은 건물과 적적한 경내.

그러나 수많은 뱀들에 눈이 쓸려 나가서, 이곳만 봄이 찾아온 것 같기도 했다.

나는 본당의 새전함을 본다.

"내가 줬던 돈으로 본격적인 화구라도 사러 가. 30만 엔이나 있으면 어지간한 것들은 다 구비할 수 있을 거야."

"…그러니까 난 딱히… 만화가가 되고 싶다고 생각한 적, 한 번도 없다니까…. 게다가 확실히 되고 싶은 것도 아니지만, 모처럼 신이 된 행운을 걷어차는 것도 아깝다는 생각도 당연히 들고."

흠.

그런 말을 들으면 반론할 말이 없다.

인간은 반드시 되고 싶은 것이 되어야만 하는 건 아니니까.

"하지만."

그때, 센고쿠는 다시 한 번 나를 차려고 했는지도 모른다. 어쩌면 때리려고 했는지도 모른다. 하지만 어느 쪽도 하지 않고 공중을 재미없다는 듯 찰 뿐, 주먹을 꾸욱 승리포즈를 하듯이 쥘 뿐,

"만화를 그려서 신이라고 불린 사람도 있었지. 아깝다고 생각한다면, 그렇게 되면 되겠지."

라고 말했다. 그런 소릴 했다.

그것은 소원이 너무 크다. 하지만 무슨 꿈을 꾸더라도 그것은 개인의 자유다.

사람의 자유다.

"그래. 너라면 분명히 될 수 있을 거야. 속는 셈 치고, 도전해 보라고."

속는 셈 치고.

센고쿠에게 내 최후의 말이 된 이 대사는, 사기꾼을 생업으로 하는 자로서는 너무나도 진부해서 내가 듣기에도 말을 잃을 만한 대사였다.

하지만 센고쿠는,

"알았어. 속아 줄게."

라며 어쩔 수 없다는 듯 웃었다.

속으면서 웃다니, 기분 나쁜 녀석이다.

어찌 되었든 예정과는 아주 조금 달라졌지만, 이렇게 해서 나는 '센고쿠 나데코를 속여 줬으면 한다' 라는 센조가하라 히타기로부터의 의뢰를 완수했다.

아니.

실패했는지도 모른다.

그것도 대실패했는지도 모른다.

나는 어쩌면 뱀의 무게에 금이 갔을지도 모르는 오른손을 뻗어서, 집게손가락을 세우고,

"요 녀석."

이라며 센고쿠의 이마를 찔렀던 것이다.

038

"센고쿠… 카이키?!"

그렇게.

그때, 딱 좋은 타이밍에 나타난 것이 사복 차림의 아라라기 코요미였다. 정말로 베스트 타이밍, 그리고 저스트 타이밍이었다.

조금만 더 빨랐다면 분노를 이기지 못한 수많은 뱀들이 아라라기를 덮쳐서 죽여 버렸을지도 모르고, 반대로 조금 늦었더라면 나는 의식을 잃고 쓰러진 센고쿠를 이제부터 어떡할지 처치곤란이었을 것이다. 내버려 두고 돌아가면 얼어 죽을지도 모르니까. 그렇다고 해서 뼈가 부러진 게 아닌가 의심되는 몸뚱이로 사람 한 명을 업고 눈 덮인 산길을 내려갈 자신은 나에게 없었다.

그런 의미에서 왕자님의 등장은 고맙다.

잘 나타나 주었다.

입시공부의 한복판, 2차시험을 앞둔 가운데 나타난 것을 보면 뭔가 예감이라도 있었던 걸까. 정의의 사자는 감이 좋구나.

뭐, 원래부터 아는 여중생보다 입시 공부를 우선할 만한 녀석은 아닌가.

"카이키! 너, 어째서 여기에?! 센고쿠에게 무슨 짓을 한 거지?!"

아라라기는 몹시 혼란스러운 듯이 나에게 소리쳤다. 자, 그러면 어떡할까. 이젠 귀찮으니까 센조가하라로부터 의뢰를 받아서 여기서 센고쿠와 조금 전까지 피 튀기게 싸우고 있었던 것을 밝혀 버릴까, 하고 생각했다.

그 결과 센조가하라와 아라라기의 사이가 서먹해지고 헤어지게 되더라도, 그런 것은 내 알 바 아니다… 라고 생각했지만 나는,

"가엔 선배로부터 부탁을 받아서 말이야."

라고 자연스럽게 거짓말을 하고 있었다.

"이 여자애를 제령하고 있던 참이다. 이번에는 사기꾼으로서가 아니라 고스트버스터로서의 일을 한 거지. 이 마을에 온 것은 룰 위반이지만, 그래도 사기꾼으로서 온 게 아니니 괜찮겠지?"

편리한 입이다. 내가 보기에도 뻔뻔스러울 정도로 잘도 말한다.

오로지 사기꾼으로서 찾아왔고, 오로지 사기꾼으로서 지냈다.

마지막의, 단 5분 정도 외에는.

"…가엔 씨가…."

아라라기는 그 말을 듣고 혼란이 가라앉은 것은 아닌 듯했지만, 그러나 어느 정도 이 상황이 납득된 듯했다.

내 입장에서 보면 그것은 어떻게 생각해도 있을 수 없는 일이지만, 아무래도 '가엔 이즈코가 사태를 수습하기 위해 움직여 주었다' 는 설명은 아라라기에게는 비교적 납득하기 쉬운 것인 듯하다.

정말이지, 가엔 선배도 그렇고, 오시노도 그렇고.

어린애 앞에서는 어울리지도 않게 좋은 사람인 체한다.

나는 그런 짓은 절대 안 한다고.

"하, 하지만…."

아라라기는 내 발치에 쓰러져서 의식을 잃고 있는 센고쿠에게 눈길을 떨어뜨리고서,

"센고쿠에게 대체 뭘 한 거야, 너."

라고 말했다.

약속을 깨고 이 마을에 내가 있는 것에 대해서는 가엔 선배의 계획이라는 설명으로 일단 넘어가기로 한 모양이다.

뭐, 나는 이미 한 번 아라라기 앞에서는 약속을 깼으니까 이제 와서 새삼스럽다는 마음도 있는지 모르지만.

"네 여동생에게 한 것과 같은 일이다."

나는 단적으로 말했다.

"카렌에게 한 것과 같은…?"

"그래. 다만 이번에는 벌이 아니야. 네 여동생에게는 킬러 비bee가 어울렸지만 센고쿠… 센고쿠 나데코의 경우에는."

깜빡 친근하게 부를 뻔해서 호칭을 고친 뒤에 나는 말을 이었다.

"민달팽이다."

"……."

"삼각 견제 이론에 따라 말하자면 뱀에 대해서는 민달팽이지. 민달팽이 두부. 다만 뱀신을 봉인할 정도로 강력한 괴이는 아니야. 여전히 날조된 가짜 괴이니까. 센고쿠 나데코 자신이 미끌미끌하게 사는 민달팽이를 받아들일 마음이 없다면 이렇게 길항하지 않았어."

"받아들이는 마음…. 아니, 카이키. 너, 센고쿠에게…."

뭘 한 거야, 라고 말하려다가 아라라기는 그만둔 듯했다. 그 질문을 너무 반복했다고 생각한 것이겠지.

그래서 대신에 이렇게 말했다.

"…무슨 말을 했던 거야?"

"당연한 얘기였지."

대답하면서 나는 아라라기를 무시하듯이 센고쿠의 옆에 쪼그려 앉는다. 조금만 더 하면 일이 완결되는데 여기서 어린애에게 방해받고 싶지는 않다.

"당연한 얘기를 했다. 연애만이 전부가 아니라든가, 그 밖에도 즐거운 일이 있다든가, 장래를 함부로 하지 말라든가, 모두 부끄러운 청춘을 보내 왔다든가, 잠시 있으면 좋은 추억이 된다든가…. 그런 식의, 어른이 아이에게 할 만한 당연한 얘기를 했다."

그러니까 뭘 했느냐고 묻는다면.

나는 당연한 일을 했을 뿐이다.

그렇게 말하고 나는 센고쿠의 입안에 손을 찔러 넣었다. 턱이 빠지지 않을까 싶을 정도로 힘껏, 팔뚝 부분까지.

"이, 이봐! 카이키! 뭘 하는 거야!"

"시끄럽군. 좀 빠져 있어, 아라라기. 분수를 알라고. 네가 센고쿠를 위해서 할 수 있는 일은 아무것도 없으니까."

나는 그대로 센고쿠의 몸속을 뒤지듯 손을 움직였다. 그리고 목적한 '물건'을 쥐고, 그 손을 재빨리 빼냈다. 위화감 없이 센고쿠의 작은 입이 닫힌다.

그것과 동시에.

센고쿠의 새하얗던, 백사로 가득 찬 머리카락이 전부 칠흑으로, 그렇다기보다 당연한 머리색으로 돌아간다.

사람들에게 모셔지던 뱀신에서.

극히 흔한 여중생의 모습으로 돌아간다. 어쩐지 머리카락이 원래대로 돌아온 탓에 명백해진 것인데, 앨범에서 봤던 사진과 달리 이 여자애는 앞머리가 아주 짧은 기분이 드는데…. 너무 짧은 기분이 드는데, 기분 탓일까?

그리고 복장도 어느샌가 이상하게 신성한 느낌이 들었던 새하얀 원피스에서 이 동네에서 흔히 보이는 중학교 교복으로 바뀌어 갔다.

아무래도 3개월 전.

신이 되기 직전의 모습으로 돌아간 듯하다.

센고쿠는 돌아간 듯하다.

아라라기도 나름대로 기억이 있는 것이겠지. 가슴을 쓸어내린 듯했다. 나는 그런 아라라기에게 과시하듯이, 센고쿠의 몸속에 찔러 넣었던 손에 쥐고 있는 부적을 보였다.

뱀의 부적.

자신을 먹는 뱀의, 시체의 부적.

타액이라고 해야 할까, 위액이라고 해야 할까. 어쩐지 체액으로 끈적끈적해져 있지만, 민달팽이가 기어 다닌 것처럼 미끌미끌하지만, 그래도 이것이 신격을 가진 부적임은 틀림없다.

그렇다고 해도 일단 확인은 해 두자.

"네가 가엔 선배에게 위탁받았던 부적은 이건가?"

"어…. 응, 맞아."

"그런가."

그렇게 말하면서 나는 어떡해야 하나 생각했다. 이걸 팔면 한몫 챙길 수 있겠다는 것이 솔직한 기분이고, 이대로 내 주머니 속에 챙기더라도 센고쿠나 아라라기도 나를 나무랄 수는 없을 것 같다는 기분도 드는데….

그렇지만 가엔 선배니까.

건드리지 않는 신에 해는 없다, 라는 속담이 있던가.

아니, 이 경우에는 긁어 부스럼이라고 해야 할까.

"자."

나는 자못 생색을 내듯이 그 부적을 아라라기에게 내밀었다. 그러는 김에 아라라기의 옷으로 끈적끈적해진 손을 닦았다.

"다음번에는 이걸 쓸 상대를 잘못 고르지 마라."

"…쓰지 않을 거야."

아라라기는 그렇게 말했다.

"나는 이런 거, 쓰지 않아."

그 결단 탓에 이렇게 되었는데도 정말 질리지도 않는 녀석이다. 뭐, 딱히 내가 뭐라 이야기할 일은 아니지만.

나는 어깨를 으쓱해 보이고는 그대로 아라라기를 지나쳤다.

당당히 참배로의 한가운데를 걸으면서 토리이를 지나려고 한다.

"이… 이봐, 잠깐! 어디에 가는 거야, 카이키!"

"어디에고 뭐고…. 나는 원래 이 마을에 있어서는 안 된다고. 이런 곳에 있는 것을 들키면 센조가하라에게 죽고 말 거다."

감싸 줄 생각은 없다.

여기에서 떠나는 구실로 그 여자를 잘 이용하고 있을 뿐.

"일은 끝마쳤다. 짭짤하게 벌었어."

나는 그렇게 말하고 등 뒤의 아라라기를 돌아보지 않은 채로, "그 애를 집까지 바래다줘라, 아라라기."라고 말했다.

멋지게 말하고 있지만, 요컨대 행방불명된 여중생의 귀환에 동반한다는 아주 성가신 임무를 아라라기에게 떠넘긴 것이다.

뭐, 늦게나마 딱 좋은 타이밍에 달려온 이 녀석에게도 그 정도의 활약할 자리는 줘야겠지.

"다만 네가 옮겼다는 것은 들키지 않도록 잘 해라."

"어…."

"네가 구해 줬다는 것을 알게 되면 또 그 여자애는 도로아미타불이 되어 버린다고. 간신히 내가 들러붙은 것을 떼어 내 줬는데 말이야."

일이 흘러가다 보니 그렇게 된 것이지만.

"…민달팽이 두부는 사흘만 있으면 자연히 떨어지니까 그 뒤의 걱정도 할 필요 없어. 아무리 기다려도 떨어지지 않을 것 같으면 소금이라도 뿌려. 그리고 그 뒤로 너는 평생, 그 아이와 관련되지 않도록 하는 거야. 알겠지? 얼른 추억으로 변해 주라고."

"…그런 무책임한 짓을 어떻게 하라는 거야. 센고쿠가 이 꼴이 된 건 내 탓이니까, 나는 그 책임을…."

"못 알아듣겠나?"

어이가 없다.

왜 내가 이런 설교 같은 소릴 해야 하는 거지. 안 어울리는 짓으로 치면 가엔 선배나 오시노 이상이다.

그렇지만 말해야만 한다.

내가 말해야만 한다.

"너는 그 여자애를 위해서 그 무엇도 해 줄 수 없어. 네가 있으면 그 여자애는 못쓰게 될 뿐이야. 사랑은 사람을 강하게 만들기도 하지만 사람을 못쓰게 만들기도 하지. 센조가하라는 네가 있어서 다소는 강해진 거겠지. 하지만 센고쿠 나데코는 네가 있으면 못쓰게 될 뿐이다."

"……."

아라라기는 지금 어떤 표정을 짓고 있을까.

나 같은 녀석에게 있는 소리 없는 소리를 계속 들으며 어떤 기분일까. 상상해 보면… 응. 혹시나 자살할지도 모른다고 생각했다. 센조가하라가 의뢰인이라는 점은 어떻게든 얼버무리더라도, 아라라기의 실패를 내가 해결해 버렸다는 사실은 이제 은폐할 수 없다. 그는 지금 몹시 부끄러울 것이다.

뭐, 청춘이란 부끄러운 법이지만.

그러나 일단 서비스로 몇 마디 거들어 줄까.

"센조가하라는 내가 있었기에 못쓰게 되었다. 그걸 네가 강하게 만들었다. 뭐, 그러니까 이번에는 적재적소라고 할까, 그 빚을 갚아 준 것 같은 얘기가 되는 거지."

"카이키…."

그렇게 말을 걸 뿐, 아라라기는 그 이상은 반론하지 않았다.

내 말에 납득한 것은 아닐 테지만 일단 분수를 안 것이겠지.
그리고 그 대신에 하는 말은 아니겠지만, 아라라기는,
"센고쿠는."
이라고 말을 이었다.
"내가 없으면 행복해질 수 있는 걸까?"
"글쎄다. 조금 전까지 행복했던 모양인데…. 딱히 행복해지는 것이 인생을 사는 목적은 아니니까. 행복해지지 않더라도, 되고 싶은 것이 되면 되는 거고."
나는 적당히 대답했다.
"하지만, 뭐가 어쨌든."
그렇게 어디까지나 적당히 말한다.
"살아 있다 보면 뭔가 좋은 일이 있지 않겠어?"
"……."
"그러면 또 만나자."
두 번 다시 만나지 않겠다든가 이번에야말로 이 마을에 오는 것은 마지막이라든가 하는 말을 하면 할수록 이 마을에 이끌려 버릴 것 같아서, 일부러 나는 비뚤어진 심보로 그런 말을 하고 걸음을 옮겨 토리이를 지나서 계단을 내려갔다.
온몸이 삐걱거리고 아팠지만, 물론 나는 그런 것은 전혀 내색하지 않는다.

039

후일담이 어땠는지 따윈 모르고, 이 일이 어떤 식으로 마무리되었는지도 나는 모른다. 알 바 아니다.

나는 센고쿠와 아라라기를 놔두고 산을 내려와서, 그런 뒤에 센조가하라에게 전화를 걸었다. 일이 순조롭게 끝난 것, 다만 아라라기에게는 들켜 버렸던 것을 정직하게 각색을 더해서 이야기했다.

전반부는 어떨지 몰라도 후반부의 사정에 관해서는 센조가하라는 폭발했다. '분노폭발' 이라는 애교 있는 것이 아니라, 진짜 히스테리라고 해도 좋을 정도로 흐트러졌다.

미안하게 됐다고 생각하는 반면, 꼴좋다는 속 시원해지는 감각도 있어서 나로서는 아주 복잡했다.

하지만 뭐, 이것으로 이 녀석의 목소리도 마지막으로 듣는 것이므로 역시 속이 후련해진다는 느낌 쪽이 강할까.

"뭐, 최소한의 얼버무림은 해 뒀으니 뒤처리는 맡기겠어. 노병은 사라질 뿐, 그 뒤는 아이들의 시대지."

[엉망진창으로 만들어 놓고 의미도 없이 멋 부리지 마….]

히스테리를 부리다 지친 것인지 뭔지는 모르지만, 신나게 아우성치고 나서 기운이 쏙 빠진 느낌의 센조가하라는 그래도 마지막에는,

[감사합니다. 덕분에 살았습니다.]

라고 다시 말했다.

이 여자, 이 한 달 사이에 아주 솔직해졌구나.

[그러면 이걸로 작별이네.]

"그렇지. 이것으로 너하고는 끝. 디 엔드다."

[바이바이.]

"그럼…."

서로 아무런 감개도 없이 말한다. 옛 지인과 동네에서 스쳐 지나갈 때 같은 어색함조차도 없다. 우리들 사이에는 아무것도 없었다.

그런데 서로라고는 말했지만 센조가하라 쪽은 그렇지 않았던 것인지,

[저기, 카이키. 한 가지 물어봐도 될까?]

라고 말해 왔다.

이거야 원, 작별이 서툴다니 역시 아직 어린애다.

"안 돼."

[2년 전의 일 말인데. 당신, 정말로 내가 당신을 좋아했다고 생각하고 있어?]

"……."

내가 알 게 뭐냐, 멍청아. 그렇게 생각하고 전화를 끊을까 했지만, 그러나 내 입은 멋대로, 여전히 멋대로,

"나는 그렇게 생각하고 있었지."

라고 말하고 있었다.

[그래….]

그렇게 센조가하라는 끄덕였다.

[그건 정말 보기 좋게 속아 넘어갔네, 나한테.]

"…그렇군. 그래서 그게 왜?"

[아니…, 그것뿐이야. 앞으로는 나쁜 여자를 조심해.]

"그렇지. 너는… 편지를 쓸 때는 서명을 잊지 않도록 주의해라."

그렇게 말하고 나는 전화를 끊었다. 마지막에 한 방 먹였다는 기분이 들어서, 나도 나대로 상당히 그릇이 작다고 쇼크를 받았다.

별것 아니다. 호텔 방에 투서된 그 편지의 발신인이 센조가하라 히타기였다는 것은 간파해 봤자 칭찬받을 만한 일은 아니다. 곧바로 간파했다면 어떨지 몰라도, 사실을 파악할 때까지 꽤 시간이 걸렸으니까. 나에게 번화가에 불려 나간 시점에서, 내가 머무르고 있는 지역은 대강 예상할 수 있다.

그다음에는 귀여운 어린아이의 목소리로 호텔 프런트에 '그곳에 머무르고 있는 카이키 씨에게 전할 물건이 있습니다만' 같은 소릴 당연하다는 듯 말하면 된다. 호텔은 하네카와가 숙박하고 있던 곳도 포함해서 몇 군데나 있었지만, 없으면 없는 대로 좋다. 그 실패는 어차피 나에게 알려지지 않는 것이다.

일부러 편지를 투입하는 방법을 추리해 보인 것도, 그럼으로써 자신을 용의자 리스트에서 제외하기 위해서였으리라.

그야 자신이 쓴 것을 찢어서 버렸다고 말하면 화가 날 테고 말이야.

그러면 어째서 자신이 의뢰해 놓고 자신이 '손을 떼라' 라는 모순된 말을 했는가 하면, 그것은 그 녀석이 나를 잘 알고 있기 때문이다.

손을 떼라는 말을 들으면 손을 떼기 싫어한다는 내 성격을, 센조가하라 히타기는 잘 알고 있기 때문이다. 실제로 오노노키의 어프로치가 전혀 반대의 것이었다면, 가엔 선배가 나에게 '손을 떼지 마라' 라고 충고했다면 나는 그 시점에서 손을 뗐을지도 모르니까.

그래서 의뢰하는 것과 동시에, 반대의 일도 의뢰했다.

어린애 같은, 시시한 계책이다.

그것을 알면서 상대해 준 나도 나지만.

나는 휴대전화 전원을 끄고, 그리고 그대로 그 휴대전화를 파괴했다. 아니, 본체는 나름대로 비싼 것이었으므로 부순 것은 안에 들어 있는 SIM 카드뿐이다.

우선 이것으로 센조가하라와 나를 연결하는 선은 끊어졌다. 물론 이 번호를 조사했듯이 다음 사용할 휴대전화 번호도 노력하면 알 수 있을지도 모르겠지만, 이미 그 녀석에게 나와 관련될 만한 동기는 없다. 일절 없으니까.

나는 텅 빈 휴대전화에서 센조가하라의 전화번호만을 소거하고 역으로 향한다. 코인 로커에 맡겨 둔 캐리어를 가지러 가야만 한다.

그것이야말로 증거이니까.

센고쿠의 옷장 내용물 정도는 아니지만, 제대로 처분해야지.

"…그런데."

2월의 눈길을 걸으면서 나는 생각한다. 센조가하라는 그렇다 치고 가엔 선배 쪽은 정말로 어디까지 계산하고 있었던 걸까.

손을 떼라는 말을 들으면 손을 떼기 싫어하는 내 성격을, 그 사람은 센조가하라 이상으로 잘 알고 있으니까. 어쩌면 300만 엔이라는 큰돈을 나에게 지불한 것은 단순한 자금원조라는 계획이었던 것은 아닐까?

나는 그 여자에게, 그 선배의 손바닥 위에서 놀아났던 것뿐이 아닐까. 뭐, 그런 생각을 해도 소용없을 것이다. 설령 손바닥 위에서 놀아났다고 해도 그 덕분에 인연을 끊을 수 있었다고 생각하면 값싼 대가다.

…인연을 끊은 건가?

가엔 선배는 아무렇지도 않은 얼굴을 하고 내일이라도 내 앞에 나타날 것 같은 기분도 드는데…. 뭐, 그때는 그때인가. 돈이 될 만한 이야기를 가지고 왔다면 후배로서 대응해 주지 못할 것도 없다.

그렇다고 해도, 라고 생각한다.

가엔 선배의 메마르면서도 딱 떨어지는 부분은 그렇다고 쳐도, 그리고 카게누이가 이 일에 관련되지 않은 것은 당연하다고 해도 오시노 녀석은 이런 때에 대체 뭘 하고 있는 걸까?

확실히 녀석은 방랑자다.

나와 마찬가지로 이리저리 떠도는 방랑자에 나 이상의 방탕무뢰한 방랑자라 그 소재를 파악하는 것은 구름을 잡는 것보다 어렵다.

하지만.

그 호인이, 아이들 앞에서는 폼을 잡고 싶어 하는 그 남자가, 예전에 자신이 신세 졌던 인간이 이렇게 몇 사람이나 궁지에 몰린 상황이었는데도 모습을 보이지 않는다는 일이 있을 수 있을까?

아라라기나 센조가하라나 구 키스샷이나 하네카와나… 그 밖에 수많은 인간이 곤란한 상황에 있을 때, 이런 때야말로 그 남자는 상쾌하게 나타나는 법 아니었던가?

그 녀석이 나타나지 않았던 탓에 꼴사납게도 나 같은 것이 짊어지게 되어 버렸는데, 본래는 센고쿠를 구하는 것도 아라라기 일행을 구하는 것도 오시노 메메의 역할이었을 것이다.

그 녀석은 대체, 지금 어디서 무엇을 하고 있는 거지?

…신경 쓰이네.

아니, 신경 쓰이지는 않지만 그 부분을 찾아보면 돈은 될지도 모른다. 이렇게 되면, 같은 방랑자로서 한 번 조사해 볼까. 오래간만에 그 녀석과 술이라도 마시는 것도 즐거울 것 같다.

그렇게 결의한 순간, 불꽃이 튀었다.

무슨 일이 일어났는지 알지 못하는 채로 나는 눈길에 쓰러졌다. 어질어질하다. 뱀에게 짓눌린 육체가 드디어 한계에 다다랐나 생각했지만, 눈앞의 눈이 새빨갛게 물들어 가는 것을 보고 아무래도 뒤쪽에서 강하게 머리를 얻어맞은 것 같다고 깨달았다.

"하아, 하아, 하아, 하아…."

그렇게 거친 숨소리가 들린다.

피투성이의 머리를 억지로 돌려 보니, 그곳에는 쇠파이프를 든 중학생 정도의 어린애 한 명이 있었다. 쇠파이프가 피에 물들어 있는 것을 보니 아무래도 그것으로 나를 때린 것 같다. 아주 긴 쇠파이프라서 상당한 원심력이 있었던 것 같다.

"…오, 오기 씨가 말한 대로였어. 정말로 돌아왔구나, 이 사기꾼…."

웅얼웅얼하고, 도저히 제정신으로는 생각되지 않는 눈을 하고서 중얼거리는 중학생.

"너… 너 때문에, 너 때문에, 너 때문에…."

"……."

처음에는 누구인지 몰랐지만 그 핏발 선 눈이, 얼굴을 보는 동안에 떠올랐다. 이름은 기억나지 않지만, 그렇지, 전에 내가 이 마을에 왔을 때에 속인, 수많은 중학생 중 한 명이다. 여기에 오는 비행기 안에서 노트에 일러스트로 그린 얼굴 중 하나다.

그 뒤에 뱀이 보였다.

엄밀히 말하면 뒤라기보다 몸 안에, 휘감겨 붙듯이 똬리를 튼 큰 뱀이.

보였다. 흐릿하게가 아니라 또렷하게.

뭐지, 이 녀석?

반사된 저주를 뒤집어쓰기라도 했나?

그렇다면 이 중학생이 사건의 발단인, 센고쿠에게 '주술'을 건 중학생일지도 모른다.

…그러고 보니 편지의 내용이 내 안에서 해결된 이후로는 어차피 그것도 센조가하라의 짓이겠거니 하고 넘겼는데, 엄밀히 말하자면 '미행자' 쪽의 정체는 아직 불명인 상태였지.

센조가하라가 아니라면 가엔 선배 쪽의 감시자라고 생각하고 있었는데…. 만약에 이 진행이 가엔 선배의 생각대로였다면 그런 감시를 붙일 의미는 없다.

그렇다면 미행자는 이 중학생이었나?

아니, 아니다. 나는 피투성이의 머리로 판단한다.

사람을 미행할 만한 '제정신'이 이 녀석에게 있을 거라고 생각할 수 없다. 그렇게 말하면 조금 전에 누군가 사람 이름을 말하지 않았던가?

오기?

누구지, 그건.

어딘가에서 들었던 것 같은 기분이 드는 이름이었지만, 나는 그 이상 생각할 수 없었다.

“우와아아아앗!”

제정신이 아닌 중학생이 노성과 함께, 바닥에 쓰러진 나를 향해 쇠파이프를 휘두른다. 증오와 원한, 그리고 저주가 담긴 일격을 맞으면서 나는 천천히 의식을 잃어 갔다.

돈만 있으면 지옥의 귀신도 부릴 수 있다고 한다. 나는 저금해 둔 것이 없으니까 최후에 얼마간 잔돈을 벌어 둬서 정말로 다행이라고 진심으로 생각했다.

이 소설은 저에게 약 50권째 정도의 소설이 된다고 생각합니다만, 의외로 그것들 중에는 '거짓말쟁이' 캐릭터가 상당히 많이 등장하는 것처럼 생각됩니다. 그렇다기보다 '정직한 사람'을 이제까지 대체 몇 사람 썼던가 하는 생각이 듭니다. 뭐, 그것은 아마도 작가의 확고한, 결코 흔들림 없는 가치관으로서 '이야기는 거짓말이다!'라는 생각이 있기 때문이라고 봅니다. 기본 틀이 '거짓말'이기에 그곳에 등장하는 인물도 필연적으로 '거짓말쟁이'밖에 없게 된다고 할까요…. 뭐, 하지만 그런 이야기를 하자면 이야기의 틀 바깥, 우리가 있는 현실 쪽도 얼마나 '진실'감이 넘치고 있는가 하는 이야기가 되기도 하죠. 본인이 '거짓말'을 하고 있다고 생각하지 않더라도, '거짓말'을 하고 있는 자각이 없더라도 '본의 아니게' '거짓말'을 해 버리는 상황은 진저리 날 정도로 있고 말이죠. 물론 그 반대로 '진실'을 '진실'로 받아들이지 않고 '거짓말'로서 해석하고 '거짓말'로서 믿어 버리는 일도 있다고 할지…. 누군가가 '진실'을 이야기했을 때에 그 말을 들은 누군가가 그것을 '거짓말'로 인식할 경우, 그 '진실'은 '거짓말'로서 전파되고 성립하게 되는데, 그것은 곧 '진실'은 뒤집을 것도 뒤엎을 것도 없이 '거짓말'이라는 이야기가 되는 게 아닐까요. 뭐, 이런저런 이야기를 했습니다만, 결국 작가가 거짓말쟁이니까 캐릭터도 거짓말쟁이만 나오는지도 모릅니다. 하지만 정직한 사람밖에 나오지 않는 소설이 재미가 있나?

그런 이유로 거짓말쟁이밖에 나오지 않는 이 책이었습니다. 쓰고 있는 동안에 작가도 뭐가 진짜고 뭐가 거짓인지, 뭐가 본심이고 뭐가 거짓말인지 전혀 알 수 없게 되어 버렸습니다만, 이야기 시리즈 세컨드 시즌의 최종권입니다. 화자의 교대극 같은 것도 있었습니다만, 이것이 저에게는 참신했고, 사람에 따라서는 이야기나 인물이 전혀 다른 존재처럼 이야기되는 것은 한 명의 작가로서 "야, 전에 썼던 것하고 다르잖아!"란 생각에 전전긍긍했습니다. 이런 서프라이즈가 있기 때문에 소설을 쓰는 것을 그만둘 수 없지요. 그리하여 이 책으로써 예고했던 이야기 시리즈의 모든 것을 다 출간한 모습이 되었습니다. 무모한 스케줄이었습니다만, 다방면에서 힘을 보태 주셔서 이렇게 마지막까지 끝낼 수 있었습니다. 앞으로 두 번 다시 어리석은 예고는 하지 않을 것을 여기서 선전합니다. 아니, 선서합니다. 그런 느낌으로 이 책은 100퍼센트 악취미로 쓰인 소설입니다. 『사랑 이야기 · 제연戀화 히타기 엔드』였습니다.

사실 센조가하라가 표지를 장식하는 것은 실로 5년 만의 쾌거가 됩니다. 놀랍군요. 눈 속의 센조가하라를 VOFAN 씨가 그려 주셨습니다. 최종권이라 그런지 공허한 분위기가 훌륭합니다. 고단샤 BOX 편집부에도 스케줄에 관해서 여러 가지로 폐를 끼쳤습니다만, 그것도 이번이 마지막이 되므로 부디 너그럽게 부탁드립니다. 그리고 앞길 자체가 불안정했던 세컨드 시즌과 함께해 주신 독자 여러분들께 깊은 감사의 말씀 드립니다.

감사합니다.

판권장 뒤편에 파이널 시즌의 예고가 있으니, 잘 부탁합니다.

니시오 이신

※후기에 명시된 파이널 시즌 예고는 한국판에는 게재되지 않았습니다.

역자 후기

아실 분은 아시겠습니다만 2011년 9월경, 그러니까 일본에서 『사랑 이야기』가 발간되기 몇 달 전에 있었던 일인데, 유럽 입자물리연구소(CERN)는 실험에서 빛보다 빠른 중성미자(뉴트리노)가 발견되었다고 발표했습니다. 당시 빛보다 빠른 물질이 발견 되었다고 떠들썩했던 기억이 납니다. 하지만 당시부터 실험 결과에 대한 의심의 목소리가 있었고, 결국 다음해인 2012월 6월경에 관측장비 결함으로 인한 계측 오류라고 정정발표가 났습니다. 요컨대 빛보다 빠른 물질은 없다는 얘기죠. 상대성 이론도 아직 건재합니다. 뭐, 일반인들은 어떨지 몰라도 유럽의 과학자들은 의심과 검증을 귀찮아하지는 않는 것 같습니다.

그나저나 아주 오래간만에 이야기 시리즈의 후기를 쓰는 것 같습니다. 어른들의 사정이란 참으로 심오하군요. 어쨌든 저나 편집부가 게을러서 늦어진 것은 아니라고 적어두고 싶습니다만, 이건 의심하셔도 어쩔 수 없겠다는 기분이….

다음 권 『빙의 이야기(가제)』 작업도 이미 진행 중입니다. 이후 권들이 꽤 밀려있습니다만, 남은 시리즈도 최대한 빨리 전해드릴 수 있도록 노력하겠습니다.

현정수

FAUST BOX

사랑 이야기

2015년 9월 7일 초판 발행
2018년 10월 10일 5쇄 발행

저자 니시오 이신
일러스트 VOFAN
옮긴이 현정수

발행인 정동훈
편집 전무 여영아
편집 팀장 김태헌
편집 노혜림 임지수

발행처 (주)학산문화사
등록 1995년 7월 1일
등록번호 제3-632호
주소 서울특별시 동작구 상도1동 777-1
편집부 02-828-8838
마케팅 02-828-8962~5

ISBN 979-11-5597-177-2 03830

값 12,000원